눈
그리고
아이

눈 그리고 아이

발행일   2018년 7월 11일

지은이   동쪽숲의 수
펴낸이   손 형 국
펴낸곳   (주)북랩
편집인   선일영   편집   오경진, 권혁신, 최예은, 최승헌, 김경무
디자인   이현수, 김민하, 한수희, 김윤주, 허지혜   제작   박기성, 황동현, 구성우, 정성배
마케팅   김회란, 박진관, 조하라
출판등록   2004. 12. 1(제2012-000051호)
주소   서울시 금천구 가산디지털 1로 168, 우림라이온스밸리 B동 B113, 114호
홈페이지   www.book.co.kr
전화번호   (02)2026-5777   팩스   (02)2026-5747

ISBN   979-11-6299-239-5 03810 (종이책)   979-11-6299-240-1 05810 (전자책)

이 도서의 국립중앙도서관 출판예정도서목록(CIP)은 서지정보유통지원시스템 홈페이지(http://seoji.nl.go.kr)와
국가자료공동목록시스템(http://www.nl.go.kr/kolisnet)에서 이용하실 수 있습니다.
(CIP제어번호: CIP2018021694)

작은 가슴에 담겨진
어른들을 위한 동화

눈
그리고
아이

동쪽숲의 수

북랩 bookLab

작은 새

강아지

동병상련

충청도 블루스

자기 자리 / 349

눈 그리고 아이 / 365

작은 새

1985년 12월 23일 아침, 도시의 눈길 언덕, 초등학교 5학년생들의 눈썰매

"자~ 내가 갈 테니 기다려라~."

동주가 신이 났다. 동네 내리막길을 눈썰매장으로 만들어 놓고는 친구들과 신나게 놀고 있었다. 부서진 고무대야와 찢어진 비닐포장은 아이들에게 좋은 눈썰매가 되었고, 두 명이 탄 고무대야가 뒤집혀 눈밭을 굴러도 즐겁기만 하다. 내리막길은 반질반질 훌륭한 스케이트장으로 변해가고 있었다. 그때 혜수 외할머니가 길을 내려가려다가 앞에 펼쳐진 큰일을 발견하고 아이들에게 호통을 친다.

"야! 이놈들아~ 뭐 하는 짓이여! 가파른 길을 빙판으로 만들어 놓으면 어쩌자는 겨~."

잔뜩 화가 난 혜수 외할머니가 아이들 사이에 끼어 있는 혜수를 발견하고 나무란다.

"혜수! 너 거기서 뭐 하냐? 길이 이게 뭐여! 할미 내려가다가 미끄러져 죽어. 이놈아!"

"할머니. 길가로 조심해서 내려가시면 돼요."

혜수의 말에 내려갈 곳을 찾아보는 할머니였지만 빙판 아닌 곳이 없었다.

"어디로 내려가라는 겨? 다 반질 반질하구만. 너 이놈들, 니들 집에다 다 말할 겨."

혜수 할머니는 씩씩거리며 그나마 덜 미끄러워 보이는 길을 찾아 내려가신다.

"어이쿠!"

할머니가 미끄러져 뒤로 발랑 넘어지셨다.

'아이고 아이고' 소리를 내며 일어나시려던 할머니의 몸이 중심을 잃고 앞뒤로 휘청거린다.

"어이쿠!"

이번에는 할머니의 신발이 하늘을 보며 엉덩방아를 찧으셨다.

"큭큭큭."

아이들은 혜수 할머니의 눈길 댄스에 웃음이 터졌다.

"이놈들, 그냥 안 둘 겨. 혜수야, 할미 좀 도와줘!"

"네."

혜수가 할머니를 도와주려 게걸음으로 다가가 손을 뻗는다.

"할머니, 제 손 잡으세요."

혜수가 내민 손을 할머니가 너무 세게 잡아당기는 바람에 이번엔 혜수가 중심을 잃었다.

"어~ 어어~."

혜수와 할머니가 빙글 한 바퀴 돌더니 발랑 넘어져 길 아래로 떼굴떼굴 굴러간다. 아이들은 그 모습을 보고 배를 잡고 웃는다.

"하하하."

"얘들아, 혜수와 할머니를 구하러 가자!"

동주가 무슨 영웅이라도 된 것처럼 소리치며 고무대야를 타고 앞장선다. 그 뒤를 병세와 일수, 은주, 민구가 따라나선다.

"야호~~."

아이들은 신이 났지만 아래서는 혜수와 할머니가 뒤엉켜 신음하고 있었다.

"아이고~ 아이고~."

밑으로 내려온 아이들은 재빨리 할머니와 혜수를 일으켜 세웠다.

"할머니, 괜찮으세요?"

동주가 할머니에게 안부를 물었다. 할머니는 화가 치밀어 올랐지만 동주 아버지를 봐서 참고는 한마디 한다.

"이놈들, 당장 눈 치워! 안 그럼 경찰 부를 거!"

아이들은 경찰을 부른다는 말에 깜짝 놀라, 길가에 쌓여 있던 다탄 연탄을 빙판이 된 내리막길에 집어 던지고 밟기 시작했다.

"할머니, 경찰 부르지 마세요! 바로 눈 치울게요!"

동주가 혹시 무서운 경찰아저씨가 올까 봐 혜수 할머니에게 사정한다.

"내가 올 때까지 다 치워놔, 알것지?"

"네~."

씩씩하게 대답을 마친 아이들이 남은 연탄을 길에 던져 잘게 부순다. 10여 분 후 내리막길은 그런대로 보행이 가능하게 되었다. 그때 동주 아버지가 내려오셨고 아이들이 일제히 인사한다.

"안녕하세요!"

"아침부터 눈 치우고 있었구나! 기특하네. 동주야 이리 와 봐."

"예."

동주가 아버지 앞으로 다가가자 아버지는 품 안에서 지갑을 꺼내 만 원을 아들에게 주신다.

"착한 일 했으니까 친구들하고 맛있는 것 사 먹어라."

"감사합니다."

옆에 있던 아이들이 동주 대신 인사했고, 동주 아버지가 무사히 길을 내려가시자 아이들이 성화다.

"동주야, 우리 빨리 찐빵 먹으러 가자."

병세가 싱글거리며 동주를 재촉한다. 하지만 동주는 혜수를 바라 보며 고민한다. 사실 찐빵을 별로 좋아하지 않는 혜수를 위해 동주 도 다른 걸 먹고 싶었다. 동주는 자기가 혜수를 특별하게 생각하는 마음을 친구들에게 들키지 않으려 매번 속임수를 쓴다.

"그럼 일수는 뭐 먹고 싶어?"

"난 병세가 먹는 거."

일수는 병세의 부하여서 언제나 병세가 하자는 대로 했다.

"은주는 뭐 먹을 거야?"

"난 오뎅!"

"그럼 민구는?"

"난 과자 먹고 싶어!"

마지막으로 혜수에게 물어볼 차례다.

"혜수야, 넌 뭐 먹고 싶어?"

"난 떡볶이 먹고 싶은데."

혜수의 대답에 동주는 떡볶이를 먹기로 결심했다.

"그래. 나도 떡볶이 먹을 건데. 다들 떡볶이 먹으러 가자."

동주가 아이들에게 떡볶이를 먹으러 가자며 시장 쪽으로 가려할 때 병세가 동주의 결정에 반대했다.

"난 싫어. 찐빵 먹을래. 일수 너도 찐빵 먹을 거지?"

"응, 난 찐빵."

사실 간신 같은 부하 일수도 떡볶이를 먹고 싶었지만, 병세의 비위를 맞추려 찐빵을 택했다.

그때 동주가 제안했다.

"그럼 찐빵하고 떡볶이 중에 택하자. 찐빵 먹을 사람 손 들어봐?"

병세와 일수가 손을 들었다.

"그럼 떡볶이 손 들어!"

동주와 혜수, 은주, 민구가 손을 들었다.

"다수결로 4대 2니까 떡볶이 먹으러 가자."

하지만 병세는 기분이 별로였다.

"난 안 갈래. 동주야, 우리한테 3천 원 줘. 우린 찐빵 먹으러 갈 거야."

병세가 억지를 부리며 돈을 나누어 달라고 한다.

"야. 지금 만 원짜리 큰 돈 뿐이야. 천 원짜리 없어."

동주는 병세의 행동에 기분이 나빴다. 아버지가 친구들과 맛있는 것을 사먹으라며 주신 돈이었지만, 어쨌든 자기에게 돈을 쓸 권리가 있다고 생각했다.

"갈려면 같이 가고, 아니면 말아."

동주가 강하게 나가자 병세가 동주를 막아섰다.

"야, 그냥 가면 안 되지."

병세가 동주의 팔을 세게 잡아당긴다.

"하지 마!"

혜수가 병세를 말리자 혜수를 밀어버린다.

"야! 신병세, 혜수한테 뭐하는 거야!"

화가 난 동주가 혜수를 밀어버린 병세의 어깨를 확 잡아당겼다.

병세도 지지 않고 동주의 가슴을 밀어버린다. 불이 붙은 둘은 멱살을 잡고 이리저리 흔든다. 서로 앞뒤로 잡아당기며 기 싸움을 하다, 그만 동주가 뒤로 넘어졌다. 병세가 재빨리 동주 배에 올라타 목을 조른다. 동주가 캑캑거리며 바둥거릴 때 동주의 중학생 형이 지나간다.

"동주야, 뭐하냐? 얼른 일어나서 한 대 쳐!"

그 말을 듣고 놀란 병세가 동주의 멱살을 놓고 일수와 사라졌다.

"형 어디 가?"

"상민이하고 롤러 타러 가."

아이들은 같이 데려가 달라며 애처롭게 동주의 형을 바라보지만 귀찮다는 표정을 짓고는 가던 길을 가버린다.

형이 멀리 사라지자 아이들은 부러움을 접고 떡볶이 집으로 향한다. 골목길을 따라 시장 안쪽에 자리 잡고 있는 '만복이' 분식집에 도착한 아이들은 빨갛게 준비되어 있는 떡볶이와 오뎅을 주문했다. 용수철처럼 촘촘한 파마머리의 주인아주머니가 단골손님 동주가 왔다며 계란을 하나 더 얹어주셨다.

눈썰매 후 허기진 아이들은 떡볶이가 나오자 포크를 찔러대느라 요란하다. 일단 먹기 시작하니 금세 떡볶이가 사라져갔다. 하지만 먹는 속도가 아이들보다 두 배는 느린 혜수는 이제껏 두 번 포크질을 했을 뿐이었다. 답답하게 혜수를 지켜보던 동주가 아이들을 멈춰 세웠다.

"잠깐!"

동주가 접시의 반을 가른다.

"여기는 나랑 혜수가 먹을 테니까, 남은 반은 너희가 먹어."

떡볶이 떡이 얼마 남지 않은 쪽의 민구와 은주의 입술이 불만가득 부풀어 올랐다.

"야, 우린 얼마 없잖아. 그럼 달걀이라도 줘."

민구가 달걀이라도 달라고 하자 동주가 머뭇거리며 혜수를 본다. 혜수는 달걀을 굴려 그어 놓은 빨간 선 너머로 밀어준다. 그런 마음씨 고운 혜수의 모습에 동주는 혜수가 더 좋아질 것만 같았다.

다시 혜수의 점잖은 식사가 시작됐지만, 이미 자기들 몫을 다먹어 치운 민구와 은주의 포크가 선을 넘어 날름 떡볶이를 낚아채 간다. 보다 못한 동주가 혜수에게 빨리 먹으라고 성화를 대고는 친구들 손에 도망치는 떡볶이를 붙잡으려 포크질이 바쁘다. 그 사이 그릇에는 떡볶이 국물과 달걀 부스러기만 남았다.

"와, 맛있다."

얼마 먹지도 못한 혜수가 맛있다고 하지만 동주는 기분이 썩 좋지 않았다. 은주와 민구는 남은 국물까지 먹느라 동주의 기분이 어떻든 신경 쓰지 않았다.

하지만 혜수와 함께 즐거운 간식 시간을 가진 덕택에 동주는 좀 전에 있었던 병세와의 일을 까맣게 잊어버렸다. 특히 혜수와 있으면 웬만큼 마음 상하는 일들은 쉽게 잊어버렸다.

"지금 몇 시지? 나 할머니 오시기 전에 집에 가서 빨래해야 돼."

혜수는 친구들에게 집에 가자며 일어선다.

"그래, 가자."

동주와 친구들은 자리에서 일어나 '만복이' 분식집을 나온다. 은주와 민구가 각자 집으로 돌아갔고 방향이 같은 동주와 혜수도 집으로 향했다.

어지간한 집안일은 다 맡아 하는 혜수는 외할머니와 단둘이 살고 있었다. 아버지가 5년 전에 돌아가시고 형편이 어려워지자 어머니는 서울 부잣집에 가정부 일을 가셨다. 그런데 이번에 혜수 어머니는 1년이 넘도록 집에 오지 않으셨다.

할머니가 일하러 나가시면 집에 혼자뿐인 혜수가 안쓰러운 동주는 할 일 없이 혜수네 연탄은 몇 개가 남았는지, 쌀독에 쌀은 얼마가 있는지 엄마에게 이야기했다. 그럴 때마다 엄마는 '벌써 그렇게 여자만 챙기고 엄마는 찬밥 신세구나.' 하며 한숨을 쉬셨다. 아직 사랑이 뭔지 모르는 나이지만, 자신이 혜수에게 하는 이런 행동들로 보아 다른 친구들과는 다르게 특별한 존재인 것은 확실했다.

2년 전 3학년이 되어 바뀐 교실에 처음 들어서던 날, 창가 자리에 앉아 있던 혜수만이 눈에 들어왔다. 그리고 2학기엔 짝꿍이 되어 혜수네 집에 놀러가 숙제도 할 수 있게 되었다.

그렇게 시작된 인연은 운 좋게도 5학년인 지금까지 혜수와 같은 반이 되게 해주었다. 친구들이 놀릴까 봐 드러내놓고 좋아할 순 없었지만, 그런대로 지금까지 늘 혜수 편에 서서 울지 않게 지켜준 것 같았다.

가끔 자신이 혜수에게 느끼는 감정이 무엇인지 궁금해 하던 소년은 그 답을 만화방에서 찾을 수 있었다. 만화방 주인아저씨 몰래 사랑이라고 쓰여 있는 만화를 가끔씩 보았다. 그런데 만화 속에 나오는 남자 주인공의 행동이 자신과 똑같은 것을 보고 깜짝 놀랐다. 주인공은 좋아하는 여자 주인공을 보면 얼굴이 빨개지고 가슴이 두근거렸다. 그리고 결국 사랑한다고 말했다. 만화 속에서 알려준 사랑의 증상이 자기와 같은 것으로 보아 동주는 혜수를 사랑하는 게 분명하다고 생각했다.

하지만 다른 점이 있었다. 만화 주인공은 부끄럽게 자꾸 여자 주인공의 옷을 벗기려 했지만 동주는 혜수의 옷을 벗기고 싶지 않았다. 오히려 추울까 봐 엄마 옷을 가져다 입혀주고 싶었지만 뚱뚱한 엄마의 옷은 혜수에게 너무 커 항상 아쉬웠다.

그런데 동주에게 사랑을 가르쳐준 만화 속 주인공은 언제나 불행했다. 왜냐하면 만화 속 여주인공은 대부분 안타깝게 죽어버려 남자 주인공은 항상 슬픔을 등에 지고 쓰러져갔다.

대부분 줄거리는 나쁜 악당들이 남자 주인공을 분노하게 하려고 여자친구를 죽였고 몇 초 사이로 여자 친구를 구하지 못한 남자 주인공은 죄책감에 오열했다. 그리고 미친 사람처럼 품 안의 여자 친구 이름을 부르며 울부짖었다.

뭔가 못마땅한 결말이 마음에 들지 않았던 동주는 여자 친구를 지키지 못하는 남자 주인공들을 바보라고 생각했다. 조금만 더 빨리 달려오든지, 아니면 더 강해져서 지켜주면 되는데, 짜증나게 꼭 반 박자씩 늦었다. 그때마다 동주는 만화책 위에 손을 얹고 이렇게 말했다.

"나는 너희들과 다르게 항상 옆에서 지켜줄 거야."

깨졌다

교회의 첨탑에 걸린 태양이 12시를 알릴 때쯤 동주는 혜수를 바래다주고 집으로 돌아왔다. 안방에 들어가 쓰고 남은 돈을 아버지 책상 위에 올려 놓았다. 아버지가 동주에게 만 원이라는 큰돈을 주시는 것도 동주의 이런 행동이 기특해서였다. 하지만 동주 형에겐 절대 넉넉히 주지 않으신다. 주면 주는 대로 다 써버리는 밑 빠진 독 같았기 때문이었다.

"동주야."

엄마가 동주를 부르신다.

"네~ 왜요?"

"너 이 김치하고 깍두기 혜수 집에 갖다 줘. 그리고 집에 와서 탐구생활 해."

"네, 알았어요."

동주가 녹색 보자기에 싸인 김치와 깍두기를 들고 혜수 집으로 향했다. 아직 녹지 않은 골목길을 종종걸음으로 걸어간다. 혜수네 집은 동네 반장 아저씨의 이층집 뒤에 있었다. 그래서인지 해가 잘 들지 않는 혜수 집 앞은 겨울이면 얼음이 녹지 않아 조심스러웠다.

반장 아저씨의 이층집을 지나 혜수 집에 도착했을 때 집 뒤쪽으로 병세와 일수가 도둑고양이처럼 살금살금 숨어 들어가는 게 보였다. 조심스럽게 행동하는 걸 보니 뭔가 꿍꿍이가 있는 것이 분명했다. 동주는 병세를 부르려다가, 아침에 있었던 일이 떠올라 그만두었다.

'그런데, 왜 쟤들이 저기로 들어가지. 거긴 연탄뿐인데.'

동주는 혼잣말을 하며 병세와 일수 뒤를 쫓는다.

잠시 후 두 녀석이 입을 틀어막고 웃으며 좋아 죽는다. 동주는 녀석들을 놀려주려 뒤꿈치를 들고 살금살금 다가간다. 무엇을 보는지 정신이 팔린 녀석들은 동주가 바로 뒤에 온 것도 알아채지 못했다.

조그만 창문 밑에 숨어 힐끗힐끗 뭔가를 훔쳐보는 모습이 마치 생쥐 같았다. 동주가 놀래주려고 팔을 들어 올렸을 때 병세와 눈이 마주쳤다.

"쉿."

병세가 놀라 손가락으로 조용히 하라고 한다. 동주는 자기도 모르게 벌렸던 팔을 내리고 병세가 시키는 대로 했다. 병세가 동주에게 손짓으로 창문 안을 보라고하자 무슨 일인지 궁금했던 동주가 시키는 대로 안을 들여다봤다.

"헉!"

심장이 벌에 쏘인 것처럼 따끔거렸다. 그리고 숨이 쉬어지지 않아 머리가 어지러웠다. 창문 안에서는 혜수가 곤로에 물을 데워 알몸으로 목욕을 하고 있었다. 조그맣고 어린 몸매였지만, 만화책으로 본 여자주인공과 같았다.

'내가 지금 뭘 보고 있는 거지?'

혼란도 잠시뿐이었다. 두 녀석이 혜수의 알몸을 훔쳐보고 있었다고 생각하니 눈이 뒤집힐 것만 같았다.

"이 나쁜 놈아!"

동주가 한 손으로 병세의 멱살을 잡고 다른 손으로 주먹을 날리려 팔을 들어 올렸다. 그때 동주의 머리가 어지러웠다. 뒤에서 병세의 부하 일수가 동주의 머리를 내리쳐버린 것이다.

동주는 병세의 멱살을 놓고 뒤돌아 일수를 향했다. 하지만 이번에는 병세가 동주의 뒤통수를 후려갈겼다. 동주는 정신이 없어 이쪽저쪽으로 마구 주먹을 휘둘렀지만 앞뒤에서 날아오는 주먹이 머리와 얼굴을 사정없이 두들겼다. 동주가 가까스로 두 녀석 사이를 빠져나와 정신을 차려 달려 들었다.

그때 안에서 혜수가 소리쳤다.

"밖에 누구세요!"

지금 동주의 귀에는 혜수의 말이 들리지 않았다. 그저 이 두 악당을 때려눕히고 싶을 뿐이었다. 좁은 공간에서 셋이 뒤엉켜 싸움을 하고 있을 때, 재빨리 옷을 챙겨 입은 혜수가 밖으로 나왔다.

"야. 그만 싸워! 너희들 거기서 뭐 했어?"

셋은 그때서야 자신들이 조금 위험해졌다는 걸 알았다. 병세와 일수는 히죽거리며 도망쳤지만 동주는 입가에 피를 흘리며 나쁜 놈들의 눈에 더럽혀진 혜수를 바라봤다.

"임동주, 거기서 뭐 했어? 그리고 왜 쟤들하고 싸운거야? 피 좀 봐~"

혜수는 안에서 수건을 가지고 나와 동주의 얼굴을 닦아 주었다.

"괜찮아? 근데 동주 너 혹시 나 목욕하는 거 훔쳐본 거야?"

동주는 얼굴이 화끈 달아올랐다. 어찌 됐건 혜수의 알몸을 본 것은 사실이었다. 아무 말도 하지못한 채 두 녀석을 때려주지 못한 것이 분해 주먹만 부들부들 떨며 서 있다. 혜수는 동주의 상처를 걱정하며 찢어진 입술을 만져본다.

"됐어! 괜찮으니까 내버려 둬!"

동주는 혜수가 들고 있던 수건을 뺏어 얼굴을 닦는다. 씩씩거리고 있는 동주와 다르게 알몸을 녀석들에게 보여줘 버린 혜수는 담담했다.

"야, 임동주! 너 앞으로 나 책임져야 돼. 나 이제 시집 못 가."

혜수는 웃으며 동주를 안심시키려 했지만, 그게 역효과였다.

"손혜수! 병세하고 일수가 너 알몸 봤는데 아무렇지도 않아?"

자신만큼 심각하지 않은 혜수에게 화가 난 동주는 혜수의 손을 뿌리치고 집으로 향했다.

"동주야, 기다려. 나도 창피해. 그럼 난 어떻게 해야 하는데?"

혜수가 울먹이며 동주를 붙잡았지만 동주는 아무 대답도 없이 집으로 가버렸다. 하지만 집으로 오는 짧은 시간 동안 화를 참지 못하고 병세를 찾아 나섰다.

'나쁜 놈들, 너희는 악당이야. 만화 여주인공에게 못된 짓 하는.'

씩씩거리며 악당들이 좋아할 만한 곳을 찾아다닌다.

10여 분 후 동네 놀이터에서 희희덕 거리며 그네에 앉아 있는 병세와 일수를 발견했다. 아마도 혜수의 알몸 이야기를 하는 것 같았다.

"야, 신병세! 몇 번이나 혜수 목욕하는 거 훔쳐봤어?"

"왜? 너 혜수 좋아하냐? 한 열 번 정도!"

병세가 자랑스럽게 열 손가락을 펼친다. 반성 없는 악당이 혜수를 욕보인 것에 너무 화가 났다. 이제 어른이 되면 혜수와 결혼을 해야 하는데, 악당들 때문에 아름다운 미래에 금이 가고 있었다. 게다가 오늘이 처음이 아니고 그동안 여러 번 혜수를 훔쳐본 것은 큰 충격 이었다.

지금의 혜수는 더럽혀진 천사 같았다. 만약 혜수가 만화 속 여주 인공이었다면 그 부분만 찢어버리면 되겠지만, 그럴 수 없어 더 화 가 났다.

동주가 병세에게 달려들 준비를 한다. 그때 일수가 병세 옆에 자 리를 잡고 가세한다. 섣불리 덤볐다가는 아까처럼 두 녀석에게 당할 수 있어, 적당한 거리에서 주먹을 쥐고 째려본다.

"또 맞고 싶냐, 어?"

병세가 동주를 자극하자 일수도 주먹을 아래위로 흔들며 위협한 다. 이러지도 저러지도 못하고 5분여 간 서로를 노려보고 있을 때, 술에 취한 병세 아버지가 지나간다. 평소에도 술만 마시면 포악해지 는 병세 아버지가 아들에게 호통친다.

"집에 안 들어가고 뭐 해, 이놈의 새끼야!"

놀란 병세가 아버지 손에 잡힐까봐 얼른 도망친다. 그리고 얄밉게 손으로 여자 가슴 모양을 만들며 사라졌다. 이제 놀이터에는 동주와 일수만 남겨졌다.

"너… 나 때리면 병세한테 이를 거야."

비굴한 일수가 떨며, 동주에게 자기를 때리면 병세가 가만 안 둘 거라며 협박한다.

"꺼져."

동주는 일수처럼 간신 같은 놈이 정말 싫었다.

복수를 하지 못해 분한 마음으로 집에 돌아온 동주는 자기 방에서 이불을 감싸고 상상에 빠졌다. 그 두 놈이 혜수의 알몸을 열 번이나 봤다고 하니 별의별 상상을 다 했다. 분노 속에 갇혀 빠져나오지 못하는 동주는 더욱 고통스러웠다.

'어떻게 하지? 나쁜 놈들에게 욕보인 혜수와 결혼할 수 있을까? 그런데 왜 가슴이 이렇게 떨리지?'

답 없는 메아리만이 머릿속에 울리고 있었다.

"그래, 그거야."

뭔가 생각난 동주는 마당으로 나가 망치와 못을 찾았다. 그리고 혜수 집으로 내달렸다.

"혜수야~ 혜수야~."

동주가 혜수를 불렀다.

"어~ 동주야."

혜수가 밖으로 나왔지만, 아까의 일로 둘은 어색했다. 하지만 지금은 그럴 시간이 없었다.

"혜수야, 집에 나무판자 있어?"

"왜?"

"있으면 가져와 빨리!"

"그래, 알았어!"

혜수가 쓰다 남은 나무판자를 가져오자, 동주는 혜수를 데리고 집 뒤쪽으로 간다.

잠시 후 병세와 일수가 들여다보던 사탄의 창문 앞에 섰다.

"혜수야, 이 창문 막아버리자! 그래야 병세랑 일수가 다시는 그런 짓 못 하지. 그래야 우리 나중에 결혼할 수 있어!"

"풋~알았어. 그럼 나는 이제부터 임동주의 신부가 되겠습니다."

"그런 말하면 창피하잖아."

"피~ 나랑 결혼한다면서, 거짓말이야."

"아니, 그게 아니라~"

"얼른 대답해."

동주가 어색해 고개를 돌려 허공에 대고 약속한다.

"나는 손혜수의 서방님이 되겠습니다."

"서방님이 뭐야. 할아버지 같아."

"왜! 엄마가 가끔 아빠한테 착한 목소리로 '서방님' 하고 부르는데."

"알았어, 나중에 그렇게 불러줄게. 히히."

어린 소년과 소녀는 엉겁결에 결혼 약속을 해버렸다.

순수한 아이들의 약속에 어른들의 계산된 거짓은 없었다.

"일단 여기 창문부터 막자, 이것 좀 잡아 봐."

동주는 둘의 미래의 약속을 굳게 지켜줄 못을 나무판자에 박고 있다.

어느덧 마음을 담은 단단한 방어막이 완성되자 누구도 혜수를 훔쳐볼 수 없게 되어 안심이 됐다.

"손혜수, 과거는 다 잊고 너를 용서해줄 테니까, 나중에 어른이 되도 마음 변하면 안 돼."

"훗, 알았어. 고마워."

동주와 혜수는 작은 손가락을 걸고 언제가 될지 모를 그날을 약속한다. 약속의 증표처럼 망치에 맞은 동주의 손가락은 반지를 낀 것처럼 빨갛게 부어오르고 있었다.

안 아파

기쁜 마음으로 집에 돌아온 동주는 조금 어른이 된 것 같았다.

저녁상을 차리시는 엄마에게 중대한 발표를 한다.

"엄마, 나 나중에 혜수랑 결혼할래요!"

"그래, 알았어. 나중에 혜수만 좋아하고 엄마 버리면 안 돼."

엄마는 장난으로 아들을 떠본다.

"절대 그럴 일 없어요."

착한 아들은 엄마를 안심시켰다.

"근데 얼굴은 왜 그래?"

"그냥 넘어졌어요."

동주는 작은 상처 따위는 이제 대수롭지 않았다.

저녁을 먹고 방에 들어와 달걀로 얼굴을 문지르며 미래를 상상한다. 혜수가 어른이 되면 분명히 만화 속 여주인공보다 훨씬 예쁜 신부가 될 거라고. 행복한 소년은 달걀을 손에 쥔 채로 잠들어버렸다.

12월 24일 크리스마스 이브. 아침부터 동네가 시끄러웠다. 사람들이 모여 심각한 표정으로 웅성거리고 있었다. 밖에서 소식을 듣고 돌아오신 엄마가 동주에게 놀라지 말라며 지난밤 일을 말해준다.

"동주야, 놀라지 마. 혜수가 병원에 있대. 할머니도 같이. 연탄가스 중독이란다. 누가 창문을 일부러 나무판자로 막아놔서 연탄가스가 방으로 들어왔다는구나."

동주는 아찔했다. 떨려오는 입술을 깨물며 엄마에게 말한다.

"엄마~ 혜수네 창문 내가 막았어요. 죄송해요!"

"뭐? 내가 미쳐~ 왜 창문을 막아!"

"병세랑 일수가 혜수 목욕하는 거 훔쳐봐서 내가 막아버렸어요."

"이제 어쩔 거야! 당장 옷 입어. 병원 가 봐야지."

놀란 엄마가 아버지에게 전화를 건다. 수화기 너머로 화가 머리끝까지 난 아버지의 목소리가 들려왔다. 동주와 엄마는 전화를 끊고 얼른 집을 나선다. 동네 사람들이 삼삼오오 모여 혜수네는 지지리복도 없다며 수군거렸다. 엄마는 이웃들에게 죄지은 사람처럼 인사를 하고는 동주를 잡아끌어 큰길로 나왔다. 급한 마음에 택시를 잡아타고 병원으로 향한다.

병원에는 이미 아버지가 와계셨다. 아버지는 동주를 보자마자 화를 내셨다.

"너 이노무 자식~."

옆에서 엄마가 아버지를 달랜다. 아버지는 억지로 화를 누르며 긴한숨을 쉰다.

"너 집에서 보자."

의사 선생님이 병실에서 나와 동주 부모님에게 혜수의 상태를 설명한다.

"아직 혼수상태입니다. 할머니는 다행히 좋아지셨는데, 아이는 오늘 밤 지나봐야 알 것 같습니다."

"네, 감사합니다. 잘 부탁드립니다. 저한테는 딸 같은 아이입니다."

동주 아버지가 간곡하게 의사에게 부탁한다.

"네, 알겠습니다."

옆에서 듣고 있던 동주는 뚝뚝 눈물이 흘렀다. 만약 혜수가 잘못되기라도 하면 자기도 살 수 없을 것 같았다. 동주와 부모님이 혜수를 보러 갔을 때 혜수는 산소마스크를 쓴 채 축 늘어져 있었다.

"엄마, 혜수 죽으면 어떻게 해요? 아아앙~."

"쓸데없는 소리 하지 마. 혜수가 왜 죽어!"

"혜수야~ 미안해. 아아앙~ 나한테 시집 안 와도 괜찮아. 빨리 일어나!"

"임동주! 조용히 하고 여기서 혜수 지켜보고 있어! 난 아빠하고 혜수 할머니 만나 뵙고 올 테니까."

"아앙."

동주는 울며불며 바닥에 드러누웠다. 온몸으로 바닥을 닦아대며 발광한다. 그러고는 벌떡 일어나 혜수가 누워 있는 침대 앞에 무릎 꿇고 눈물 콧물범벅으로 기도를 한다.

"하나님, 혜수 좀 살려주세요. 네, 저 앞으로 교회 다닐게요. 그리고 착하게 살게요. 제발요, 내일 크리스마스잖아요."

동주는 교회를 가본 적이 없었다. 하지만 지금은 가장 높은 곳에 사시는 특별한 힘을 가진 분에게 부탁해야만 할 것 같았다.

"아아앙~ 부처님도 도와주세요. 하나님! 부처님! 부탁드려요!"

동주는 간절히 기도했다. 하지만 혜수는 아무 기척도 없다. 침대 시트는 동주의 눈물로 젖어갔다. 병실 밖에서 안타깝게 동주의 기도를 지켜보던 다른 환자들도 아이의 기도로 혜수가 눈 뜨게 되길 바라고 있었다.

"손혜수, 빨리 일어나! 집에 가서 내가 나무판자 다 뜯어낼게~ 그리고 목욕할 때마다 보초 서줄게."

하지만 혜수는 별 반응이 없다. 동주는 다시 바닥을 떼굴떼굴 구르며 울부짖는다. 얼마나 지났을까. 동주의 목이 쉬었다.

"응~응~ 으응~."

잠시 후 혜수 할머니를 뵈러 가셨던 동주 부모님이 병실로 돌아오셨다.

"임동주, 그만해. 계속 시끄럽게 하면 혜수가 더 아파!"

혜수가 더 아파질 거란 말에 동주가 울음을 그친다. 그때 혜수 엄마가 도착했다. 동주 부모님과 혜수 엄마, 그리고 의사가 오랫동안 이야기를 나눈다. 혜수 엄마는 울음을 참으며 의사의 말에 고개를 숙인다. 잠시 멍하니 있던 혜수 엄마는 의사에게 전화를 쓰고 싶다고 이야기한다.

어디론가 긴 통화를 끝낸 혜수 엄마가 동주에게 다가왔다. 동주는 퉁퉁 부은 눈과 상기된 얼굴로 혜수 엄마에게 용서를 빈다.

"아줌마, 죄송해요."

"하~."

할 말이 많은 혜수 엄마였지만, 어린 아이에게 모진 말을 할 수 없었다. 동주의 눈물이 혜수 엄마의 단화에 떨어진다. 두 사람은 그렇게 한동안 서 있었다. 혜수 엄마가 무릎을 구부려 동주의 눈물을 닦아 준다.

"동주야, 그만 울어. 혜수 괜찮을 거야! 아줌마가 혜수 데리고 서울 큰 병원으로 가서 치료하고 올게. 혜수 돌아오면 더 잘 놀아줘야 돼!"

동주는 대답하지 못하고 숙여진 고개만 끄덕거렸다. 최대한 감정을 자제하고 있었지만, 혜수 엄마도 복잡한 마음에 혼란스럽다. 동주를 원망해야 할지, 아니면 딸과 같이 있어주지 못한 자신을 원망해야 하는지….

동주 부모님은 죄인이 되어 혜수 엄마에게 연신 사과한다. 혜수 엄마는 긴 한숨을 반복하며 손에 얼굴을 묻었다. 그렇게 한참을 괴로워하고는 동주 부모님에게, 그만 됐으니 돌아가라고 한다. 동주 부모님은 병원에 있겠다고 했지만, 혜수 엄마는 원치 않는 것 같았다. 아버지가 조심스럽게 돈 봉투를 꺼내며 말씀하신다.

"혜수 어머니, 얼마 안 되지만 일단 이걸로 치료비 하세요. 그리고 앞으로 들어가는 혜수 치료비 제가 다 댈 테니까, 혜수 잘 부탁합니다."

"괜찮아요!"

혜수 엄마가 거절하자 동주 아버지는 죄송하다며 다시 고개를 숙였다. 혜수 엄마는 당장 혜수를 데리고 서울 큰 병원으로 가려고 의사들과 상의했다.

30여 분 후 앰불런스가 도착했을 때 창백해진 혜수가 침대에 실려 병실을 나왔다. 대기하고 있던 앰불런스에 천천히 옮겨지는 모습이 마치 깊은 잠에 빠진 공주 같았다.

"혜수야~ 미안해~."

동주는 앰불런스 입 속으로 사라져가는 혜수에게 작별 인사를 한다. 혜수 엄마 손에는 혜수가 즐겨 입던 주황색 코트가 구겨진 채 들려 있었다. 잠든 주인을 기다리는 코트를 보니 동주는 울음을 멈출 수가 없었다.

"동주야, 집에 가 있어. 엄마하고 아빠는 혜수 가는 병원에 갔다 올게."

혜수와 혜수 엄마, 동주 부모님은 동주만 남겨두고 서울로 떠나갔다.

조용해진 병원을 나온 동주는 고개를 푹 숙이고 집으로 걸어간다. 저녁이 다 되어 집에 도착한 동주가 창고에서 망치를 찾아들고 혜수 집으로 향했다. 아무도 없는 적막한 집에 도착한 동주는 창문을 막고 있는 나무판자를 한동안 노려보고 있다. 잠시 후 원망스러운 나무판자에 깊이 박혀 있는 못을 빼기 시작한다. 그런데 못을 하나하나 뽑을 때마다 죄책감 때문에 몸에서 힘이 빠져나갔다.

"나 때문에 혜수가~ 바보 같은 나 때문에~."

동주가 나무판자와 함께 풀썩 주저앉는다. 쭈그려 앉아 울고 있을 때, 골목길에서는 동네 아이들이 교회에 간다며 시끄럽게 걸어갔다. 아이들이 사라지자 눈물을 닦고 혜수 집에서 나왔다.

혜수를 아프게 만든 동주는 감히 고개를 들수 없어 땅만 쳐다보며 집으로 향했다.

잠시 후 멋진 첨탑과 화려한 불빛으로 치장한 교회가 동주 앞에 나타났다.

동주는 당장 안으로 들어가 소원을 빌어야겠다고 생각했다. 하지만 높은 분에게 부탁하려면 자신의 소중한 것을 주어야 할 것 같았다.

순간 좋은 생각이나 집으로 달리기 시작한다. 현관에 신발을 벗어던지고 방으로 들어가 돼지 저금통을 집어 들었다. 그리고는 연필깎이 칼로 저금통을 찢는다. 빨간 돼지 저금통 안에서는 십 원짜리와 백 원짜리, 간간히 천 원짜리도 나왔다. 전부 3만 1,850원이었다. 동주는 다시 돼지 저금통 안에 돈을 넣은 뒤 반창고로 돼지의 아픈 부위를 수술해 교회로 향했다. 그런대로 하나님에게 혜수를 부탁하기 위한 사례금이 마련된 것 같아 조금은 마음이 놓였다.

교회에 도착했을 때 기대와는 달리 병세와 일수가 아기 예수와 동방박사 연극을 준비한다며 시끄럽게 떠들고 있었다. 병세가 동주를 발견하고 한마디 한다.

"야, 임동주! 교회도 안 다니면서 뭐하러 왔냐? 크리스마스과자 얻어먹으려고? 여긴 우리 교회야!"

병세 엄마는 교회의 집사였다. 그래서 병세는 교회에서 절대 권력을 가지고 있었다. 과자를 얻어먹으러 온 염치없는 어린이로 만들어

버린 병세 때문에 동주는 자존심이 상했다. 교회 안으로 들어가려했지만 병세의 싸가지 없는 말에 몸은 저절로 교회와 멀어져갔다. 그리고 하나님과도 멀어진 느낌이 들었다. 하나님에게 부탁을 할 수 없게 되어 실망한 동주가 딱히 혜수를 부탁하러 갈 곳이 생각나지 않아 혜수 할머니가 계신 병원으로 향한다.

"똑똑!"

노크를 하고 동주는 죄인처럼 병실로 들어간다.

"할머니, 죄송해요!"

혜수 할머니는 힘든 몸을 일으켜 동주를 안심시킨다.

"놀랬지? 혜수 괜찮을 겨!"

동주는 대답 없이 저금통을 내밀었다.

"이게 뭐여?"

"저, 이걸로 혜수 있는 서울 병원에 가실 때 저도 데려가 주세요!"

할머니는 '후~' 하고 긴 숨을 쉰다.

"혜수 곧 올 겨. 그때 그걸로 맛있는 거 사줘."

할머니는 동주에게 돼지 저금통을 돌려줬다.

"그리고 늦었는데 언능 집에 가, 어여~."

하지만 동주는 발걸음이 떨어지지 않아 안고 있는 돼지 저금통만 쳐다보고 있다.

그러자 혜수 할머니가 동주의 머리를 쓰다듬으며 늦었으니 얼른 집에 가라며 돌려보낸다.

동주는 어쩔 수 없이 배꼽인사를 하고 돌아섰다. 혜수를 위해 아무것도 할 수 없는 속상한 마음으로 병원을 나온 동주는 큰길을 따라 집으로 돌아간다. 어두워진 거리를 상처받은 동주와 수술받은 돼지 저금통이 동전 소리를 내며 쓸쓸하게 걷고 있었다. 그때 어두운 골목에서 돈 소리에 민감한 중학생 불량배들이 나와 동주를 감싼다.

"야, 그거 들고 어디 가냐?"

"기도하러."

기분이 좋지 않은 동주가 짧게 대답하고 가던 길을 간다.

"야~야~ 거기서. 누구한테 기도할 건데?"

"아무나."

"이거 바보 아냐? 기도는 신한테 하는 거야. 우리가 대신 해 줄 테니까 그거 내놔."

동주가 돼지저금통을 감싸 안고 안 된다며 저항하자 불량배들이 완력을 써 억지로 돼지 저금통을 빼앗았다. 가뜩이나 슬픈데 불량배들이 하나님에게 드릴 사례금까지 빼앗아 가버려 주저앉아 버렸다.

"내 친구가 나 때문에 연탄가스 마셔서 위험한데, 교회에는 악당이 있어서 가지도 못하고 기도할 곳도 없고… 그런데 형들은 하나님한테 부탁하려고 가져온 돈 빼앗아가려고 하고, 엉~."

지금 상황이 너무 답답해 처음 본 불량배들에게 하소연을 한다. 무리들은 서로 눈치를 보며 머뭇거린다. 그 중 우두머리가 동주를 일으켜 세운다.

"야, 꼬마, 이름이 뭐냐?

"동주."

"친구가 많이 안 좋아?"

동주가 울먹이며 속상한 마음을 이야기한다.

"눈을 못 떠. 손을 잡아도 움직이지 않아."

우두머리가 '후~' 한숨을 쉬고 동주에게 돼지 저금통을 돌려준다.

"우리 누나도 작년에 가스 마셔서 하늘나라 갔다. 근데 기도하면 정말 친구가 좋아질 것 같냐?"

동주가 고개를 끄덕인다.

"따라와. 여기서 3분만 가면 성당 있거든. 거기라면 기도할 수 있을 거 같은데."

우두머리는 친구들을 먼저 보내고 작년의 자기만큼 간절해 보이는 동주의 기도가, 이번만큼은 이루어지길 바라며 성당으로 향했다.

늦은 시간이라 성당은 작은 조명만 켠 채 조용히 촛불만 타들어 가고 있었다. 우두머리가 저쪽으로 가 기도하면 소원을 들어줄 거라며 마리아상 앞으로 동주를 데려간다. 동주가 마리아상 발아래 조심스레 돼지 저금통을 놓고, 혜수가 빨리 눈을 떠 집으로 돌아올 수 있게 도와달라며 기도한다. 뒤에서 우울하게 지켜보던 불량 학생은 동주의 기도에 조금이나마 보탬이 될까 하고 가지고 있던 돈을 전부 돼지 저금통에 넣었다. 그리고 고개를 들어 마리아상을 쳐다보지만, 그분의 알 수 없는 표정은 작년과 별반 다르지 않았다.

기도를 마친 동주와 불량 학생이 성당을 나왔다. 고요한 성당 안에서는 마리아상과 상처받은 돼지 저금통이 촛불이 만든 그림자를 주고받으며 뭔가 이야기하고 있는 것 같았다.

언제?

그 후 3일이 지났다. 동주 아버지는 서울 가신 다음날 돌아오셨고, 엄마는 아직 혜수가 입원한 병원에 계셨다. 동주가 조심스레 아버지에게 물어본다.

"엄마 언제 오세요?"

"아마 오늘 오실 거야! 왜 괜한 짓은 해가지고 이 사단(달)을 만들어? 그런 일이 있었으면 어른한테 말했어야지."

동주는 아버지 눈치를 보며 울먹인다.

"울지 마!"

아버지는 무거운 표정을 뒤로하고 출근하신다.

"하…"

아버지의 긴 한숨과 함께 현관문이 굳게 닫혀버렸다. 동주는 거실에 덩그러니 걸려 있는 거울에 비친 자신을 보고 소리친다.

"이 바보 멍충이, 똥개야!"

몇 번을 소리쳐도 화가 가라앉지 않았다. 혜수가 만화 속 여자 주인공처럼 잘못되기라도 하면, 악당은 병세와 일수가 아니라 혜수를 지키려 했던 자신이 돼버리기 때문이다. 남자 주인공이어야 할 자신이 악당이 돼버린다면, 스스로를 용서할 수 없을 것 같았다. 그러면서도 한편으로는 엄마가 좋은 소식을 가지고 오실 거라고 믿고 자꾸만 미워지는 자신을 위로했다.

잠시 후 벽에 걸린 오래된 괘종시계는 맡은 일도 하지 못하고 9시 29분에 종을 친다. 혜수를 지켜내는 임무를 하지 못한 건 동주도 마찬가지였다. 바보 같은 괘종시계 종소리가 더 이상 듣기 싫어 방으로 들어간다. 이불을 얼굴까지 뒤집어쓰고 누워서인지 답답하기만 했다.

"그래, 내가 엄마 마중가면 버스가 더 빨리 올지도 몰라."

동주는 엄마가 가져오실 혜수의 소식을 조금이라도 빨리 듣고 싶어 더 이상 집에서 기다릴 수 없었다. 국방색 솜 점퍼를 챙겨 입고 터미널로 향한다. 며칠 동안 방 안에만 틀어박혀 있다 맛보는 신선한 공기가 동주의 머리를 시원하게 해주었다. 30분 후 터미널에 도착하니 사람들로 붐볐다. 크리스마스 기간 동안 애인을 만나러 온 사람, 서울로 올라가는 사람…. 그중에 제일 목소리가 큰 사람은 큰 쟁반만 한 나무 상자를 들고 다니며 오징어와 땅콩을 파는 아저씨였다.

동주가 벽에 걸린 시계를 확인한다. 오전 10시를 조금 넘기고 있었다.

외부와 뚫려있는 터미널 안은 입김이 나올 정도로 추웠기 때문에 동주는 벌써부터 발이 시려왔다. 서울에서 버스가 도착할 때마다 동주는 엄마를 찾아본다. 그렇게 몇 대의 버스가 도착했지만, 엄마는 보이지 않았다. 간혹 동네 아저씨들이 시외로 나가기 위해 버스를 타는 모습만 보였다.

어느덧 5시간이 흘러 7번째 버스가 도착했을 때 피곤한 모습의 엄마가 버스에서 내렸다. 동주가 엄마에게 달려간다.

"엄마~."

"추운데 왜 나와 있어! 어휴, 얼굴 봐, 다 얼었네."

"괜찮아요."

엄마를 기다리느라 홍시처럼 변해버린 얼굴과 감각이 둔해진 손발이 간질간질했다.

"엄마! 혜수는? 혜수 괜찮아요?"

엄마는 조용히 얼어 있는 동주 손을 감쌌다.

"동주야. 혜수 더 좋은 병원에서 치료받으려고 미국에 갔어! 한참 후에 올 거야."

"미국? 한참 후 언제요?"

"아마 1년 후에."

"예? 그렇게나 오래요! 근데 혜수 눈 떴어요? 말은 해요?"

엄마는 허리를 숙여 동주와 눈높이를 맞춘다.

"그럼, 당연하지. 더 좋아지려고 외국 간 거야!"

"나한테 아무 말 없었어요?"

"음~ 나중에 나으면 제일 먼저 동주한테 온다던데."

혜수가 눈을 떴다는 말을 듣고는 그동안 우울하던 동주의 얼굴이 환해졌다.

"하하, 당연하죠!"

아들을 안심시킨 엄마는 동주의 손을 잡고 터미널을 빠져나왔다.

"임동주, 이제 씩씩하게 집에 돌아갈까!"

"네~."

동주의 머릿속을 가득 채웠던 불안한 결말들이 엄마가 가져온 기쁜 소식 덕분에 한 걸음씩 물러나고 있었다. 엄마는 어린 아들에게 '어떤' 진실을 이야기할 책임이 있었지만, 지금은 때가 아니라고 생각했다. 기쁜 소식을 들은 동주는 할 일이 하나 더 늘었다. 미래의 신부가 빨리 회복해 돌아오기를 기다리며 혜수 집에 달력을 걸어두고, 매일 찾아가 그날마다 동그라미를 그려 넣기 위해서였다.

다음 날. 새벽부터 굵은 비가 쏟아졌다. 아침을 먹은 동주가 우산을 쓰고 혜수 집으로 향한다. 아직 아무도 돌아오지 않은 빈집이어서 한쪽 벽에 조심스럽게 달력을 걸었다.

"오늘이 12월 29일이니까, 앞으로 362일 남았다."

29일에 동그라미를 그리고 밑에는 이렇게 적었다.

"혜수가 오기만을 기다린다."

그때 어디서 왔는지 축축한 감나무위에 앉은 작은 새 한 마리가 온전히 비를 맞으며 울고 있다. 동주가 할 일을 마치고 집에 돌아갈 때까지, 그 자리에 앉아 슬프게 울기만 한다.

강아지

푸른 들판을 따라 흐르는 작은 강에 비추어진 햇살이, 춤을 추듯 반짝이며 아래로 아래로 흘러간다.

4개월 정도 된 강아지가 풀밭을 이리저리 구르고 있다.

토끼풀을 입에 물어 흔들었다가 뱉어버리고 다시 입에 물고 씹는다.

뒹굴뒹굴 아무 생각 없이 놀고 있다.

그때 한쪽 구석에서는 작은 산토끼가 풀을 먹고 있었다. 장난기가 발동해 숨죽이며 지켜보던 강아지가 벌떡일어나 식사중인 토끼를 놀래킨다.

"어흥~~ 널 잡아먹겠다!"

하지만 토끼는 강아지를 쳐다보지도 않고 풀만 먹고 있다.

"잡아먹는다니까?"

"먹든지 말든지!"

토끼는 강아지를 무시하며 하던 일을 계속한다.

강아지가 이리저리 토끼주위를 뛰어다니며 어설프게 짖어댔지만, 토끼는 아랑곳하지 않고 토끼풀을 우물우물 씹고 있다.

그때 토끼가 소리쳤다.

"야호! 오늘 운이 좋겠는데. 네잎 클로버다."

강아지는 자기를 무시하는 건방진 토끼에 화가나 으름장을 놓는다.

"야! 나 개야. 아주 무서운 개~ 내가 한번 물면 너는 피를 철철 흘릴 걸! 근데도 안 무서워?"

"풋~ 니 이빨로 나를 물어봐야 가죽에 조금 상처 나겠지. 나는 늑대하고도 싸워서 늑대 앞니 두 개나 부러뜨린 토끼야. 까불지 마라.
그리고 너 몇 살이야? 쪼끄만한 게."

토끼가 세상물정 모르는 강아지에게 허풍을 떨었다. 강아지는 토
끼가 늑대의 앞니를 날려버렸다는 말에 긴장해 다리가 떨려왔다.

겨우 이빨이 조금 자랐는데 토끼에게 맞아 자기도 늑대처럼 앞니
가 도망가 버리면 평생 놀림 받을 것 같았기 때문이었다.

"난 보름달 4번이나 봤어. 그런 넌 몇 살인데?"

"나는 보름달을 8번 봤거든! 그러니까 내가 형이지! 알았으면 엄마
가 기다리는 집에나 가라. 식사 방해하지 말고!"

강아지도 지지 않으려고 허풍을 떤다.

"내가 잘못 말했어. 4번이 아니라 40번 봤어. 내가 형이야!"

"야~ 그럼 이빨 보여 줘봐?"

하지만 강아지가 망설인다.

엄마젖이나 물던 이빨을 보였다가는 토끼의 비웃음만 살 뿐이었다.

"이빨은 왜 보여 달라는 거야? 안 돼! 오늘 양치 안했어!"

강아지가 이빨을 보여주지 않으려고 핑계를 대자, 토끼가 배짱 좋
게 강아지에게 앞발을 내밀었다.

"자~ 내 팔 물어 봐!"

강아지가 당황해서 거짓말을 한다.

"야~ 됐어. 사실 난 채식주의자야! 고기는 관심 없다고."

그 말을 듣고는 토끼가 강아지를 약 올린다.

"왜 겁나냐? 물어 봐! 물어보라고! 하룻강아지 주제에 이 형님을 몰라 봐! 이 동네에서 쌍떡잎 클로버하면 다 알아 준다구!"

강아지도 지지 않으려 말한다.

"너 내가 물면 아플 거야! 부러질 수도 있어!"

강아지가 허세를 부리며 겁주려 했지만 토끼는 눈 하나 깜짝이지 않았다.

"야! 이 무쇠주먹 보이냐! 겉은 털 땜에 뽀송뽀송해 보여도 이 손은 말이야, 앞산 거북바위에다가 하루에 천 번씩 단련한 손이야. 너도 늑대처럼 앞니 달나라 보내고 싶냐!"

토끼가 말랑말랑한 부드러운 손을 움켜쥐며 폼을 잡는다.

강아지는 늑대의 앞니가 달나라까지 날아갔다는 걸 듣고 '헉~' 하며 놀랐지만, 겁먹은 것을 들키지 않으려 한마디 한다.

"사실 나도 거북바위에 매일 천 번씩 이빨을 갈아서 지금은 얼마 안 남았어 그래서 못 보여주는 거야. 다음 보름달쯤이면 다시 날 거니까 그때 보여줄게."

토끼는 강아지의 거짓말에 비웃음을 날렸다.

"야! 똥강아지. 그냥 형이라고 불러. 이 무쇠주먹 맛을 보고 싶지 않으면."

강아지는 동글동글한 털 뭉치 녀석에게 형이라고 부르고 싶지 않았다.

그런데 토끼가 쌍떡잎 클로버라는 유명한 녀석이라는 말에 조금 긴장한 것도 사실이었다.

하지만 강아지는 용감한 진돗개의 후손이었기에 이대로 물러날 수 없었다.

"꽉. 우물우물."

강아지가 갑자기 토끼의 앞발을 깨물었지만 작은 이빨로 물어봐야 토끼털에 침만 묻힐 뿐이었다.

"너 뭐하냐? 안 봐!"

토끼가 화를 내며 무쇠주먹을 번쩍 들었다.

무쇠주먹이 하늘로 솟구치자 강아지는 눈을 질끈 감았다.

"콩 콩 콩."

무쇠주먹이 강아지의 눈탱이를 때렸다.

"나 지금 모기주먹에 맞은 거야?"

강아지가 물고 있던 앞발을 놓고는 토끼풀 위를 떼굴떼굴 구르며 비웃는다.

"그게 무슨 무쇠주먹이야! 그럼 내 이빨은 강철이빨이냐? 하하하."

"아씨~어제 호랑이랑 싸우다 손목 나가서 그래. 오늘 운 좋은 줄 알아."

"야! 니 별명 혹시 토끼풀 너무 많이 먹어서 붙은 별명 아니냐? 하하하."

얼굴이 벌게진 토끼가 딴소리를 한다.

"야! 가서 엄마 젖이나 더 먹고 와."

"나 엊그제 젖 끊었는데. 이제 밥 먹어!"

"그래? 밥 먹어?"

할 말이 없어진 토끼가 한마디 한다.

"그래도 젖 더 먹어. 한참 클 때니까."

"엊그제 엄마가 어딜 가셨어. 파란 트럭을 타고 온 사람이 엄마를 데리고 갔거든."

잠시 침묵이 흐른 뒤 토끼가 말한다.

"그건 엄마를 다시 볼 수 없다는 거야!"

"왜?"

토끼는 어떻게 말해야 강아지가 파란 트럭의 의미를 알 수 있을까 하고 생각 중이다.

"그건 니가 이제 어른이 되어야한다는 거야."

"왜?"

강아지의 계속돼는 '왜?'란 질문에 토끼가 다시 생각에 잠겼다.

"젖을 떼고 밥을 먹는다는 건 그런 거야."

"그런데 엄마는 왜 못 보는 건데?"

"음~ 야! 그건 나도 모르겠다. 나도 완전히 어른은 아니거든. 그냥 어른들이 그랬어. 사람들이 우리를 데려가면 다시는 못 돌아온다고."

"그래? 사실 아직도 엄마 젖이 먹고 싶은데. 난 아직 어린 강아지란 말이야. 니가 엄마 이야기 꺼내서 엄마 보고 싶잖아."

강아지가 눈물을 글썽거리며 토끼를 원망한다. 토끼도 미안한 마음에 자신의 옛날 이야기를 한다.

"야! 괜찮아. 우리 엄마도 덫에 걸려서 사람들한테 잡혀 갔어. 난 숨어서 그걸 지켜보기만 했다고~ 너무 무서워서 엄마를 부르지도 못하고 말이야~."

이번에는 토끼가 눈물을 글썽거린다. 갑자기 강아지와 토끼가 눈물을 흘리며 울기 시작한다.

토끼가 강아지에게 양 팔을 벌리며 말한다.

"이리와~ 불쌍한 놈아! 흑흑~."

그리고 강아지를 안아줬다. 강아지도 토끼를 '와락' 끌어안고는 눈물을 흘리며 말한다.

"고마워~ 그래도 형이라고는 못 불러! 엉엉~ 엄마~."

"그냥 형이라고 불러~ 흑흑~."

"싫다고~ 엄마~ 엉엉~."

"어제 그 호랑이한테 감사해라. 내가 손목만 안 나갔어도~ 흑흑~."

토끼는 무쇠주먹으로 강아지의 뒤통수를 '콩콩' 내리 친다. 하지만 그저 안마 수준이었다.

강아지도 이에 질세라 토끼의 무쇠팔을 우물우물 씹으며 잔뜩 침만 바른다.

다시 신경전이 시작되자, 순간 둘은 눈물을 뚝 그치고 얼른 떨어졌다.

강아지가 입안 가득한 토끼털을 '퉤퉤' 내뱉으며 말한다.

"야~ 토끼야. 우리 그냥 친구하자. 어차피 같이 보름달 보며 나이 먹는 처지에. 응?"

"어디서 못된 말만 배워 가지고. 좋아 내가 대인배니까 허락한다. 근데 니 이름이 뭐야?"

"옐로우 독이야."

"그게 뭔데?"

"나도 몰라. 그냥 주인이 그렇게 불러."

"너무 어렵다. 니가 노란색이니까 그냥 개나리라고 부르자. 어때?"

"괜찮은데! 니 이름은?"

"내 이름은 쌍떡잎이야. 뒤에 클로버는 별명이고. 하하."

"쌍떡잎? 발음하기가 어려워. 그냥 쌍~ 이라고 하면 안 될까?"

"안 돼! 그건 욕 같잖아. 그럼 그냥 떡잎이라고 불러."

"알았어. 떡잎아!"

적당한 혈투와 눈물의 화해로 친구가 된 개나리와 떡잎은 내일다시 만나기로 하고 각자 집으로 향했다.

　화창한 다음날 개나리는 어제 주인이 먹다 남은 고기를 떡잎에게 가져다주었다.

　"떡잎아~ 이거 내가 먹고 싶은 거 꾹 참고 너 줄려고 가져왔어. 먹어봐."

　"아 놔~ 이런 개나리야. 토끼가 고기를 어떻게 먹어. 마음은 고마운데 다음에는 당근이나 배춧잎 같은 걸로 가져올래?"

　"그래? 너 고기 못 먹어? 그럼 내가 먹지 뭐!"

　개나리가 얼른 삼겹살을 삼켰다.

　나름 준비한 선물을 친구에게 거절당해 민망한 개나리는 주인이 심어 놓은 당근 밭이 생각났다.

　"떡잎아! 내가 당근 밭을 아는데 같이 갈래?"

　"좋지. 하지만 지금은 안 돼. 사람들이 점심 먹으러 갔을 때 가자. 그럼 안전할 거야."

　"왜? 당근 몇 개 먹는다고 사람들이 싫어할까?"

　"싫어하는 정도가 아니라 나를 잡아먹으려고 할 걸."

　개나리는 집에서만 살아서 아직 세상 물정을 몰랐다. 하지만 떡잎은 산에 먹을 것이 없으면 농가로 내려와 농작물을 훔쳐 먹어야 살

수 있었다.

사실 인간들이 산에 나무를 다 베어버리고 건물을 짓고 돈이 되는 과실나무만 심어 산에 사는 동물들의 수는 점점 줄어만 갔다.

점심때를 기다리며 개나리는 들판을 뒹굴고 떡잎은 토끼풀을 열심히 먹고 있다.

흐르는 강물은 어제와 같이 햇살을 품고 멀리멀리 도망치고 있다.

어느덧 사람들의 점심시간이 됐다. 개나리는 떡잎을 데리고 당근 밭으로 향한다.

얼마 후 파릇파릇한 당근 이파리가 보였다.

"야호~~."

떡잎이 당근 밭으로 뛰어 들어 데굴데굴 구른다.

"와~ 심봤다. 멋진 날인데~ 역시 네잎 클로버가 행운을 가져다 준 거야."

한편 개나리는 혹시 사람들이 올지도 몰라 망을 보고 있다.

신이 난 떡잎이 이 당근 저 당근 사정없이 갉아먹는 바람에 당근 밭은 점점 지저분해져만 갔고 그걸 불안하게 지켜보던 개나리가 한 마디 한다.

"떡잎아! 하나를 다 먹고 다른 거 먹어. 그렇게 하면 당근 밭이 망가지잖아."

"이렇게 해놓으면 먹다 남은 건 사람들이 버리거든. 그러면 밤에 다시 와서 친구들이랑 또 먹을 수 있다고."

하지만 개나리는 주인이 밭을 보면 화를 낼 것 같아서 걱정이다.

어느 정도 배가 찬 떡잎이 밭에서 나왔다.

"개나리야 그만 강가로 놀러 가자."

당근 밭을 본 개나리는 심란해 놀러갈 기분이 아니었다. 하지만 이미 상황이 이렇게 됐으니 어쩔 수 없었다.

개나리는 마음이 편하지 않아 집으로 돌아가겠다고 말한다.

"떡잎아. 나 그만 집에 갈래."

"벌써! 그래 그럼 낼 보자. 안녕~"

"응."

개나리는 어색한 인사를 하고 집으로 돌아간다.

저녁이 되자 개나리 주인은 토끼 이빨자국이 난 당근 몇 개를 주워와 아내에게 한마디 한다.

"산토끼가 우리 당근 밭을 엉망으로 만들었당게! 그런데 우리 강아지 발자국이 있는 거 보니께 저놈이 토끼를 쫓아냈나벼~ 기특 혀~"

개나리는 주인의 칭찬이 불편했다.

분명 내일도 떡잎이 당근 밭에서 기다릴 텐데 무언가 방법을 찾아야만 했다.

눈을 감고 생각에 잠긴 개나리가 어느새 대자로 누워 잠들었다.

꿈속에서 떡잎과 함께 주인에게 쫓기며 도망 다녀보지만 느림보 달팽이처럼 느려터진 다리 때문에 주인에게 잡힐 듯 말듯 아슬아슬했다.

떡잎이 개나리를 남겨두고 혼자서 멀리 도망쳐버렸다.

'같이 가자고~' 소리치자 떡잎이 자리에 멈춰 개나리를 기다리다가 주인에게 잡혀버렸다.

그리고 혀를 내밀고 개나리를 쳐다본다.

깜짝 놀라 꿈에서 깬 개나리가 놀란 가슴을 진정시키려 물을 들이킨다.

아침이 오려면 아직 멀어 다시 생각에 잠겨 보지만 어린 개나리는 어느새 꾸벅꾸벅 졸고 있다.

다음날, 악몽 때문에 잠을 설친 개나리가 퀭한 눈을 하고 떡잎이 기다리는 당근 밭으로 갔다.

그런데 떡잎은 다른 토끼 두 마리와 함께 와 있었다.

"안녕! 개나리야. 내 친구들이야. 여기 하얀 친구는 뱃살공주고 저기 검은 점이 많은 친구는 저승꽃이라고 불러."

떡잎이 친구들 소개를 끝나자 뱃살공주와 저승꽃이 개나리에게 인사를 한다.

"안녕! 개나리야."

"어~ 안녕~."

개나리도 불안해하며 인사를 한다.

늘어난 토끼 친구들이 얼마나 주인의 당근 밭을 망칠까 생각하니 밤새 준비한 대책은 쓸모가 없어졌다.

머릿속이 복잡해져 개나리가 생각에 잠긴 사이 떡잎의 친구들은 당근 밭으로 성큼성큼 다가갔다.

'어쩌지~ 너희들 그러면 안 되는데.' 개나리는 쪼잔해 보이고 싶지 않아 말리지 못하고 고민만 하고 있다.

그사이 세 마리의 토끼가 파티라도 하듯이 당근을 뽑아 재끼는 바람에 당근 밭에서는 당근들이 공중으로 날아다니고 있었다.

이 광경을 본 개나리는 놀라 입이 '떡' 벌어졌다.

"안 돼 그만해!"

개나리가 친구들을 멈추어 세운다.

신나 있던 친구들은 어리둥절한 표정으로 개나리를 쳐다본다.

떡잎이 개나리에게 말한다.

"왜 그래? 개나리야!"

"여기 우리 주인아저씨 밭이란 말이야. 너희들이 너무 망쳐놓고 있잖아!"

어른들처럼 체면 좀 세우고 싶었지만 개나리는 솔직해지기로 했다.

“그래. 음~ 뱃살공주, 저승꽃 너희들 밭에서 나와 봐~.”

떡잎은 토끼 친구들을 당근 밭에서 나오게 했다. 그리고는 뱃살공주와 저승꽃에게 일러둔다.

“여기는 저기 나의 의형제 개나리의 주인 밭이야. 개나리 입장도 있으니까. 앞으로 여기 밭에서 아무리 싱싱한 당근 냄새가 나도 건들이면 안 돼.”

뱃살공주와 저승꽃은 떡잎이 개나리 편을 드는 것이 맘에 들지 않았지만 무쇠주먹의 명령이니 들을 수밖에 없었다.

“알았어.”

토끼들의 대답을 들은 떡잎은 개나리에게 살짝 윙크를 날린다.

개나리는 윙크가 무슨 뜻인지 몰라 눈만 껌벅거렸지만, 방금 전 떡잎이 친구들에게 한 말에 감동을 받아 순간 ‘형님~’이라고 부를 뻔했다.

개나리가 떡잎에게 말한다.

“떡잎아 다음에는 다른 밭에 데려 갈 테니까 한 가지만 약속해.”

“뭔데? 말해 봐.”

“밭에 가면 한 마리 토끼가 한 개씩 당근 먹기. 그 이상은 사람들이 화를 낼 거야.”

“조금 모자라기는 하지만 그렇게 하자. 너희들도 잘 들었지?”

“어~.”

두 토끼는 성의 없이 대답한다.

도둑인가?

세 마리 토끼와 한 마리의 강아지가 마을을 돌아다니며 계획적으로 농작물을 훔쳐 먹고 다니기 시작했다.

사람들이 봤을 때 화는 나지만 그렇다고 수확에 지장을 줄 정도는 아니었기 때문에 아직은 아무도 적극적으로 나서지 않고 있었다.

힘들이지 않고 맛있는 농작물을 먹고 다닌 탓에 떡잎은 뱃살공주처럼 살이 찌기 시작했다.

"야! 떡잎아 너 뱃살이 접힌다. 하하!"

개나리가 놀리자 떡잎이 반격한다.

"그런 너는 눈 위에 검은 점은 뭐냐? 너도 저승꽃처럼 껌정 꽃 핀 거냐!"

떡잎과 개나리가 티격 거리자 뱃살공주와 저승꽃이 키득거리며 웃어 댄다.

"너 이거 몰라? 진짜 촌스러워~ 일명 네눈박이라는 거야. 순수 혈통이라는 거지! 부럽지!"

개나리가 검은 점을 설명하자 떡잎도 뱃살의 정당성을 주장한다.

"이 뱃살은 겨울을 나기위해서 지방을 모아두는거야. 한겨울 먹이가 없을 때 이 뱃살이 큰 도움이 된다고."

"야! 그럼 뱃살공주의 겨울은 얼마나 길어서 저런 거야?"

떡잎이 손가락을 세워 '쉿!' 하며 개나리의 입을 막는다.

개나리를 쏘아보던 뱃살공주가 눈물을 터뜨리고 말았다.

"너무해~ 엉엉~나도 살 빼고 싶은데 안 된다고! 엉~."

떡잎과 저승꽃이 뱃살공주에게 다가가 위로한다.

"괜찮아? 개나리가 나빴어."

성격 좋던 뱃살 공주가 갑자기 울기 시작하자 당황한 개나리가 밭으로 들어가 당근하나를 뽑아 뱃살 공주에게 건넨다.

훌쩍거리며 당근을 건네받은 뱃살공주가 당근을 씹으며 개나리에게 경고한다.

"앞으로 내 뱃살 가지고 한번만 더 놀리면 확 굶어 죽어 버릴 거야! 훌쩍~."

"미안해! 뱃살공주야~ 이젠 안 그럴게."

뱃살공주가 굶어 죽는다는 말은 들은 떡잎과 저승꽃은 입을 막고 키득거린다.

토끼들이 볼 때 뱃살공주는 하루도 굶을 수 없었기 때문이었다.

그렇게 시간이 흘러 보름달을 같이 보게 된 친구들은 오늘을 기념하기 위해 달님에게 한 가지 씩 소원을 빌기로 한다.

떡잎이 처음으로 달님에게 소원을 빈다.

"달님, 올해처럼 맛있는 당근을 앞으로도 먹을 수 있게 해주시고 개나리가 어른 개가 되어도 저를 잡아먹지 않게 도와주세요!"

개나리는 떡잎의 소원에 대해 자기는 절대 그럴 일이 없다고 말하고 싶었지만 지금은 달님에게 소원을 비는 신성한 시간이라 꾹 참는다.

다음으로 뱃살공주가 소원을 말한다.

"달님, 이제 저의 배에는 그만 살이 찌게 해주시고 엉덩이나 가슴 쪽으로 좀 부탁드려요. 그리고 예뻐져서 남자 친구도 사귈 수 있게 도와주세요. 간절히 부탁드립니다."

친구들은 '오~~' 하며 놀려댄다.

뱃살공주는 부끄러운 듯 숨겨둔 당근을 꺼내 먹는다.

그때 떡잎이 '그만 먹어~'라며 한마디 하려 하자 저승꽃이 손바닥으로 떡잎을 입을 막아버렸다.

이제 저승꽃이 소원을 빌 차례다.

"달님. 올해는 꼭 장가 갈수 있게 도와주세요. 전 여기 토끼들보다 나이가 두 배나 많아요. 당근을 많이 먹어도 뚱뚱해도 괜찮아요."

말을 끝낸 저승꽃은 간절한 마음으로 뱃살공주를 쳐다본다. 하지만 뱃살공주는 저승꽃을 외면하고 떡잎을 바라본다.

그 모습에 '푸욱~' 하고 저승꽃이 고개를 떨구었다.

마지막으로 개나리가 소원을 빈다.

"여기 있는 친구들이랑 오래오래 같이 놀고 싶고요. 떡잎이 걱정하지 않게 계속 강아지로 있게 해주세요!"

그때 떡잎이 끼어들었다.

"야! 그게 다야? 시시하기는!"

"신성한 소원을 비는데 참견은 뭐냐?"

"맞아! 떡잎이 잘못했어."

다른 두 친구들로 떡잎이 잘못했다며 개나리 편을 들었다. 머쓱해진 떡잎이 억지웃음을 지으며 위기를 넘겨보려 한다.

"하하하. 내가 실수했네. 하하."

"하하하하~."

친구들도 떡잎이 어색할까 봐 억지로 웃어준다.

네 친구는 어깨를 맞대고 달을 보며 자신들을 소원이 이루어지길 기대한다.

그때 저승꽃이 슬쩍 당근을 꺼내 뱃살공주에게 내민다.

뱃살공주는 내키지 않았지만 조금 더 먹어야 깊은 잠을 잘 것 같아 당근을 얼른 낚아챈다.

그렇게 소박한 소원을 비는 순수한 밤이 깊어가고 있었다.

며칠 후 마을의 무 밭에서 개나리와 친구들은 무 잎을 먹고 있었다.

망을 보고 있던 개나리는 졸음의 유혹을 참지 못하고 어느새 잠이 들었다.

그때 무 잎을 먹고 있던 떡잎의 눈에 작은 돌멩이가 날아와 명중됐다.

"아야!"

떡잎이 너무 아파 눈을 잡고 바닥을 구른다. 놀란 뱃살공주와 저 승꽃은 얼른 밭을 빠져나와 숲으로 도망쳤다.

떡잎의 비명소리에 잠에서 깬 개나리가 떡잎에게 달려간다.

등 뒤에서 '쉭~' 소리가 들려 뒤를 돌아 봤을 때 더 큰 돌멩이가 개 나리의 눈탱이를 맞췄다.

"아야야!"

개나리도 아파 죽겠다며 땅을 구른다.

저쪽에서 양손 가득 돌멩이들 든 무밭의 주인이 고래고래 소리치 며 달려온다.

"이것들이었구만. 동네 돌아다니면서 농작물 먹어대는 놈들이! 야! 넌 이장집 개 아녀?"

오랜 시간 잘 숨어 다니며 작전에 성공해 왔던 개나리와 친구들 은 결국 오늘 정체가 탄로 나버렸다.

특히 개나리는 못된 개라고 동네에 소문이 날 것이 분명했다.

"도망가자~"

개나리가 떡잎을 일으켜 세워 달리기 시작한다.

뒤에서 돌멩이들이 날아와 떡잎과 개나리의 머리를 '쉐엑~' 하며 스쳐간다.

밭의 주인이 욕을 하며 쫓아오자 개나리와 떡잎은 얼른 우거진 숲 으로 들어가 몸을 숨긴다.

아직도 화가 풀리지 않은 밭주인이 숲에 연신 돌멩이를 던져댄다.

그 중 하나가 개나리와 떡잎 얼굴 사이로 '쉐엑~' 하고 지나가자 서로를 밀치며 도망가기 시작한다.

사람을 피해 한참을 달려온 둘은 어느새 떡잎의 집에 도착했다.

"휴~ 살았다."

떡잎이 숨을 고르며 개나리를 보다가 웃기 시작한다.

"하하하! 개나리, 너 눈탱이가 밤탱이야!"

"하하하! 너도 눈탱이가 퍼런데!"

떡잎이 손을 들어 눈을 확인해보니 돌에 맞은 눈이 벌에 쏘인 것처럼 부어올라 있었다.

"이제 어쩌지?"

개나리는 사람에게 들킨 것이 걱정이 되 떡잎에게 앞으로의 일을 물어본다. 그러자 떡잎이 눈을 어루만지며 말한다.

"일단 너는 집에 가서 며칠 동안 조용히 있어. 그리고 우리도 당분간은 마을에 안 갈게."

"그 다음은?"

"다음 일을 벌써 어떻게 알아! 그건 다음에 이야기 하고. 오늘 나 대신에 돌멩이 맞아 줬으니까 음~~~ 그래! 나중에 개나리 엄마 찾으러 가자."

"정말?"

"정말이야. 그러니까 집에 가서 혹시 주인이 괴롭혀도 조금 참고 있어, 내가 구하러 갈게."

"고마워~."

개나리가 고맙다며 떡잎의 멍든 눈을 핥아준다.

"아~ 더러워 그만해!"

떡잎이 침을 닦아내면서 성질을 낸다. 개나리는 알았다며 뒤돌아 집으로 향한다. 하지만 떡잎이 방심하고 앉아있을 때 다시 한 번 멍든 눈에 끈적끈적한 침을 바르고 도망친다.

"야! 이~ 개나리야~."

멍든 눈 때문에 속상한데 개나리의 장난 때문에 더욱 열이 받았다.

떡잎이 도토리를 주워 개나리의 뒤통수를 맞추려 하지만 개나리가 이리저리 피하며 떡잎을 놀려댔다.

"맞춰 봐라~~ 못 맞추지!"

떡잎이 더 많은 도토리를 주워 개나리에게 던져 보지만 얄밉게 잘도 피했다.

"잘 좀 던져봐~."

개나리가 계속해서 약을 올린다. 화가 난 떡잎이 도토리를 앞니에 넣고 깨물어 부순다.

"어휴~ 무서워라~."

"픽~."

개나리가 앞을 보지 않고 뛰다가 돌부리에 걸려 고꾸라졌다. 그 모습을 본 떡잎이 손을 들어 '야호!'를 외치고는 집으로 들어간다. 개나리도 아무 일도 없었다는 듯 일어나 집으로 향했다.

개나리가 집에 도착했을 때 심각한 표정의 마을사람들이 개나리 집에 모여 있었다.

사실 개나리의 주인이 마을 이장이어서 요즘 일어나는 농작물 피해에 대해 상의 중이었다.

개나리 주인이 말한다.

"여러분 말씀 뭔 뜻인지 잘 알것슈. 그니께. 그물망을 쳐도 소용이 없고 화약을 터트려도 그때뿐이란 말이쥬?"

무 밭의 주인이 말을 받는다.

"그렇다니께. 그리고 이장 말여. 이집 개도 산짐승하고 같이 몰려 다닌당게. 내가 봤어. 저기 오네."

개나리는 아무것도 모른다는 듯 개집으로 가 태연하게 사료를 먹는다. 주인이 개나리에게 다가가 사랑스럽게 머리를 쓰다듬는다.

"너도 한패여?"

개나리가 헤헤 웃으며 주인을 쳐다봤을 때 주인이 개나리의 눈을 보고 소리쳤다.

"야! 니 눈이 왜 그려. 누가 이런 거."

그 말을 들은 무 밭의 주인이 오늘 있었던 일을 말한다.

"이장~ 그거 내가 우리 밭에 들어온 토끼 맞출려다가~."

흥분한 이장이 무밭 주인의 말을 막고 한마디 한다.

"형님이 이런 거유! 참나. 누가 그러데유. 꽃으로도 동물 때리지 말라고. 옛날에 형님 집 소가 축사에서 뛰쳐나와서 미친 듯이 뛰어다니다가 내 차 들이 받았을 때 내가 형님 소 때렸슈. 내 돈으로 다 고쳤슈~."

"아니 이장 그게 아니라~ 어쨌든 대책 좀 만들어봐~~."

개나리 주인은 개나리의 부은 눈을 보고 화가 났지만, 이장에 연임하기 위해서는 냉정하게 이번 농작물 피해 사건을 해결해야만 했다. 그렇지 않으면 변덕이 심한 시골 인심에 감투가 날아가기 때문이었다.

"군청에 유해조수 구제신청 할 테니까 다들 피해상황하고 장소 적어줘 나한테 줘유."

개나리가 그동안 별것 아니라고 생각한 것들이 사람들에게는 큰 골칫거리가 되어가고 있었다.

사람들은 지금까지 피해 규모보다는 앞으로 일어날 일들을 미리 걱정해 행동에 나서기로 했다.

그때 영수 아버지가 이장 집에 씩씩 거리며 들어왔다.

"형님! 멧돼지가 우리 감자 밭 엉망으로 만들어 놨슈. 이거 봐봐유! 나 지금 경찰서 가서 엽총 꺼내 와야 것슈. 확 다 잡아 버릴겨!"

이장은 영수 아버지를 진정시킨다.

"이봐~ 진정햐~ 모든 일에는 순서가 있는 겨~~~."

"순서는 뭔 놈의 순서유~~ 당장 경찰서 갈 거유~~."

영수 아버지가 말을 듣지 않자 이장이 역정을 낸다.

"그렇게 급하면 경찰서부터 가지 우리 집에는 왜 온겨~~."

"형님이 이장 아녀유~ 이장님한테 일단 보고 해야쥬~~."

이장은 흡족한 표정을 지으며 말한다.

"허긴 그려~ 영수네는 나하고 군청에 같이 가자고~."

한 달 후

개나리는 쇠줄에 묶여 한 달 동안 친구들을 보지 못했다. 그사이 산에서 내려온 멧돼지, 고라니, 청솔모 등이 농작물을 마구 파헤쳐 사태는 더욱 심각해졌다.

일 년 농사가 허망하게 무너지고 있었다.

사람들은 사냥꾼들이 오기 전에 더 피해 입는 걸 막으려고 농작물에 냄새가 나지 않는 농약을 묻혀 들판에 두었다.

이장이 군청에 전화를 하며 화를 낸다.

"왜 이렇게 전화를 안 받는 규~~ 내가 몇 번을 했는지 알어 유~~."

상대방이 바빠서 못 받았다며 핑계를 대자 이장은 더 화가 치밀어 올랐다.

"바쁘다고 유! 그렇게 바쁘면 내일 받지 머하러 벌써 받었슈~ 아니 내년에 받지 그랬슈!"

이장은 한 달 전에 유해 조수 구제 신청을 했는데 아직도 사냥꾼이 오지 않아 수없이 담당자에게 전화를 했었다. 하지만 담당공무원은 절차에 따라 진행 중이라는 말만 해왔다. 이장이 세게 나가자 이번에는 며칠 안에 가능할 거라고 말했다.

군청 직원의 확답을 들은 이장은 전화를 끊고 한마디 한다.

"아 답답혀. 내가 이장단 회의 때 군수한테 다 말할 겨~."

그리고는 담배를 꺼내 불을 붙였다.

사람들의 위협에도 산짐승들은 수시로 마을에 내려와 사람들의 심기를 불편하게 만들었다.

개나리와 떡잎이 이 사건의 발단이었는지는 모르겠지만 분명한 것은 사람들과 산의 동물의 간에 영역을 확실히 구분 지을 때가 다가오고 있었다. 아마도 사람들의 일방적 승리로 끝날 것이 뻔했다.

인간은 인간 나름대로 가족을 부양하기 위해 동물들을 막아야 했고, 동물은 번식을 위해 더 많은 영양분이 필요했다. 이런 상황은 인간이 죄책감 없이 동물을 살생할 수 있는 이유를 만들어 가고 있었다.

며칠 후 동네에 도착한 사냥꾼들이 성난 사냥개를 앞세워 산속으로 들어갔다.

하루 종일 여기저기서 총소리가 울려 퍼졌고 조용한 시골 마을은 전쟁터가 되어 가고 있었다.

사냥꾼들은 멧돼지 고라니 토끼 너구리 할 것 없이 마구 잡아 들였고, 계속해서 개나리의 집에는 사냥당한 산짐승들이 쌓여가고 있었다.

개나리는 죽은 동물을 볼 때마다 가슴을 철렁이며 그중에 친구가 없는지 살펴보았다. 다행히 떡잎은 없었다. 하지만 떡잎의 친구들은 혀를 내밀고 늘어진 채로 마당 한구석에 쌓여가고 있었다.

빨리 이 줄을 풀고 달려가 떡잎에게 멀리 도망치라고 알려주지 않으면 떡잎도 사냥꾼의 총에 저렇게 될 것 같아 불안하기만 했다.

'저벅저벅'. 사냥꾼이 묵직한 발소리와 함께 하얀 토끼 한 마리를 들고 들어온다.

개나리의 숨이 거칠어졌다. 침을 '꿀꺽' 삼키고 사냥꾼이 들고 있는 것이 누구인지 확인하기 위해 뒷발로 서서 쳐다본다.

'퍽' 소리와 함께 마당에 뱃살공주가 버려졌다. 개나리는 '끙끙'대며 뱃살공주에게 다가가려하지만 그럴수록 목줄만 더욱 조여질 뿐이었다.

"뱃살공주야!"

이미 죽은 토끼는 대답하지 않았다.

얼마 전까지 수줍게 당근을 먹던 뱃살공주의 몸은 당근보다 더 빨갛게 물들어 있었다.

개나리의 머릿속에는 뱃살공주와 떡잎 저승꽃의 목소리가 뒤엉켜 살려달라고 아우성치는 것만 같았다.

"떡잎아~."

개나리가 펄쩍 펄쩍 뛰며 짖어대자, 주인이 개나리를 진정시킨다.

"저 개가 미쳤나~ 왜 이렇게 짖어! 조용히 혀!"

주인의 말에도 개나리는 떡잎을 구하러 가기위해 몸부림을 쳐본다.

주인이 뱃살공주를 옆으로 제치면서 한마디 한다.

"아주 통통하네."

개나리는 감지 못한 뱃살공주의 눈과 마주치자 더 이상 볼 수 없어 고개를 돌렸다.

마을에서는 아직도 총소리가 울려 퍼지고 있었고 총소리와 어우러진 저녁노을이 붉게 들판을 물들이고 있었다.

쌍떡잎 클로버

며칠 동안 집안에는 더 많은 숲속 친구들이 쌓여가고 있었다.

떡잎이 잡히지 않은 것은 다행이었지만 혹시 내일 사냥꾼 손에 떡잎이 들려오는 건 아닌지 마음은 더욱 불안해져만 갔다.

개나리에게 친구이기도하고 세상을 알려주는 형 같았던 떡잎이 숲속 어딘가에서 목숨을 걸고 도망치고 있는데, 아무것도 할 수 없으니 미칠 것만 같았다.

개나리는 더 이상 이렇게 있을 수 없다고 생각하고 이리저리 목을 흔들고 몸을 비틀어 줄을 당겼다.

그렇게 미쳐 날뛰기를 40여 분, 쇠줄을 고정시키려 박아놓았던 못의 몸통이 닳아 조금씩 벌어지기 시작했다.

개나리는 더욱 목을 흔들어 댔다. 못이 더 벌어 졌지만 쇠줄 고리가 빠지기에는 아직 공간이 좁았다.

입을 벌려 못의 닳은 부분을 물어뜯는다.

물고 또 물고 계속 물어뜯는다. 입에서는 피가 흐르기 시작했지만, 친구를 생각하면 멈출 수가 없었다.

'툭!' 개나리의 송곳니가 부러졌다.

하지만 못도 거의 끊어져 갔다. 남은 송곳니로 못을 다시 깨물었을 때 못이 끊어졌다.

개나리는 마음속으로 떡잎이 무사하기만을 바라며 미친 듯이 집 밖으로 뛰쳐나갔다.

쇠줄을 '철컹'거리며 떡잎과 함께 놀던 강가 토끼풀 들판으로 내달렸다.

"저 다리만 넘으면 떡잎이 기다리고 있을 거야!"

개나리는 순식간에 다리 위에 도착했다.

그때 다리 반대쪽에서 떡잎이 비틀거리며 걸어오고 있었다.

놀란 개나리가 소리친다.

"떡잎아! 왜 그래!"

"배가 너무 아파~ 속이 타들어 가는 것 같아."

떡잎이 비틀거리며 개나리에게 다가온다.

"개나리야~ 그동안 왜 안 왔어. 얼마나 기다렸다고~ 쿨럭~."

떡잎이 피를 토한다.

놀란 개나리가 떡잎 앞으로 달려간다.

"미안해 떡잎아~ 주인아저씨가 나를 개집에 묶어 놔서 올 수가 없었어. 그런데 입에서 피가 나잖아! 왜 그래?"

"괜찮아! 별거 아니야. 쿨럭~ 개나리야 나 너랑 같이 엄마 찾으러 못갈 것 같아! 몸에 힘이 안 들어가~."

"괜찮아! 그것보다 빨리 숲으로 가자!"

겨우 서 있는 떡잎을 부축하며 다리를 건너려 할 때, 살기 가득한 눈빛의 사냥개가 개나리와 떡잎을 가로막았다.

개나리가 집에서 본 미친 사냥개를 알아보고 소리친다.

"떡잎아 도망가! 빨리!"

하지만 떡잎은 필요 없다며 그 자리에 서 있으려 했다.

"빨리 도망가라고! 금방 따라갈게. 집에 가 있어!"

개나리가 소리치자 떡잎은 비틀거리며 건너왔던 다리를 되돌아간다.

사냥개는 잡기 쉬운 떡잎에게 먼저 달려든다. 친구에게 갈 수 없도록 개나리가 사냥개의 다리를 물었지만 가는 길만 방해할 뿐 사냥개를 쓰러트릴 수는 없었다.

화가 난 사냥개가 개나리를 뒷목을 물어 내던져버렸다. 그때 개나리의 쇠줄에 붙어있던 부러진 못이 사냥개의 목걸이에 걸려 버렸고 개나리를 날려버린 힘이 그대로 사냥개의 목에 전달 돼 두 마리 개는 다리 위에서 나뒹굴었다.

힘으로는 사냥개를 이길 수 없다는 것을 아는 개나리가 목줄에 매달린 쇠줄로 사냥개의 목을 한 바퀴 감았다. 그리고는 재빨리 강으로 뛰어든다.

순간 사냥개의 목에 개나리의 무게와 떨어지는 힘이 더해져 목을 조여 갔다.

사냥개가 네 발로 버티며 고통스럽게 버둥거린다. 개나리 역시 목이 조여와 거의 숨을 쉴 수가 없었다.

개나리가 떡잎에게 소리친다.

"빨리 가~~."

더 이상 말을 할 수 없는 개나리가 다리 난간아래 쇠줄에 매달려 고통스럽게 발버둥을 쳤다.

쇠줄이 사냥개의 목을 조이는 속도보다 개나리의 목을 더 빠른 속도로 조여와 고통스럽게 신음한다.

마찬가지로 다리위에서도 사냥개가 '켁켁' 거리며 발버둥을 치고 있었다.

그렇게 개나리의 몸은 점점 늘어져 갔고 다리를 간신히 건넌 떡잎은 피를 토하며 쓰러졌다.

떡잎의 눈이 점점 흐릿해져가며 가는 숨만 내쉰다.

"개나리야~~ 미안~ 더 이상 못 가겠어~~."

떡잎은 짧은 마디숨을 쉬고는 눈을 감았다.

친구는 함께

　사냥꾼은 두 마리의 개가 쇠줄에 엉켜 다리에 매달려 있는 것을 보고 얼른 개나리를 들어올렸다. 그리고 사냥개에 걸려있던 개나리의 쇠줄을 풀어 내동댕이쳤다.

　사냥개가 '켁켁'거리고 일어나 몸의 턴다.

　그사이 개나리도 정신을 차려 다리위에 매달려 있는 동안 헐렁해진 목줄을 벗어 던졌다.

　사냥개가 핏발선 눈을 하고 쓰러져 있는 떡잎을 덥석 물어 이리저리 흔들자 떡잎의 몸은 늘어진 가래떡처럼 사정없이 춤을 췄다.

　그 미친 광경을 본 개나리가 사냥개를 향해 달려든다.

　"그냥 둬~~~."

　하지만 살육에 미쳐있는 사냥개는 아랑곳 하지 않고 떡잎을 '우두둑' 씹어버렸다.

　친구의 몸이 부숴지는 소리에 이성을 잃어버리긴 개나리도 마찬가지였다.

　"아악~~."

　사냥개가 주저앉으며 비명을 지른다.

　개나리가 사냥개의 불알을 물고 매달렸다.

　"아아~~ 그만! 그만~~ 나 죽는다!"

사냥개가 개나리에게 봐 달라고 사정한다. 하지만 땅바닥에 피투성이로 쓰러져 있는 떡잎을 본 개나리는, 물고 있던 불알을 더욱 세게 깨물고 늘어져 이리저리 뒹굴기 시작한다.

사냥개가 떼어보려고 하지만 너무 아파서 몸에 힘이 들어가지 않았다.

"아~ 야야~ 아악! 말도 안 나와~~ 그만해. 살려줘~~ 제발!"

개나리는 용서할 마음이 없었다.

'퍽~~' 사냥꾼이 개머리판으로 개나리의 얼굴을 내려쳐 멀리 내팽겨친다. 그리고는 개나리에게 총을 겨누며 한마디 한다.

"이런 미친 강아지새끼를 봤나! 이 개가 얼마짜린데. 넌 골로 갔어!"

사냥꾼이 개나리를 향해 방아쇠를 당겼다.

정신을 차리고 일어나 총알을 피해보려 옆으로 뛰었지만, '탕~' 소리와 함께 개나리의 한쪽 귀가 날아가 버렸다.

"욱~."

개나리가 신음소리를 내며 사냥꾼을 노려본다.

사냥꾼이 엽총을 꺾어 탄피를 꺼내 다시 총알을 장전한다. 그사이 사냥개도 네발로 일어서 자기의 중요 부위를 살핀다. 그런데 그곳에서는 붉게 피가 흐르고 있었다.

"넌 죽었어~."

사냥개가 절뚝거리며 개나리에게 달려든다. 귀에서 흐르는 피가 개나리의 왼쪽 눈과 얼굴을 빨갛게 물들였다.

으르렁거리며 사냥개에게 달려가는 척 하다 도망치기 위해 몸을 돌려 떡잎에게 달려간다.

"떡잎아! 좀 세게 물 거야~."

개나리가 떡잎을 물고 강물에 뛰어들었다.

'첨벙!' 소리와 함께 유속이 빠른 강물을 따라 두 친구가 떠내려간다.

화가 난 사냥꾼이 개나리에게 총을 쏴댔지만 다행히 저녁노을이 사냥꾼의 시야를 방해해 총알은 빗나갔다.

사냥꾼과 사냥개는 고래고래 소리를 지르며 개나리와 떡잎이 사라져 가는 것을 지켜볼 뿐이었다.

그 자리

개나리와 친구는 강물을 따라 한참을 떠내려 왔다. 떡잎을 물고 있던 개나리도 지쳐 힘이 없었다.

가까스로 강가의 모래사장에 떡잎을 물고 올라간 개나리가 기진 맥진한 채 쓰러졌다.

한참 시간이 흐르고 보름달이 떴을 때 개나리가 눈을 떴다.

옆에는 사냥개의 이빨에 몸 여지저기 구멍이 뚫려버린 떡잎이 누위 있었다.

"떡잎아~ 떡잎아~."

하지만 떡잎은 대답이 없다.

만날 때마다 재잘거리며 허풍을 떨던 친구는 아무 말도 없이 숨도 쉬지 않는다.

개나리도 떡잎이 죽었다는 것을 안다.

하지만 용감한 쌍떡잎 클로버의 죽음이 믿기지 않았다.

지금이라도 벌떡 일어나 무쇠주먹으로 자기를 때려줄 것만 같았기 때문이다.

그러면 아픈 척하며 쓰러져 줄 텐데 친구는 무쇠주먹을 펴고 쥐려하지 않았다.

"거북바위에 무쇠주먹 단련하러 가야지~ 같이 호랑이 혼내주러 가기로 했잖아~~~."

보름달이 개나리의 속상한 마음처럼 강물 속에서 사정없이 일렁거린다. 찌그러지고, 다시 펴지고, 그리고 흩어지고. 개나리의 얼굴도 물속의 보름달처럼 그렇게 모양을 바꾸어 간다.

개나리는 '주르륵' 눈물이 흘러내렸다. 하지만 소리내어 울 수도 없었다.

그러면 사냥개가 울음소리를 듣고 쫓아올 것만 같았다.

"가자 떡잎아!"

개나리가 떡잎을 물고 모래사장 밖으로 나와 넓은 들판위에 올라섰다.

무표정의 보름달이 토끼풀밭을 밝히고 있었고 달빛을 머금은 토끼풀 꽃은 들판을 꽃반지로 가득 채웠다.

개나리는 그중에 가장 예쁜 토끼풀들이 있는 곳으로 갔다.

"떡잎아 여기서 자는 게 좋겠다."

그리고는 앞발로 땅을 파기 시작했다. 하지만 땅속을 지키는 돌들이 앞을 가로 막고 있었다.

방해되는 돌부리를 입으로 들어내고 계속해서 친구가 쉴 곳을 파내려갔다.

어느덧 떡잎이 편하게 누울 수 있는 자리가 만들어져 친구를 살짝 밀어 구덩이에 넣는다.

'털썩!' 떡잎이 힘없이 구덩이 속으로 떨어졌다.

"떡잎아~ 미안. 내가 사람처럼 손이 있었다면 안 아프게 눕혀 줄텐데."

개나리는 떡잎이 아플까 봐 미안해했다. 그리고 땅속에 누워 있는 떡잎을 한참동안 보고 있었다.

흙을 덮어야 하지만 친구를 보내기 싫어 그러지 못한다.

잠시 후 코로 한 덩이 흙을 떡잎에게 덮어준다.

"떡잎아! 자는 거 맞지~ 미안해. 내가 널 이렇게 만든 거야~"

떡잎의 몸에 개나리의 작별인사가 뚝… 뚝… 떨어진다.

"안녕~ 잘 자~."

마지막 인사를 하고는 다시 작은 코로 흙을 밀어 넣는다.

이제 친구의 작은 무덤이 다 만들어졌다.

개나리는 아까 뽑아 놓았던 가장 예쁜 토끼풀꽃을 떡잎의 무덤 위에 올려 놓았다.

그리고 지칠대로 지쳐버린 몸을 작은 집에 기대어 '털썩' 쓰려졌다. 개나리는 눈을 감고 잠을 청한다.

그때 살며시 바람이 불어오자 토끼풀 꽃들이 고개를 가로저으며 두 친구에게 가지 말라고 한다. 하지만 대답은 들풀을 가로지르는 바람 소리뿐이었다.

달빛을 담은 꽃들이 줄지어 개나리와 떡잎의 어두운 길을 밝혀준다. 언제 왔는지 저 멀리서 홀로 남은 저승꽃이 다가가지 않고 지켜만 보고 있다. 손에는 떡잎의 네잎 클로버가 들려 있었다.

"이것 때문에 떡잎이 당근 밭에 간 거야. 이것만 없었어도~."

저승꽃은 네잎클로버를 부숴버렸다.

동병상련

우리도 아프다

"우리가 복수할 방법은 없을까?"

"글쎄, 우린 인간을 이길 수가 없으니 불가능하지 않겠어?"

닭의 질문에 어림없다는 듯 황소가 대답했다.

"하~ 그럼 언제까지 인간의 육체를 위해 우리 가족들이 죽어야 하는 거야?"

닭이 남겨진 자식들을 걱정하며 한숨을 쉬고 있을 때, 옆에서 듣고 있던 돼지가 끔찍한 경험담을 이야기한다.

"난 아빠가 죽어가는 것도 봤어. 그것도 산채로 피를 받는 걸. 흑흑~~."

돼지가 아빠의 비참한 죽음에 대한 목격담을 이야기하자 가축들이 놀라 눈이 동그래졌다.

모두가 위로의 말을 찾고 있을 때 황소가 한마디 한다.

"사람들은 정말 잔인해. 죽이려면 고통 없게 하면 되잖아. 어떻게 그런 끔찍한 짓을~."

다른 동물들도 인간의 막강한 힘에 길들여진 자신들을 비참해 한다.

"나도 애완동물로 태어났으면 좋았을 텐데!"

오리도 한숨을 쉬며 인간이 먹지 않는 동물로 태어나지 못한 것을 한탄했다.

"올해도 잘 넘어가나 했는데~."

작년 여름 복날을 잘 넘긴 개가 체념한 듯 말했다.

여기 모인 동물들은 자신들의 미래가 이미 정해져 있다는 것을 알고 있었지만 그냥 죽어가기에는 너무 억울해, 인간들에게 복수하고 싶어했다.

"인간은 내 몸을 분해해서 안심 등심 갈비 우둔살 앞다리 살 이렇게 몇 십 종류로 이름을 붙여서 팔아버려."

"황소야, 그래도 넌 나보다 오래 살잖아. 난 태어난 지 일 년도 안 돼서 도살장으로 끌려 와. 사실 그 비좁은 축사에서 사료만 먹고 제대로 운동도 하지 못할 바에야 빨리 도살장에 가 영혼이라도 자유롭고 싶었지만, 막상 그날이 다가오니까 더 살고 싶다. 인간들은 삼겹살을 왜 그렇게 좋아하는 거야? 지금 우리 이야기를 듣는 인간이 있다면 군침을 흘릴지도 모르겠다."

돼지는 자신의 운명이 인간의 입맛에 달려있다는 것이 마음에 들지 않았다.

사실 동물들이 모여 있는 이곳은 도회지에서 그리 멀지 않은 복합 도살장이었다.

위낙 규모가 크다보니 모든 가축 도살이 가능한 곳이었다.

"야~ 닭아! 넌 할 말 없어?"

황소가 묵묵히 창밖만 쳐다보는 닭에게 물어봤다.

"그냥 고통 없이 갔으면 좋겠어. 안 아프게."

닭의 대답에 애써 감추고 있던 공포감이 다시 동물들을 에워싼다.

내일 어떤 고통이 자신들의 숨통을 끊어버릴지, 예고된 죽음은 도살장에 잠시 정적이 흐르게 만들었다.

냉장고의 냉동실처럼 얼어붙은 분위기를 바꿔보려 오리가 말을 꺼낸다.

"애들아 나의 일급비밀을 알려줄까?"

오리의 뜬금없는 비밀 고백에 죽음은 잠시 잊고 일제히 초롱초롱한 눈망울로 오리를 쳐다본다.

"뭔데? 뭔데?"

"사실은 말야 나~~ 음~~ 아~~."

오리가 뜸들이며 말하기를 망설이자, 성질 급한 개가 화를 내며 재촉한다.

"야! 내일이면 우리 모두 죽을 텐데 너까지 숨넘어가게 할래!"

"나 말야. 사실 이거 가발이다. 그리고 몸에 붙어 있는 털도 새들 깃털 가져다가 붙인 거야~."

동물들은 "풋!" 하고 무거운 분위기를 깨며 웃기 시작한다.

"하하하~~ 어쩐지 오리치고는 좀 화려하다 했지. 그런데 어쩌다가 털이 없어진 거야?"

돼지가 도대체 무슨 이유로 남의 털을 붙이고 있냐며 오리에게 물어봤다.

"너희 유황 알아? 냄새 나는 것 있잖아. 온천 가면 달걀 썩은 냄새 나는 거."

"알지 내 똥냄새 보다 지독하자나. 하하~"

다른 동물들은 유황을 잘 몰랐지만, 돼지 똥냄새를 능가하는 악취라는 말에 모두 잘 이해가 됐다.

"와~ 돼지 너 말 잘한다. 그런데 왜 사람들은 너보고 멍청하다고 하지."

오리가 감동해서 칭찬하자 돼지가 말을 받아 이어간다.

"인간들은 내가 많이 먹는다고 멍청하다고 하더라. 그런데 사실은 인간이 더 멍청하거든. 왜냐면 나는 내 위의 70프로가 차면 더 이상 먹지 않아. 아무리 맛있는 것이 앞에 있어도 엄청난 자제력으로 안 먹을 수 있거든. 그런데 인간들은 위에 100프로가 차도 또 먹어 목구멍에 찰 때까지. 그리고 소화가 안된다고 약을 먹더라. 누가 더 멍청한 건지."

돼지의 말에 동물들이 연신 고개를 끄덕였다.

"맞아, 많이 먹어서 병나고 병나서 병원가고 그리고 또 많이 먹고."

황소도 거들었다.

친구들의 인간을 향한 비난이 끝나자 오리가 말을 이어간다.

"그 냄새 역한 유황을 나한테 먹인 거야. 유황먹인 오리가 몸에 좋다고. 하지만 유황도 나한테는 독이라서 털이 숭숭 빠져 버렸어."

"참 인간들 하는 짓이란!"

"어쩜 그 독한 걸. 오리 너도 사는 게 힘들었겠구나."

개를 시작으로 친구들이 자기 일처럼 인간들의 행태를 비난하는 소리에, 위로받은 오리는 뭔가 결심이 섰다.

길게 숨을 내뱉은 오리가 날개를 들어 머리를 쓸어 올렸다. 그러자 머리에 붙어 있던 털이 바닥으로 떨어지며 민머리가 됐다.

"마지막 가는 길 오리로서 긍지를 가지고 정갈하게 순국하려했지만, 너희들 길동무에게는 나의 본모습을 보여주고 싶어."

오리는 세상에서의 마지막 밤을 같이 보낼 친구들에게 혹시 죽었을 때, 자신의 털 빠진 모습을 못 알아 볼까봐 마지막 남은 가짜 털까지 떼어내 벌거숭이가 됐다.

"야~ 너희들! 나 잘 기억했다가 천국 갈 때 같이 데려 가야 돼?"

오리의 진심이 담긴 말에 다시 분위기가 무거워졌다.

나도 비밀

듬성듬성 몇 가닥의 털만 붙어 보기 흉한 오리의 모습이 안쓰러운 동물 친구들은, 바닥에 흩어진 오색의 털을 쓸어 담아 오리 앞에 가져다 줬다.

"오리야~ 니 진짜 모습 잘 봤으니까. 다시 깃털 붙여. 오늘 밤은 추울 거야."

황소가 여성스러운 목소리로 오리에게 말했다.

"아니야. 춥지 않아. 웃긴 게 유황 덕분에 얼마나 건강한지 감기 한 번 안 걸렸어. 하하하~.

근데 황소 너는 참 여성스럽다. 덩치와는 다르게 말투가 참 고와."

"아하하하! 그런가!"

황소는 평소같이 않게 일부러 호탕하게 웃었다.

잠시 후 오리가 뒤뚱거리며 앞에 놓인 깃털들을 날갯짓으로 날려 버렸다.

"아~ 시원하다. 그동안 폼 잡는다고 얼마나 군시러웠다고."

동물들도 오리의 행동을 보고 시원한 해방감을 느꼈다.

"저기~ 나도 이야기 할 게 있어!"

돼지가 오리에게 위로가 될까 하고 말을 꺼냈다. 그리고 활짝 웃는다.

"오리야~ 이 얼굴 잘 기억해. 내가 죽을 때 너무 아파서 인상을 찡 그릴 거야. 사람들은 이런 얼굴보고 웃고 있다고 좋아하면서 내 머리로 제사를 지내. 게다가 코에다가 돈까지 쑤셔 넣어. 젠장 죽어서도 수모를 당하다니 비참하다."

오리와 돼지가 서로의 눈을 응시하며 안쓰러워하다가 감정이 복받쳤는지 눈시울을 붉힌다.

다른 동물들의 눈가도 조금씩 젖어 갔다.

"야 너희들 고해성사하듯 다 말해버리면 어떻게 해? 누구나 숨기고 싶은 비밀이 있는데 말 안하면 죄 짓는 것 같잖아."

황소가 얼굴을 붉히며 말했다.

"황소야! 말 안 해도 돼. 하지만 천국 갈 때 우리가 같이 안 갈 수도 있어. 그리고 넌 특별히 비밀도 없잖아."

닭이 농담반 진담반으로 황소를 협박했다. 황소는 큰 덩치에 비해 소심해서 자기가 죽은 뒤에 아무도 길동무를 안 해 줄까 내심걱정이 됐다.

"알았어. 알았다고. 야. 아무도 비웃지 마. 이 말만은 안하려고 했는데 사실 나 내시야."

"뭐~~~~~~?"

너무 놀라 입이 쩍 벌어진 동물들이 일제히 황소를 바라본다.

이 상황에서 웃을 수도 없고 모두 상당히 당황했다.

"아~ 젠장. 내가 말 안한다니까. 나 어려서 거세 당했어."

"뭐~~~~~~?"

다시 한 번 모두들 놀란다.

"사고가 아니라 인간이 거세 했다고?"

개가 재차 물어본다.

"그래. 그만 물어봐 창피하니까."

황소는 고개를 숙이며 풀이 죽는다.

"어쩐지 목소리도 예쁘고 피부도 참 곱더라."

개의 쓸데없는 말에 상처받은 황소가 더 깊숙이 고개를 숙였다.

"피부 고운 게 어쨌다고! 뭐 잘못됐냐?"

돼지가 황소를 대신해 화를 내며 개를 노려본다.

"야~ 뭘 그렇게 화를 내. 니 일도 아니잖아."

개는 갑자기 화를 내는 돼지에게 '넌 빠지라는' 듯이 말했다.

그러자 돼지가 갑자기 얼굴을 시멘트바닥에 묻고 고백한다.

"나도 내시여~ 이 자식아. 엉~ 엉~."

"뭐~~~~?"

다시 한 번 모두 놀랐다. 오리가 너무 놀라 딸꾹질을 하자 남아있던 꼬리 깃털이 덜렁 빠져 버렸다.

그랬다 돼지도 어려서 거세를 당해 황소만큼 고운 피부를 가지고 있었다.

도살장은 순식간에 비밀폭로장이 되어 가고 있었다. 그러면서 그들은 서로의 아픔에 동질감을 느꼈다.

같은 아픔을 나눌 수 있는 친구가 하나둘씩 늘어갈수록 죽음의 공포는 줄어드는 듯했다.

"이 돼지새끼야. 진작 말하지. 짜식 고맙다."

"아니야, 황소야 내가 더 고마워. 엉엉."

"야~ 울지 마 그래도 우린 수놈이야."

황소가 마음이 약해져 울보가 된 돼지를 위로해 준다.

닭, 개, 오리는 눈만 깜빡거리고 있었다.

잠시 남자도 여자도 될 수없는 황소와 돼지를 그냥 두는 것이 나을 것 같아서였다.

거세당한 자들의 눈물이 멈추었을 때 닭이 개에게 묻는다.

"개야 넌 비밀 없어?"

개가 한참을 고민하다가 말한다.

"난 없는 것 같은데. 넌?"

"그런데 넌 누구냐?"

닭이 개에게 누군지 모르겠다는 듯 말했다.

"우리 하루 종일 여기 같이 있었잖아."

"그래. 근데 난 너 처음 보는 것 같다."

"그럼 황소하고 돼지는 기억해?"

"글쎄 쟤들도 잘 모르겠어."

"너 돌 머리냐?"

"야! 나 머리 나쁜데 도와준 거 있어?"

그랬다. 닭의 비밀은 짧은 기억력이었다.

닭과의 귀찮은 언쟁을 뒤로하고 개는 창 너머 환하게 떠있는 달을 보며 회상에 젖는다.

주인과 공원에서 산책하고 뛰어놀던 것하며, 간식으로 먹던 고기 통조림 등 개는 자신이 애완견이었다는 것을 말하고 싶지 않았다.

"개야, 넌 식용견 치곤 좀 있어 보인다!"

오리는 개로부터 말로 표현하기는 어렵지만 그동안 보았던 식용견과는 뭔가 다른 느낌을 받았다.

"맞아 내가 보기에도 그래. 너한테 사람냄새가 배어있는 것 같애."

황소도 개에게 뭔가 비밀을 털어 놓으라는 듯 말했지만, 개는 자신이 여기 있는 동물들과는 다른 생활을 했다는 것에 자긍심을 가지고 있었다.

하지만 친구들의 솔직한 고해성사가 개에게 마음의 평화를 주는 것도 사실이었다. 그래서인지 자신의 치부를 들어내 이 세상에 아무 미련도 남기지 싶지 않았다.

결심이 선 개가 친구들과 천국에 가기 위해 비밀을 말한다.

"좋아 나도 말할게. 난 원래 애완견이었어."

"요즘은 애완견도 도축장에 파나? 주인이 못됐네."

오리는 자신의 직감이 맞은 것에 기뻐하며 인간을 비난했다.

"주인이 판 건 아니고 주인이 날 버렸어. 처음에는 귀엽다고 옷도 사 입히고 목욕도 시켜서 날 데리고 여기저기 놀러 다녔었지. 특히 공원에 나가서 이 여자 저 여자 많이 꼬셔댔어. 그때는 그냥 나랑 같이 걷기만 해도 여자들이 '어머 귀여워' 하고 먼저 말을 걸어왔거든. 그러다가 그중 한 여자와 결혼 한 거야."

"결혼하면서 널 버렸구나!"

황소가 궁금해 넘겨 짚었다.

"아니. 한 6개월 같이 살았어. 결혼 한지 얼마 안 되서 주인과 주인여자는 서로 속아서 결혼 했다며 자주 싸웠고 나에게 밥 주는 것조차 귀찮아 했어. 그러다가 그만 내가 거실에 똥을 싼 거야. 원래는 산책할 때 싸거든. 내가 싼 똥을 여자가 밟았고, 왜 안 치웠냐며 주인하고 여자가 몸싸움까지 하면서 크게 싸웠지."

"그래서 쫓겨난 거야?"

"아니. 그 뒤 두 번 더 싸고 나서 설날에 멀리 시골에 버려졌지. 그렇게 1년 반 떠돌이 생활하다가 개장수에게 잡혀서 여기까지 온 거야."

"아휴~ 똥 좀 참지 그랬어!"

돼지가 개의 참을성 없음에 한마디 했다.

"야! 넌 축사에서 살아서 아무데나 싸도 되지만. 난 베란다가 잠겨 있으면 쌀 곳이 없어!"

개가 성질을 내자 돼지는 더 큰소리로 화를 낸다.

"누가 그래? 내가 똥을 아무데나 싼다고! 나는 한 곳에만 싸! 웃기고 있어~."

친구들의 목소리가 점점 거칠어지자 고운 목소리의 황소가 중재

하려고 끼어든다.

"돼지야~ 똥을 어디에 싸든지 그게 뭐가 중요해. 우리는 내일 다 같이 길을 떠나야 되는데."

돼지가 아직 흥분이 가라앉지 않아 말리는 황소에게 한마디 한다.

"똥을 아무데나 싸고 다니는 건, 황소 너잖아!"

"뭐라고~ 이~ 미련한 돼지새끼가~."

"뭐? 미련한 돼지 새끼! 고자 새끼가~."

이번에는 황소와 돼지가 발끈해 씩씩거리며 분위기가 험악해지자 오리가 끼어들어 둘을 말린다.

"야! 우리들은 서로의 비밀을 말하고 내일 같이 천국으로 가기로 했잖아. 그런데 그깟 똥이 뭐가 중요해서 싸우는 거야! 화해 안하면 내일 니들 안 데리고 간다."

오리의 말을 들은 황소와 돼지, 개는 악수를 하며 서로 내가 심했다고 진심으로 사과한다. 그 모습을 지켜보던 닭이 한마디 한다.

"거 참 시끄러워서 잠도 못자겠네!"

"야~ 너는 잠이 오냐? 낼 아침 해가 밝게 뜨면 우린 죽는다고~."

오리가 담대한 닭을 보고 놀라 말했다.

"그래! 어쩐다냐~."

닭이 크게 놀라 한 발로 선 채 굳어 버렸다.

어쨌든 동물들은 마음을 열어 같이 천국의 문을 두드릴 동료가 생긴 것에 감사했다.

다시 복수

"그런데 우리가 이대로 그냥 죽기는 억울하지 않냐?"

"맞아! 인간들은 우리 목숨을 너무 하찮게 생각해."

오리와 황소가 열을 내며 말했다.

"하지만 어떻게 인간에게 복수한다는 거야?"

개가 무슨 좋은 방법이라도 있냐며 물어봤다.

"글쎄~ 없을 것 같은데."

닭이 자기도 잘 모르겠다는 듯 말을 내뱉었다.

그때 돼지가 좋은 생각이 떠올라 흥분해 말한다.

"바로 그거야! 우리가 죽을 때 우리 몸에 독을 품고 죽는 거야! 그럼 그 고기를 먹는 인간도 몸에 독이 쌓이겠지."

돼지의 기발한 발상에 "와~" 하며 동물들이 감탄했다.

"정말 좋은 생각이야. 독이 쌓이다 보면 이런저런 병이 생겨 우리를 덜 먹을 거야."

황소가 돼지의 말에 맞장구를 쳤다.

하지만 멀쩡한 몸으로 어떻게 독을 만들 수 있을지 궁금했던 개가 물어본다.

"그런데 죽을 때 독은 어떻게 만들어?"

개의 말을 듣던 닭이 번뜩 생각난 것을 친구들에게 말한다.

"우리가 죽는 것도 서럽지만 앞으로 죽어갈 우리 친구와 가족들을 생각하며 분노와 고통을 피와 살 속에 새겨 넣는 거야."

"오~~."

동물들이 닭의 말에 다시 한 번 감탄했다.

"나도 죽을 때 독사보다 강한 독을 몸에 품을 거야."

오리는 발가벗은 자신의 몸을 보며 복수를 다짐했다.

동물들은 인간에게 복수할 방법을 찾은 것을 기뻐하며 자신들의 새로운 사명이 남은 동족들에게 퍼져 나가길 기원한다.

"정말 그래도 될까?"

갑자기 개가 의문을 품는다.

"만약 우리가 그렇게 해서 인간들이 다 죽는 다면 남은 친구들 밥은 누가 주고 잠은 어디서 자? 내가 1년 넘는 동안 들개 생활을 해 봤는데 정말 힘들었어. 물도 찾기 힘들고 먹을 건 더 구하기 어려워. 그리고 오리야, 널 먹고 병을 고친사람이 있다면 넌 분명 천국에 갈 거야."

"글쎄. 누군가 나를 먹을 때 감사의 기도를 한다면 천국에 가겠지. 그럼 나도 이런 고통쯤 견딜 수 있어. 하지만 인간들은 가을바람에게는 시원하다고 고마워할지언정 나한테는 그러지 않을 걸. 너무 많이 먹어서 소화 안 된다고나 하겠지. 그리고 후식으로 오렌지나 먹으면서 아~ 개운해 하며 오렌지 칭찬을 하겠지. 인간이란 그런 생물이야."

오리의 말에 다른 동물들도 동의한다.

"맞아. 맞아. 인간들은 감사라는 걸 몰라~ 만약 인간을 사육하는 다른 생물이 나타난다면 그때는 우리의 고통을 알 수 있겠지."

황소가 열을 올리며 말했다.

"어쨌든 우리가 죽을 때 가장 불행한 생각을 하자. 그리고 우리 몸속 세포 하나하나에 불행을 새기는 거야. '인간들아 많이 먹어라. 우리의 공포와 고통을 온몸으로 받아 봐라. 아주 서서히~' 이렇게 말이야."

돼지가 말을 끝내자 친구들은 고개를 끄덕이며 그렇게 하기로 한다. 그러는 사이 시간은 어느덧 새벽을 향해 가고 있었다.

동물들은 얼마 남지 않은 시간을 기도에 바치기 위해 둘러앉았다.

"인간들이여. 너희에게 여기 나의 살과 피를 바칠 것이다. 그 대신 너희의 영혼이 짐승처럼 변하고 육체는 고통받을 것이다. 감사를 모르는 오만한 두 발 짐승들아."

"고통받아라."

"고통받아라."

"고통받아라."

단지 몇 초간 인간의 입을 즐겁게 하기 위해 죽어야만 하는 억울함과 차가운 시멘트 바닥을 뚫고 올라오는 냉기는 저주의 기도에 힘을 보탰다.

시간이 갈수록 어두운 도살장에 동물들의 저주 가득 담긴 기도

소리가 흘러 넘쳤다.

독기를 품은 잔혹한 갈망이 커져갈수록 저주의 피가 동물들의 온몸을 빠르게 돌고 있었다.

한참 저주의 기도에 열중하던 중 동물들이 서로의 눈을 쳐다봤을 때, 붉은 핏발로 그물친 눈과 무서운 얼굴을 보며 누구에 대한 저주인지 헷갈려 한다.

그리고는 괴물처럼 변해 버린 자신들의 모습에 놀라 기도의 속도가 느려지고 있었다.

그러자 오리가 더욱 독기를 품고 기도하라며 격려한다.

"좋아 계속해! 멈추지 말고."

하지만 동물들은 정말 그래도 될까하고 내심 고민한다.

천국에 가는 길에 독기 가득한 무서운 얼굴이라고 생각하니 뭔가 앞뒤가 맞질 않았다.

개가 동물들에게 말한다.

"내일 우리는 개나 돼지 황소로 죽는 거야? 아니면 지금 이런 괴물 같은 얼굴로 죽는 거야? 서로를 알아 볼 수 있을까?"

개의 말을 들은 동물들은 뭔가 잘못 되어가고 있다고 생각했다.

서로의 눈치를 보다가 누구를 향하는 것인지, 방향을 잃어버린 저주의 기도를 멈춰 버렸다.

그때 핏발선 눈을 한 닭이 잘못되어 가는 기도 때문에 불안해 황소에게 물어본다.

"우린 정말 천국 갈 수 있을까?"

닭의 질문에 천국 입장이 거부될 지도 모른다는 생각이 들자, 황소가 닭의 손을 얼른 잡았다. 다른 동물들도 서둘러 친구들의 손을 잡았다. 그리고 누가 먼저랄 것도 없이 참회의 기도를 시작한다.

"우리가 했던 모든 나쁜 말의 저주가 내일 우리가 가야하는 길을 어둡고 좁게 한다면 진심으로 용서를 빌겠습니다. 용서해 주세요. 그리고 내일 아프지 않게 도와주세요~ 아니면 조금만 아프게 해주세요~."

"용서해주시고 아프지 않게 도와주세요~."

"용서해주시고 아프지 않게 도와주세요~."

동물들은 가장 중요한 구절을 따라 말했다.

참회의 기도로 다시 순수한 마음을 되찾아 괴물의 얼굴은 조금씩 사라져 가고 있었지만, 점점 다가오는 죽음의 공포가 동물들의 뜨거운 심장을 얼음 쇠사슬로 조여 오고 있었다.

몸과 마음의 멈추지 않는 떨림이 동물들의 눈에 가득 담겨가고 있을 때,

"꼬끼오~~~."

닭이 생각 없이 공포의 아침을 알렸다.

어떻게든 두려움을 진정시켜 보려는 노력은 바른 생활의 닭 때문에 물거품이 되어 버렸다.

동물들은 시간이 얼마 안 남았음을 알고 서로를 끌어안으며 오들오들 덜기 시작한다.

이제야 눈치 챈 닭이 친구들 품으로 파고든다.

"미안~ 나도 끼워줘."

그때 창 너머로 검은 고양이가 지나가며 천국의 문을 두드려줄 자들의 등장을 알린다.

"이제 곧 인간들이 출근하겠습니다. 야옹~."

동물들은 고양이의 말을 듣고 더욱 간절히 서로를 끌어안았다.

그리고 아주 작은 소리로 이야기한다.

"두려워?"

"응~ 두려워. 너는?"

"많이 두려워~ 그렇지만 죽임당하는 것에 대항 할 수 없잖아."

"우린 길들여지지 말았어야 했을까? 차라리 야생에서 도망치다 죽는 것이 이런 공포를 맞보게 하진 않았을 거야."

"그래. 야생에서 죽는 건 한순간 일 텐데 여기서는 순간순간 어떻게 죽게 될지 상상하며 기다리는 것만으로도 이미 몇 천 번 죽음의 공포를 느낀 것 같애."

그 와중에 다시 마지막 새벽을 알리는 닭의 울음소리가 도살장에 울려 퍼졌다.

"꼬끼오~ 꼬끼오~~ 어~ 미안. 습관이 돼서~."

닭이 도축장으로 입장할 시간이 됐음을 알려주자 친구들의 떨림
은 커져만 갔다.

겨울바람

배가 고프다

1949년 겨울, 일본 아오모리.

거지꼴을 한 남매가 산으로 들로 먹을 것을 구하러 분주하게 움직인다.

"오빠 배고파~ 쓰러질 것 같아."

앙상하게 마른 여동생은 겨우 일곱 살이다.

"조금만 더 찾아봐. 뭔가 있을 거야."

네 살이 많은 오빠는 동생에게 포기하지 말고 좀 더 찾아보라고 한다. 하지만 딱딱하게 얼어버린 겨울 산에서는 동물들조차 먹이 구하기가 쉽지 않았다.

홋카이도로부터 불어오는 매서운 칼바람이 길게 정리되지 않은 남매의 머리카락을 마구 흔들어 댄다. 어린 대나무도 바람이 밀어대는 탓에 허리가 꺾여 쓰러질 듯 위태로웠다.

남매가 이 산에 들어와 생활한 지도 벌써 일 년 반이 다 되어 간다.

강제 징용을 당해 일본에 왔던 한국인 부모는 아이들만 남겨두고 갑자기 하늘나라로 떠나버렸다.

부모 없이 타국에 남겨진 남매에게 일본인들은 밥을 축내는 개를 보듯 거칠게 대했다.

패망 후 일본인들은 그들의 분노를 고스란히 고향에 돌아가지 못한 힘없는 조선인에게 풀었고 남매도 예외가 될 수 없었다. 그렇게 이유 없는 미움과 폭력에 시달리던 아이들은 결국 마을에서 버티지 못하고 도망쳐 도깨비조차 살지 않을 것 같은 깊은 산속으로 숨어 들어왔다.

하지만 아오모리 겨울 산에서 식량을 구하는 것은 화전민들조차 버거워 때때로 민가로 내려가 봄이 오길 기다리곤 했었다.

"찾았다. 오빠 여기야~."

"와아~ 오늘은 횡재했는데~."

몇 시간을 추위 속에서 헤맨 남매가 땅속의 쥐구멍을 찾았다.

동생은 얼어붙은 땅을 맨손으로 파냈고 오빠는 나뭇가지를 지렛대처럼 이용해 뭉텅이의 흙덩어리를 들어냈다. 그렇게 한참동안 언 땅을 부숴나가자 한 무더기의 노란 쌀알이 보였고 그곳에 옹기종기 들쥐 가족이 모여 있었다.

겨울잠을 자던 쥐들은 갑자기 난데없는 봉변에 어리둥절해 한다.

빨리 허기를 달래고 싶었던 여동생이 작은 손으로 쌀을 움켜줬다. 그러자 자신들의 소중한 식량을 허락 없이 훔치려는 예의 없는 꼬마손님에게 쥐들이 덤벼들어 손을 물어뜯었다.

"아야~."

여동생이 놀라 얼른 손을 뺐다. 하지만 울지 않았다. 마을 사람들에 비하면 쥐들은 점잖은 편이었다.

"괜찮아?"

오빠는 나뭇가지를 휘휘 저으며 동생에게서 쥐들을 쫓아버리고 얼른 쌀을 얼룩진 천 위에 주어 담는다.

가을 내내 한 톨 한 톨 힘들게 모아놓은 쌀을 빼앗겨 화가 난 쥐들이 아이들을 노려보며 공격을 준비하고 있었다.

"도망가자."

오빠는 쥐들의 낌새가 심상치 않자 동생 손을 잡아채 달리기 시작했다.

그와 동시에 쥐들이 앞니를 드러내며 달려들었다.

남매는 뒤에서 괴물이라도 쫓아오는 듯 비명을 지르며 도망친다.

울퉁불퉁 고르지 못한 밭둑을 따라 허겁지겁 도망치는 남매의 발뒤꿈치에, 대여섯 마리의 사나운 들쥐들이 달라붙어 죽자 살자 쫓아왔다. 아마도 다시는 이곳에 오지 말라는 쥐들을 경고 같았다.

간신히 건너편 바위에 도착했을 때 쫓아오던 쥐들이 포기하고 돌아가는 것이 보였다.

안심이 된 남매는 차가운 바위 위에 자리를 잡고 앉았다.

두 주먹 정도 되는 쌀을 얻은 남매는 추위도 잊은 채 쌀알을 돌에 비벼 껍질을 벗겨냈다. 그리고는 허겁지겁 먹기 시작한다.

제대로 벗겨지지 않은 쌀 껍질이 입술과 입안에서 거칠게 부딪쳤지만 그것조차 맛을 느낄 수 있었다.

그런데 오랫동안 아무것도 먹지 못한 아이들의 배는 풍선처럼 동그랗게 부어올라 있었다.

"오빠 맛있지?"

"응."

남매는 남은 쌀알을 대충 씹어 넘기며 얼른 굶주린 배를 채웠다.

쌀을 들어 입으로 들어가는 손은 오랫동안 씻지 못한 채 추위에 갈라져 나무껍질처럼 되어 버렸고 발과 얼굴도 사람의 것으로는 보이지 않았다.

"하루코. 이것도 먹어."

동생을 더 먹이기 위해 오빠는 자기 것을 건넨다.

"먹어도 돼?"

"당연하지. 대신 힘들다고 업어 달라고 하면 안 돼."

"알았어."

쌀을 받아든 하루코는 미안한 마음에 잠시 오빠를 올려다보고는 쌀을 입에 털어 넣었다.

오랜만에 허기를 달랜 하루코가 걸어간다고 하니 오늘은 쥐들 덕택에 현수가 힘이 덜 들 것 같다.

거친 식사를 마친 아이들은 해가 지기 전에 바위에서 내려와 아무도 괴롭히지 않는 보금자리로 돌아간다.

마을과는 한참 떨어진 산속으로 걸어가는 남매의 등을 차가운 아오모리의 겨울바람이 바늘로 찌르듯 밀쳐댄다. 또래보다 가벼운 몸의 남매는 바람에 넘어지지 않으려 두 손을 꼭 잡고 바람에 저항해 본다.

어디서 구했는지 반쯤 부서진 나막신만이 아이들의 발을 보호할 뿐이었다.

게다가 옷이라고 해봐야 팔다리가 모두 나와 있는 거적때기를 걸치고 있는 것이 전부일뿐 속옷조차 입고 있지 않았다.

남매의 딸각거리는 나막신 소리가 산기슭에 울려 퍼진다.

바람은 손을 잡고 높은 산길을 힘겹게 오르는 남매가 안쓰러웠는지 아까와는 다르게 빨리 집에 가라며 점잖게 등을 밀어줬다.

얼마 후 작은 동굴에 도착한 남매는 허름한 문을 밀쳐 안으로 들어간다.

"오빠~ 오늘은 안 힘들었지?"

"웅! 하루코 내일도 오늘처럼 걸어 와야 해."

"알았어."

"오빠. 나는 마을보다 여기가 더 좋아. 우릴 거지 조센징이라고 놀리고 때리는 사람들도 없잖아."

"나도 그래. 오빠가 좀 더 크면 하루코 괴롭힌 애들 다 때려 줄 거야."

"히히… 그럼 센도부터 때려줘 오빠 걔한테 많이 맞았잖아."

"알았어. 센도도 나중에 혼내 줄 거야~~."

"히히."

"하하하."

남매는 마을에서 일본인들의 시달림으로부터 도망쳐 여기 산속 동굴까지 온 것은 잘한 일이라 생각했다.

만약 계속 마을에 머물렀다면 하루에 몇 번씩은 걷어 차였을 것이 뻔했기 때문이었다.

잠시 후 하루의 끝을 알리는 서쪽해가 동굴 안으로 찾아왔을 때, 열한 살 선생님과 일곱 살 학생의 공부가 시작됐다.

"자~ 오빠가 쓴 대로 따라 써봐."

"이렇게 쓰면 돼?"

"아이 참. 잘 좀 따라 써봐. 엄마가 그랬잖아 글을 모르면 남들한테 이용만 당한다고~."

"요렇게~."

"하~."

현수가 깊은 한숨을 내쉰다.

학생은 선생님이 화가 나 그만둘까 봐 손으로 얼른 모래 칠판을 지우고 다시 써본다.

"그건 '아'가 아니라 '오'라니까."

"그래? 근데 너무 비슷한데."

"이건 아리가또 할 때, '아' 그리고 이건 오하요우 할 때 '오', 이렇게 쓰면 '오리가또'가 되잖아. '아'자를 쓰라고. 알겠지!"

"응. 이제 알겠어."

하지만 하루코는 다시 히라가나 '아'자를 쓰고 '오'자에 붙는 점을 찍었다.

답답해 하는 선생님의 나뭇가지 연필이 부들부들 떨렸지만 동생을 위해 인내를 가지고 다시 동굴바닥에 차근차근 글을 써 내려간다.

그때 눈치 빠른 하루코가 오빠의 한숨소리가 길어지면 분명 잔소리가 시작될 것 같아 할아버지 이야기를 꺼냈다.

"그런데 아빠가 우리보고 조선에 할아버지 댁으로 돌아가라고 하셨잖아?"

"맞아. 아버지가 주신 할아버지 주소 저기 돌 밑에 묻어 뒀어. 봄이 되면 막노동일이 있을 거야. 그때 오빠가 돈 벌어서 하루코랑 조선에 할아버지 집으로 갈 거야."

"정말. 빨리 봄이 왔으면 좋겠다. 엄마가 그러셨는데 할아버지는 닭도 키우신대. 우리 달걀 먹을 수 있겠다."

"그럼. 하루씩 번갈아 가면서 먹자."

"왜? 엄마가 할아버지네 닭이 세 마리라고 하셨어. 우리 매일 같이 먹을 수 있잖아?"

"할아버지랑 할머니도 드셔야지."

"아~~ 맞다."

아이들은 언제가 될지도 모르는 할아버지 집으로의 여행을 이야기하며 빨리 봄이 오기를 바란다.

"덜그럭 덜그럭."

칡 줄기와 작은 나뭇가지로 엮어 만든 문을 아오모리의 맹렬한 겨울바람이 쉬지 않고 두드린다.

엉성한 나무 문 사이로 찬바람이 놀러와 동굴 안을 휘젓고 다니자 남매는 추위를 견뎌보려 서로 꼭 안고 있다.

처음에는 산속에 사는 오니(뿔 달린 일본 도깨비)가 빼앗긴 자신의 동굴 집을 찾으려고 문을 두드린다고 생각했다. 그래서 숨도 쉬지 않고 죽은 듯 엎드려 문 두드리는 소리가 멈추길 기다렸었다.

그러던 어느 날 오빠가 용기를 내어 문을 활짝 열더니,

"나쁜 오니는 땅으로 사라지고 착한 오니는 나무가 되어라!"

라고 소리치자 그 후 문을 두드리던 소리가 사라졌다.

하루코는 모르고 있었지만 사실 낮에 현수가 동생 몰래 칡덩굴을 돌에 묶어 놓고 밤이 되기를 기다렸었다. 그리고 밤바람이 다시 요란스럽게 문을 두드렸을 때 오니를 쫓아내는 것처럼 연기하고 돌을 문에 매달아 무서운 소리를 잠재웠다.

하지만 그것도 며칠뿐 돌을 매달던 칡 줄기는 금새 끊어져 버렸다.

내년에 칡이 자라기 전까지는 밤에 찾아오는 오니의 문 두드리는 소리를 자장가 삼아 자야만 했다.

다행히 하루코도 적응이 됐는지 이젠 문이 흔들리는 소리쯤은 신경 쓰지 않고 금세 잠이 들었다.

"오빠~내일은 어디로 갈 거야?"

"글쎄~ 원숭이들이 많은 온천 근처로 가볼까? 혹시 녀석들이 겨울에 먹으려고 숨겨둔 게 있을지도 모르잖아."

"오늘 들쥐들처럼?"

"그래. 원숭이들은 더 똑똑하니까. 쥐들보다 먹을 걸 많이 모아놨을 거야."

"오빠~ 근데 아까 쥐들이 화가 많이 났을까? 우리가 자기들 먹을 걸 빼앗아서."

"뭐 화가 났겠지만 괜찮아. 우리가 반 주먹 정도 남겨놓고 왔잖아 그리고 흙으로 집도 잘 덮어 줬으니까."

"근데 쥐들이 날 물면서 노려볼 때는 너무 무서웠어."

"그러니까 앞으로는 배가 고파도 함부로 나서면 안 돼. 오빠가 괜찮다고 할 때까지 기다려."

"알았어."

공부는 잠시 잊고 도란도란 이야기를 나누던 꼬마 선생님과 학생은 누가 먼저라고 할 것도 없이 어느새 잠들어 버렸다.

밤이 깊어가자 깊은 산속의 동물들이 움직이기 시작한다.

"부엉 부엉~~."

"우우~~."

부엉이와 늑대의 울음소리에 잠에서 깬 하루코가 오빠를 부른다.

"오빠 부엉이가 우리를 잡아먹으러 오면 어떡하지?"

"걱정 마. 부엉이는 우리가 자는 동안 큰 눈을 뜨고 지켜 주려고 우는 거야."

"그럼 늑대는? 우릴 한입에 잡아먹을 거야. 무서워~~."

무섭기는 현수도 마찬가지였지만 동생을 안심시키기 위해 고민한다. 그리고 하루코를 위해 이야기꾼이 되기로 한다.

"늑대는 자기보다 머리가 크면 무서워서 도망간대."

"정말이야. 이렇게 크게 하면 돼?"

하루코가 떡진 머리카락을 부풀려 산발을 만들었다.

"웅! 그 정도면 늑대 대장도 도망 갈 거야. 하하하."

"히히."

그러나 현수의 등줄기에서는 식은땀이 흘러내리고 있었다. 동생을 안심시키려 만든 이야기일 뿐.

언제 산짐승이 사람 냄새를 맡아 허름한 문을 부수고 들어올지 알 수 없었기 때문이었다.

입구에서는 그저 바람이나 막아주는 나약한 문이 거짓말로 동생을 안심시키는 현수처럼 남매를 위해 덜그럭거리지 않으려 애를 쓰고 있었다.

현수는 하루코가 잠든 것을 확인하고 오지 않는 잠을 청해본다. 하지만 부엉이 우는 소리가 가까워질수록 성큼성큼 산짐승들을 데리고 찾아와 문을 두드릴 것 같아 실눈을 뜨고 동굴 입구를 지켜보고 있었다.

그때 문틈 사이로 번쩍이는 여러 개의 안광이 안을 들여다보며 문을 긁어댔다.

숨이 멎을 것 같은 현수는 눈을 질끈 감고 동생의 얼굴을 감싸 안았다.

오빠의 양팔이 귀를 막아 아무소리도 들을 수 없는 동생은 깊은 잠을 자고 있었다. 하지만 얼마나 긴장했는지 현수는 온몸에 쥐가 날 것만 같았다.

한참 후 부엉이 우는소리가 점점 멀어져가 현수가 실눈을 뜨고 동굴입구를 쳐다봤을 때 바람이외에는 아무것도 없는 것 같았다.

그러나 눈에 남은 번쩍이는 안광의 잔상은 쉽게 사라지지 않았고, 식은땀이 흘러 흠뻑 젖은 몸에 찾아온 냉기가 뼛속을 파고들었다.

마을에

아침 추위가 동굴 속을 한번 훑고 지나가자 하루코는 눈을 떴다.

그런데 언제나 먼저 일어나 있어야 될 오빠가 아직도 잠을 자고 있었다.

"오빠~ 일어나 아침이야."

"끙~ 잠깐만."

"오빠, 어디 아파?"

"어. 배가 아파. 어제 먹은 것이 체했나 봐. 아악~."

현수는 배를 움켜쥐고 땅바닥을 이리저리 뒹굴었다.

"오빠. 괜찮아?"

"아이고 배야~."

"오빠!"

현수는 대답도 하지 못하고 복통을 호소하며 굴러다닌다. 지켜보던 하루코는 어찌할 줄 몰라 발만 동동 굴렀다.

발작하던 현수가 잠시 통증이 멈춤 것 같아 일어나려 했지만, 그것도 잠시뿐 또 바닥을 뒹군다.

"오빠 내가 마을로 내려가서 약 좀 구해올게."

하루코가 오빠의 약을 구해오겠다며 문밖으로 나간다.

"안돼. 마을로 가면 일본 애들이 널 가만 안둘 거야."

"걱정 마. 료코는 나랑 친해서 료코 집에 가면 도와줄 거야."

"안된다면 안 돼."

"갔다 올게~~ 조금만 기다려."

고집쟁이 7살 꼬마는 오빠를 위해 위험한 길을 떠난다.

"가지마~ 아악!"

현수는 일어설 힘도 없어 동생을 말리지 못한다.

오빠 말을 못들은 척, 동굴을 나온 하루코는 손을 '호호' 불며 산을 내려간다.

누런 거적때기를 걸치고 발밑을 살피며 내려가는 구부정한 뒷모습은 마치 부모를 잃은 새끼 산짐승처럼 처량하기만 했다.

한참을 걸어 마을 어귀에 도착한 하루코는, 이른 아침에 늦잠을 자고 있을 아이들과 마주칠 일은 없을 것아 마음이 놓였다.

잘 짜여진 나무다리를 건너자 집집마다 아침밥을 짓는 연기가 굴뚝에서 피어오르고 있었다.

오랜만에 보는 따뜻한 연기구름이었다.

살금살금 작은 골목을 지나 사과나무 두 그루가 심어져 있는 료코네 집에 도착했다.

나무를 보자 마을을 떠나기 전에 료코가 선물로 주었던 사과가 생각났다.

오빠가 먹자고 했지만 하루코는 먹지 않았다. 여기 사과나무처럼 많은 사과를 열리게 하려고 산에 심었지만 아직까지도 바보 사과는 땅속에서 잠만 자고 있었다.

얇은 종이로 발라진 창문 아래서 하루코가 조심스럽게 료코를 부른다.

"료코~ 료코~ 나 하루코야 창문 좀 열어 봐."

잠시 후 자다 일어나 부스스한 머리의 료코가 창문을 열었다.

"하루코! 진짜 하루코네. 그동안 어디 있었어?"

"미안. 그건 말할 수가 없어. 오빠가 아무한테도 우리 집 어디인지 말하지 말라고 했거든. 만약에 누군가 알면 우릴 괴롭히러 올 거래."

"그래? 나 오빠 보고 싶다."

"그런데 료코. 오빠가 배가 많이 아파. 료코 집에 약 있어?"

"배가 아파? 약은 없고. 엄마가 소화 안 되거나 배 아프시면 설탕 먹으셔."

"그래 그럼. 설탕 조금 줄 수 없어?"

"음~~."

료코가 고민하자 하루코는 마음이 급해졌다.

"료코. 빨리 설탕 안주면 오빠가 죽을지도 몰라."

"엄마한테 혼날 텐데."

"조금만 줘. 나중에 내가 꼭 열 배로 갚아 줄게".

망설이는 료코에게 하루코는 간절한 눈빛으로 다시 한 번 부탁했다.

"제발 조금만~"

고민하던 료코가 몰골이 말이 아닌 친구를 보고 결심이 섰다.

"기다려 봐."

료코는 급한 마음에 창문도 닫지 않고 부엌으로 달려갔다.

열린 창문 안에서 흘러 나오는, 방 안의 따뜻한 온기가 잠시나마 하루코의 몸을 녹여 줬다.

몇 분 후 료코가 돌아왔다.

"하루코, 여기 있어. 나 엄마한테 걸리면 맞을지도 몰라. 겁난다."

그리고는 잘린 대나무 통을 건넸다. 하루코는 대나무 통을 건네받으며 기뻐한다.

"고마워. 료코. 정말 고마워. 나 빨리 오빠한테 가봐야 될 것 같아."

"응. 알았어. 잘 가. 나중에 하루코 집 어딘지 알려줘."

"알았어. 잘 있어."

하루코는 대나무 통을 들고 빠른 걸음으로 료코 집을 떠난다.

뒤에서 조심해서 가라며 료코가 손을 흔들어 주자 하루코도 가볍게 인사를 하고 골목을 빠져나갔다.

오빠를 치료할 약을 구해 하루코의 발걸음은 가벼웠다.

그런데 어제 쥐에게 물린 손이 조금씩 부어올랐고 머리에서도 열이 나기 시작했다.

떠오르는 해를 따라 마을 어귀의 나무다리에 도착했을 때 이른 시간인데도 센도 무리가 개울에서 얼음을 타고 있었다.

깜짝 놀란 하루코가 얼른 숨었다. 그리고 기어가듯 몸을 낮추어 다리를 건너려 했지만 이미 센도 무리 중에 한 놈이 하루코를 발견했다.

"센도야. 저기 거지 동생이다."

센도 무리는 일제히 얼음 밖으로 나와 하루코에게 달려들었다.

센도가 하루코를 밀치며 놀려댄다.

"거지 동생. 오빠는 어댔냐?"

"…"

하루코는 입을 굳게 다물고 녀석들 사이를 빠져나가려 한다. 하지만 센도 무리가 일제히 길을 막고 히죽거리며 못 가게 했다.

"건방진 오빠는 어댔냐고? 일본 이름도 없는 조센징 말이야."

하루코는 말없이 센도를 밀치고 앞으로 나아간다.

센도가 하루코의 머리채를 잡아당기며 협박하듯 물어본다.

"야! 대답 안 해? 이 거지 년이 죽으려고. 그리고 이건 뭐야?"

센도가 하루코 손에서 대나무 통을 빼앗았다.

"안 돼. 우리 오빠거야."

"안되긴 뭐가 안 돼. 거지 년 주제에."

한 놈이 대나무 통을 받아들어 안의 내용물을 확인해 본다.

"센도야 이거 설탕이야. 우와 맛있다."

센도가 하루코의 머리를 확 잡아당겼다.

"어디서 훔쳤어? 이거 완전 도둑년이네."

"아니야. 친구가 줬어."

"거지한테 친구가 어딨냐? 하하하."

센도는 하루코의 머리채를 앞으로 낚아채 넘어트리고는 설탕을 맛보기 시작한다.

게걸스럽게 먹어대는 녀석들이 아까운 설탕을 바닥에 흘리고 있었다.

사라져가는 설탕을 보며 하루코는 눈물이 글썽거렸지만 운다고 해서 돌려줄 센도가 아니었다.

"오빠!"

하루코가 센도의 주의를 끌어보려 오빠를 불렀다.

"어딨어?"

녀석들이 현수를 찾는 사이 하루코가 얼른 대나무 통을 낚아채 도망친다.

"어라. 거기 안 서!"

센도가 부하들에게 하루코를 잡아오라고 소리친다. 그리고는 게다짝을 던져 하루코 등을 맞췄다.

'픽!' 소리와 함께 하루코가 그 자리에 주저앉았다.

센도 부하들이 하루코를 잡아 질질 끌고 왔고, 센도는 부하들에게 어떻게 하면 하루코를 화나게 할 수 있을까 물어본다.

"대장 흙하고 섞어 버려. 그럼 보고도 먹지 못하잖아. 헤헤헤."

부하의 말에 센도가 대나무 통에 남은 설탕을 바닥에 쏟아 부으며 말한다.

"너희 거지 조센징한테 줄 바에야 버려 버리는 게 낫지. 하하."

그리고 대나무 통을 발로 부숴버렸다.

"이 나쁜 놈아~."

오빠의 약이 눈앞에서 사라지자 하루코가 센도에게 흙을 뿌렸고 눈에 흙이 들어간 센도는 아픔에 발광했다.

"빠까야로."

다른 무리들이 하루코를 넘어트려 발로 차기 시작한다.

오늘도 일본인의 분풀이는 떠나지 못한 조선인 아이였다.

속수무책으로 발길질을 당해야 하는 7살의 어린 꼬마는 왜 맞아야 하는지 알지 못했다.

그저 센도와 부하들이 너무 무서웠고 빨리 이 고통이 멈추기만을 기다렸다.

발길질에 하루코의 허름한 나막신이 벗겨지자 센도가 신발을 멀리 던져버린다.

무자비한 폭행에 하루코가 몸을 부르르 떨기 시작한다. 그러자 놀란 센도 무리는 발길질을 멈추고 도망쳐 버렸다.

일본 아이들이 사라지고도 하루코는 좀처럼 움직임이 없었다.

한참 후에야 하루코가 눈을 떴다.

무슨 정신인지 몸을 일으켜 '비틀비틀' 설탕이 떨어진 곳으로 걸어
간다.

그리고는 흩어진 설탕가루를 조심스럽게 쓸어 모았다.

흙 반, 설탕 반의 가루를 몇 번이고 공중에서 떨어뜨려 설탕 가루
만 한 곳에 모았다.

"이제 됐다. 빨리 오빠한테 가야지."

언제 그랬냐는 듯 훌훌 자리를 털고 일어나 오빠에게 향한다.

한 손에는 설탕가루를 움켜쥐고 다른 한손으로는 이마의 피를 닦
으며 저 앞에 하늘만큼 높이 솟아있는 산으로 걸어간다.

현수는 한참이 지나도 오지 않는 하루코가 걱정이 되어 아픈 배
를 움켜잡고 동굴 밖으로 나왔다.

"하루코, 이 녀석 오기만 해 봐. 가지 말라니까. 혼내 줄 거야."

현수는 혼자말로 하루코를 나무라며 천천히 산 아래로 내려간다.

걸을 때마다 장이 끊어지는 듯한 고통에 다리가 배배 꼬여 제대
로 걸을 수가 없었다.

계속해서 벗겨질 듯 뒤틀리는 나막신이 현수의 고통을 말해 주는
듯했다.

울지 않아

"오빠~ 오빠~."

현수가 동굴을 조금 벗어났을 때 하루코가 한 손을 들어 올려 오빠를 부른다.

"야! 하루코. 왜 이제 와? 오빠한테 혼날래?"

단단히 화가 난 현수가 아픔도 잊은 체 하루코에게 빠르게 걸어간다.

"오빠, 이거~."

하루코가 오빠에게 손을 내밀었지만 화가 난 현수는 하루코에게 잔소리를 하기 시작한다.

"내 말 안 들으면 어떡해. 그렇다가 무슨 일 당하면 어쩌려고."

그런데 하루코의 이마와 팔에 피가 묻어 있었다.

"하루코 무슨 일이야? 얼굴이 왜 그래. 누가 그랬어?"

현수는 동생의 얼굴을 보고 깜작 놀랐다. 그리고 누가 그랬는지 짐작이 가 분노가 치밀어 올랐다.

"센도가 그랬지? 맞아?"

"히히."

하루코는 아무렇지 않다는 듯 웃기만 한다.

"바보야. 왜 웃어. 안 아파?"

그리고는 빨갛게 얼룩진 동생의 얼굴을 닦아 줬다.

"괜찮아. 오빠 손 펴 봐. 빨리~"

동생의 말에 현수는 손을 폈다. 하루코는 현수의 손 위에 자신의 손을 올려 놓고 펼쳤다.

오빠의 손 위에 석류처럼 빨갛게 물든 설탕 알갱이들이 '사르륵' 간지럽게 떨어진다.

하지만 아침햇살에 붉은 빛을 내며 반짝이던 설탕이 현수의 손에서 녹아 바닥에 떨어졌다.

동생과 오빠의 온기를 견디지 못한 설탕이 하루코의 수고를 헛되게 하고 있었다.

"오빠. 빨리 먹어. 설탕 먹으면 배 아픈 거 낫는데."

동생의 상처가 안쓰러워 눈물이 날 것 같았지만 참기로 한다. 아버지가 돌아가신 후 울지 않기로 하루코와 약속했기 때문이었다.

"정말 이거 먹으면 안 아픈 거지?"

"당연하지. 얼마 없다. 빨리 먹어."

손바닥에 얼마 남지 않은 설탕을 현수는 입에 가져간다.

동생의 피와 땀 냄새가 섞인 설탕 맛은 현수를 울컥하게 만들었다. 하지만 내색하지 않으려고 애를 쓴다.

"하루코 맛있다. 와~ 정말 달아."

"그치. 료코가 줬어."

하루코는 자신의 손에 붙어 있는 설탕을 빨아 대며 뿌듯해한다.

조금 부족한 양이었지만 지금 오빠가 기뻐하는 표정으로 보아 아픔이 사라져 가고 있다고 믿고 있었다.

"나막신은 어쨌어?"

"센도 녀석들이 멀리 버려 버렸어."

현수는 다시 분노가 치밀어 올랐다.

"이리 와 봐. 얼굴 좀 보게. 이거 뭐야? 아직도 피가 나잖아."

현수는 동생의 상처 난 얼굴을 어루만져 준다. 그런데 하루코의 얼굴에서 심하게 열이 나고 있었다.

"자~ 업혀."

현수가 동생 앞에 쪼그려 앉았다.

"오빠~ 아프잖아?"

"이제 괜찮아. 얼른 업혀."

"괜찮은데."

"빨리 업히지 않으면 앞으로 안 업어 줄 거야."

오빠의 협박에 하루코가 얼른 조그만 등에 올라탄다.

현수는 나막신이 없어진 덕택에 좀 더 가벼워진 동생을 업고 동굴로 향한다.

"하루코 이젠 오빠 말 잘 들어야 돼? 혼자 돌아다녀도 안 되고."

"알았어."

하지만 하루코의 대답 소리가 평소보다 작았다.

"조금만 기다려. 봄이 되면 오빠가 새 나막신 사 줄게."

"응. 근데. 오빠 나 졸려."

"그래. 다 왔어."

허름한 나무문을 열고 들어가 하루코를 조심스레 동굴 바닥에 눕힌다.

"하루코. 괜찮아?"

"어. 오빠 괜찮아. 근데 앞이 잘 안 보여."

"뭐? 오빠 봐 봐. 나 보여?"

현수가 하루코의 얼굴에 손을 가져간다. 추운 겨울을 녹일 만큼 펄펄 열이 나고 있었다.

"오빠. 나 졸려."

"안돼! 잠들지 마. 오빠 봐 봐~."

현수가 잠들려는 하루코를 깨워 품에 끌어안았을 때 하루코가 누워 있던 자리에 피가 고여 있는 것이 보였다.

현수는 심장이 철렁 내려앉았다.

입고 있던 옷의 밑단을 뜯어내 피가 비치는 동생의 머리를 감싼다.

"하루코. 어때? 좀 나아?"

"응. 좋아."

하루코는 가느다란 팔을 공중에 힘없이 허우적거리며 오빠를 안심시켰다. 하지만 현수는 초점을 잃어가는 동생의 눈동자를 보자 불안해졌다.

"오빠~."

"왜? 하루코."

"나 또 배고파. 어쩌지?"

출혈이 하루코의 체력을 바닥내 더욱 허기지게 했다.

"조금만 기다려. 오빠가 먹을 것 구해 올게."

"응. 빨리 와. 지금 힘이 없어서 늑대가 와도 고개를 못 들것 같아."

"알았어. 빨리 올게."

현수는 급하게 동굴을 뛰쳐나와 어제 찾았던 쥐구멍을 향해 내달렸다.

쥐들에게는 미안하기만 지금은 남겨두었던 쌀알이 필요했다.

두 주먹 가득

현수가 어제 파냈던 쥐구멍을 다시 더듬어봤지만 쥐들이 남겨진 쌀알을 모두 가지고 이사를 가 버려 쥐들의 온기조차 남아있지 않았다.

"한 알도 없네."

논밭을 정신없이 뛰어 다니며 볍씨를 찾아보지만 헛수고일 뿐이었다. 오빠를 기다리고 있을 하루코를 생각하니 마음이 더욱 다급해졌다.

"마을로 가볼까?"

급한 마음에 위험한 결정을 하려 했지만, 일본인들에 대한 두려움 때문에 선뜻 발이 떨어지지 않았다.

그렇게 두 시간 동안 들판을 뛰어 다녔지만 얻은 것이라고는 아오모리의 추위뿐이었다.

그때 쥐 한 마리가 밭을 가로질러 가는 것을 발견했다.

현수가 쥐를 따라 뛰기 시작했다.

쥐는 현수를 떼어놓으려 이리저리 뛰어다니다가 밭둑 중간쯤에서 사라졌다.

현수가 놓치지 않고 그곳으로 얼른 뛰어갔다.

이곳저곳 쥐가 사라진 구멍을 찾고 있지만 급한 마음은 바로 눈앞에 있는 쥐구멍을 지나치게 했다.

"어디야? 어디냐고?"

손으로 논둑을 이러 저리 훑어본다.

그때 쥐 한 마리가 빼꼼 머리를 내밀어 현수를 쳐다봤다.

"찾았다~~ 하루코 조금만 기다려."

현수는 나막신은 벗어 쥐구멍을 부숴 나갔다.

점점 커지는 구멍으로 황금색의 볍씨들이 보였다. 하지만 오늘만큼은 먹이를 빼앗기지 않으려는 쥐들이 무섭게 현수를 노려보고 있었다.

"됐다."

현수가 볍씨를 한 움큼 쥐어 밖으로 꺼내 놓는다.

"어제보다 많네. 하루코가 좋아할 거야."

"앗!"

먹이를 빼앗긴 쥐가 현수의 등에 올라탔다. 하지만 현수는 개의치 않고 계속 볍씨를 꺼냈다.

"와~ 많다. 빨리 하루코한테 가야지."

입고 있는 거적때기 앞자락에 볍씨를 담아 동굴로 뛰기 시작한다.

겨울바람에 펄럭이는 거적때기 사이로 드러난, 앙상하게 말라버린 현수의 허벅지가 애처롭기만 했다.

늦어서 미안

"하루코~ 하루코~."

동굴에 도착한 현수는 하루코에게 쌀을 먹일 생각에 들떠 있다.

하지만 하루코는 옆으로 누워 움직이지 않았다.

"하루코. 오빠 왔어."

역시 동생은 대답이 없다.

현수가 하루코를 흔들어 깨워본다.

"일어나 하루코. 오빠가 어제보다 많이 구해왔어. 너 다 줄게. 어?"

동생의 손을 잡고 얼굴을 쓰다듬어보지만 하루코는 계속 잠만 자고 있다.

"야~ 장난하지 말고 일어나~."

"…"

"오빠가~ 쌀 가져왔다니까~."

하지만 동굴 끝에서 현수의 메아리만 울린다.

"일어나…."

현수가 더 이상 말을 잇지 못하자 이제 동굴에서는 아무도 말이 없다.

침묵은 현수에게 늑대의 울음소리보다 무서웠다.

추위에 터지고 갈라진 오빠의 얼굴에 뜨거운 눈물이 흘러내린다.

현수는 어찌 할지 몰라 그저 동생 얼굴만 바라볼 뿐이다.

혹시나 하고 하루코의 팔과 다리를 주무르며 외쳐댄다.

"일어나~ 하루코~ 일어나보라니까~."

동굴 안에 울려 퍼지는 오빠의 슬픈 노래가 하루코의 영혼을 놓아 주지 않으려 한다.

　잠시 후 현수는 하루코를 똑바로 눕힌다.

　"하루코, 옆으로 자면 힘들어."

　동생이 살아있는 듯 이야기하며 하루코를 바로 눕혔다.

　하루코가 누워 있던 바닥에 서툴게 써 놓은 일본어가 보였다.

　'오빠 배고파. 료코에게 10배.'

　"미안. 오빠가 너무 늦었지? 너무 늦은 거야~~."

　하루코의 머리카락을 쓸어 넘기며 용서를 빈다.

　현수는 늘어진 하루코를 업고 마을로 향했다.

　마을에 들어선 현수와 하루코를 본 사람들은 역시 못 볼 것을 본 양 찝찝해했다.

　"센도! 이 자식 어딨어? 하루코 살려내~~."

　악에 바친 현수가 센도를 부르며 동네를 헤집고 다녔다.

　하나둘씩 사람들이 모여들기 시작 했고 일본인들은 빨리 마을에서 나가라며 현수를 쫓아내려 했다.

　"센도가 내 동생을 죽였어요."

　현수는 센도가 큰 잘못을 저질렀다고 말해 보지만 일본인들의 반응은 시큰둥했다.

　한 일본인이 하루코의 상태를 보고 한마디 한다.

"니 동생 굶어 죽은 거야. 팔, 다리 마른 것 봐."

"아니에요. 아니라고요. 센도가 그랬다고요~~~."

그때 저쪽에서 자기 아버지 뒤에 숨어 빼꼼 현수를 쳐다보는 센도가 보였다.

현수는 하루코를 내려놓고 센도에게 달려들었다.

"이 나쁜 놈아. 내 동생 살려내~~."

센도의 옷깃을 잡아 흔들어 대자, 센도 아버지가 나서 거칠게 현수를 밀쳐냈다.

"이 거지새끼가 어디서 거짓말이야. 나도 다 들었어. 니 동생이 설탕 훔쳐서 센도가 다시는 그러지 말라고 타이르고 놔 줬다고!"

"아니에요. 료코가 준거에요."

그때 현수의 눈에 웅성거리는 사람들 사이로 료코가 들어왔다.

현수는 동생이 훔치지 않았다며 료쿄에게 달려간다.

"료코! 말해봐! 니가 하루코 한테 설탕 줬지?"

하지만 친구의 죽음으로 겁에 질린 료코가 망설인다.

현수가 제발 사실대로 말해 달라며 료코에게 사정한다.

"료코~ 니가 준거잖아~."

"응~."

순간 옆에서 듣고 있던 료코 엄마가 료코의 입을 막아 자리를 떠나 버렸다.

센도 아버지가 사람들에게 현수를 마을 밖으로 끌어내자고하자 조용히 지켜보던 나머지 대다수의 일본인도 그렇게 하자고 떠들어 댔다.

잠시 후 덩치 큰 일본인들이 재수 없는 조센징이라며 현수를 끌고 마을 어귀로 간다.

"안돼~~ 내 동생! 하루코랑 같이 갈 거야~~."

어린소년의 절규에도 아랑곳하지 않고 사람들은 하루코를 자루에 담아버렸다.

"놔~~ 하루코! 내 동생 가만 놔둬~."

현수는 팔을 끌어당기는 센도 아버지의 손가락을 물어뜯었다.

"악~ 미친 거지새끼가."

화가 난 센도 아버지가 현수의 뺨을 세게 후려갈겨 버렸고 지쳐버린 현수는 그 자리에서 나뒹굴어 쓰러졌다.

정신이 몽롱해 눈앞이 가물거리는 현수를 누군가 다가와 번쩍 안아 올린다.

"내가 이 아이 데려 갈 테니 그만들 하쇼!"

굵은 그 목소리를 마지막으로 현수는 기절해 버렸다.

일본들이 '당신이 무슨 참견이냐!'며 가던 길이나 가라고 하자 남자는 군표를 꺼내 일본인들의 낯짝에 던져버리고 현수와 함께 사라졌다.

81

응어리진 하루코 오빠의 긴 시간이 흘러 현수는 이제 노인이 되었다.

동생이 죽던 날 조선인의 도움으로 건강을 회복해 그 다음 해 봄 고국으로 돌아왔다.

어른이 된 현수는 동생의 시신이 묻힌 곳을 찾아 수없이 아오모리를 찾아갔지만, 결국 하루코의 흔적은 어디에서도 찾을 수 없었다.

나이 지긋한 아오모리 주민들을 만나 과거 이야기를 꺼내 봐도 우울한 시기를 넘어 이미 부유해진 일본인들은 불필요한 기억에 함구했다. 혹시 그때의 은인은 알고 있지 않을까 하고 연락을 취해봤지만, 은인 역시 이미 높은 곳으로 떠나고 없었다.

동생의 무덤에 물 한 잔, 주먹밥 하나 놓아 주지 못한 오빠는 언제나 허기진 마음으로 살아왔다.

시간이 흘러 여든 한 살이 된 지금, 그는 오늘도 마음속으로 기도한다.

"하루코. 이제 너의 얼굴이 기억나지 않아. 꿈속에서라도 한 번만 날 찾아와 줘. 많이 보고 싶구나."

어린 소년은 70년 동안 동생을 가슴 속에 간직하고 살아왔다. 하지만 불쌍한 동생은 한 번도 그를 찾아오지 않았다.

그가 그토록 포기하지 않고 꿈속에서 동생을 찾는 것은 이제 동생의 얼굴이 기억나지 않아 죽어서 알아보지 못할까 걱정이 되어서였다.

  침대에 누워 작은 각설탕 하나를 쥐고 있는 노인의 숨소리가 점점 작아진다.

  수명이 다한 현수는 오늘을 넘기기가 힘들 것 같다.

  마디숨을 쉬며 끝을 알릴 때쯤 그는 흐뭇하게 웃으며 다른 사람이 들을 수 없는 작은 소리로 속삭인다.

  '하루코~~ 왜 이렇게 늦게 왔어~.'

  늘어진 현수의 손에서 빠져나온 각설탕이 바닥으로 떨어져 깨져버렸다.

  포근한 봄바람이 흩어진 설탕가루를 쓸어 담아 침대 아래 늘어져 있는 현수의 손끝에 가져간다.

  지켜보던 자식들과 손주들이 세상을 떠난 현수를 붙잡고 통곡을 한다. 하지만 지금 이순간이 가장 행복한 현수였다.

  70년을 건너온 따뜻한 바람을 타고 창 너머로 어린 현수와 하루코가 그날처럼 손을 잡고 걸어간다.

자유

버디는 마음을 비우고 깊게 심호흡을 한다.

그리고 우울한 비구름 사이로 뛰어들었다. 잔뜩 인상을 찌푸린 먹구름과 번개를 피해 구름과 구름 사이를 넘나든다. 내리는 비가 날개의 깃털에 스며들어 어깨가 무겁다.

하지만 몸이 기억하는 정확한 비행로를 따라 가기 위해서는 비구름을 통과해야만 한다.

비구름 속에서 때를 기다리는 버디의 입에는 어른 주먹 두 개만 한 풍선이 물려 있다.

버디는 수백 번 이 일을 해 왔지만 거의 실수 한 적이 없는 전문가였다. 하지만 가끔 그들의 미련 때문에 문제가 생기는 경우도 있었다.

사실 버디의 직업은 영혼 배달부였다. 비구름 아래 펼쳐진 광활한 바다 위에서 고도를 유지하며 석양이 수평선과 맞닿을 때를 기다린다.

"지금이다."

태양과 수평선이 맞닿자 비속을 뚫고 더 높이 올라간다.

"팅! 팅!"

풍선에 부딪히는 빗소리가 끝날 때쯤 버디가 거대한 날개를 펼쳐 비구름 위로 솟구쳐 올라섰다.

구름 아래와는 다르게 탁 트인 저녁바다의 풍경이 버디의 눈에 들어왔다.

높아진 고도에 풍선이 터질 듯 부풀어 오르자 풍선을 놓아 준다.

"뒤는 돌아보지 말고 앞으로만 가요."

버디가 여행자를 위해 기도해준다.

"팡~~~!"

풍선이 터지며 안에 있던 하얀 가루가 공중에 퍼져나간다.

넓게 흩어지며 햇빛과 잠시 춤을 추던 하얀 가루가 비구름 속으로 사라졌다.

그리고 그곳에 농구공만한 빛 덩어리가 나타나 수평선을 바라보며 망설인다.

버디는 2미터가 넘는 날개로 바람을 만들어 빛 덩어리를 밀어낸다.

"시간이 없어요. 석양은 순식간에 사라진다고요. 걱정하지 말아요. 내가 지켜봐 줄게요."

하지만 여행자는 망설인다. 혼자 미지의 세계로 가기에는 너무나 두려웠고 남겨둔 수많은 재산과 새로 만든 첩이 너무 보고 싶었다.

"지금 가지 않으면 아주 오랫동안 혼자 어둠속을 헤매게 될 거라고요! 아주 긴 시간을!"

하지만 빛 덩어리는 좌우로 진동하며 가지 않으려 한다.

"안돼요! 결단을 내리지 않으면 앞으로의 당신 여행은 이 바다에 갇히고 말거라고요."

빛 덩어리는 버디의 말을 듣지 않고 뒤를 돌아봤다.

그 순간 살아있을 때의 모든 기억이 덮쳐와 빛 덩어리가 터질 듯이 요동친다.

파고든 과거의 기억이 수천의 악귀가 물어뜯듯 여행자를 산산조각 내 흩어 버리려 했다.

"과거에 마음이 무너져선 안돼요!"

하지만 미친 듯이 달려드는 기억의 조각들은 여행자의 마음을 갈기갈기 찢어버리고 있었다.

여행자 스스로 되돌릴 수 없을 만큼 한계를 넘어서 버리자, 버디는 발광하는 여행자를 날개로 감싸 안고 재빨리 비구름 아래로 추락한다.

품안에서 도망치려 요동치는 여행자를 안고 자유낙하를 하는 것은 버디에게도 목숨을 걸어야 하는 위험한 일이었다. 그렇지만 이 방법 말고 여행자를 구할 다른 방법이 없었다.

"슈~웅~~."

비구름을 뚫고 빠른 속도로 여행자와 함께 바다로 떨어지고 있다.

그대로 수면에 부딪친다면 버디의 몸은 산산조각날 것이다.

200, 100, 50, 30, 15미터… 거침없이 떨어지던 버디가 친구에게 소리친다.

"바다야! 중간인이야!"

그러자 일정한 방향으로 출렁거리던 파도가 방향을 바꿔 손뼉을 마주치듯 부딪치며 10미터 높이의 파도를 만들었다.

떨어지는 버디와 솟구치는 파도가 "펑!" 하고 부딪히자 여행자를 붙잡았던 과거 기억들이 순식간에 사라져버렸다. 그리고 그 틈에 버디가 날개를 펼쳐 아슬아슬하게 바다와 충돌을 피했다.

"됐다! 고마워 바다야~"

바닷물에 정화된 여행자의 가벼운 영혼이 다시 하늘위로 올라갔고 버디도 곧바로 여행자를 뒤따른다.

천둥치는 비구름을 통과하는 여행자에게 큰 날개를 펴 번개와 비를 막아준다.

잠시 후 비구름을 벗어나 맑은 하늘 위로 올라선 버디가 여행자에게 말한다.

"이제 가야 해요! 그렇지 않으면 방금 경험한 고통이 영원히 함께 할 거라고요!"

그제야 빛 덩어리는 무언가 깨달은 듯 요동치는 마음을 잠재우고 침착하게 붉게 물든 수평선 끝으로 날아간다.

버디는 큰 날개를 펄럭이며 진중하게 여행자를 바라본다.

'당신은 자유를 찾을 거예요.'

버디는 혼자말로 여행자의 성공을 기원한다.

특별한 가스를 넣은 풍선을 터뜨리기 위해서는 이 정도 높이의 고도가 필요하지만, 역시 힘이 들어 그리 오래 있지는 못한다.

더 이상 여행자가 보이지 않게 됐을 때 버디가 비구름 아래로 내려가 조금 전 일로 화가나 거친 숨으로 높은 파도를 만들어내는 바다를 달래본다.

"그만해 친구야. 오늘 그 사람이 마음에 들지 않았겠지만 우리 일이잖아. 나는 배달부로 너는 청소부로 석양은 연결다리로."

"…"

바다는 말이 없다. 버디가 발로 파도를 스치며 바다에게 간지러움을 태우자 친구는 그만하라며 거친 파도를 거두어들였다. 그렇게 버디와 바다가 티격태격하는 사이에 비가 그쳤다.

맑게 개인 하늘덕분에 날개가 가벼워진 버디는 몸을 뒤집어 바다의 수면을 스치듯 비행한다.

친구도 말없이 파도를 만들어 버디를 따라간다.

바다와 함께 육지와 도착했을 때 언덕 위에서 여러 사람들이 모여 버디를 기다리고 있었다.

그들은 버디가 돌아오는 것을 보고 두 손을 모았다.

버디가 사람들 머리 위를 한 바퀴 돌아 바닷가 자기 집으로 돌아가자 사람들은 그것으로 버디가 임무를 잘 완수했음을 알고 고마워한다.

집에 돌아와 보니 언제나처럼 사람들이 가져다 놓은 고기와 생선이 있었다. 버디가 혼자 먹기에는 많은 양이어서 항상 친구들과 나누어 먹는다.

오늘도 갈매기와 고양이가 생선을 지키며 버디를 기다리고 있었다.

"버디야! 오늘은 어땠어? 여행자가 바로 석양을 따라 갔어?"

고양이가 오늘 배달 일은 순탄했는지 물어본다.

"아니. 바다가 도와주지 않았으면 오늘 여행자는 영원히 중간인이 될 뻔했어."

"정말? 오늘도 버디와 바다가 고생이 많았구나~"

"끔찍하게 바다에 떠돌아다니는 걸 볼 뻔했네. 그 사람 정치인이 라던데."

갈매기가 어디서 들었는지 오늘 여행자에 대해 말했다.

"그래서 바다는 별로 좋아하지 않았어. 죽어서도 미련을 버리지 못해 나까지 여행자가 될 뻔했으니까. 바다는 정치인 유골가루에 남아 있는 과거 삶의 기억들 때문에 짜증이 난 거 같애."

"바다도 힘들겠다. 나 같아도 화가 났을 거야."

고양이는 인간들의 삶의 기억이 얼마나 골치 아픈지 잘 알고 있었다.

"뭐~ 나야 여행자를 선택할 수 없으니까. 그런데 마지막에는 다들 두려워 해."

"누가 이 방법을 알아냈을까? 유골가루풍선을 하늘에서 터뜨리면 영혼은 석양을 따라 천국에 가고 유골가루에 남은 삶의 흔적은 바다가 정화시켜 준다는 것 말이야."

갈매기가 생선을 뜯으며 말했다.

"글쎄?"

버디도 이일이 어떻게 시작되었는지 알 수 없어 대답하지 못했다.

"버디야 내일도 배달 가?"

"왜? 야옹이 니가 대신 가 줄 거야?"

"아니. 내일도 생선이 있을까 해서. 하하."

"이틀 연속은 무리야."

"아무래도 그렇겠지. 아하하~."

멋쩍게 웃는 고양이를 보며 버디와 갈매기가 웃고 있다.

영혼을 구원하는 새

사람들은 버디를 영혼을 구원해 주는 배달부 또는 안내자라 불렀다.

죽은 사람의 유골 일부를 가루로 만들어 풍선에 넣고 죽은 자의 영혼이 하늘과 가장 가까운 곳 그리고 세상의 미련이 남아도 웬만해선 돌아올 수 없도록 바다위에서 유골을 뿌렸다.

영혼은 어두운 곳을 무서워해서 석양의 빛을 따라 그 너머의 또 다른 세계로 간다고 한다. 하지만 그곳이 천국인지 아닌지는 아무도 알지 못했다.

만약 뒤를 돌아보면 육지에 남겨진 가족과 일생동안 인연의 기억이 먹구름처럼 밀려와 잡아끌어 석양을 따라 가지 못하고 허공에 떠돈다고 한다. 그래서 버디는 뒤돌아 보지 말고 앞으로만 가라고 한다.

인간들의 믿음이 강해질수록 버디는 무거운 책임감을 느꼈다.

고도를 잘못 맞추거나 풍선에 너무 많은 뼛가루를 넣으면 중간에 터져버려 배달을 하지 못한다. 대부분 성공하지만 어쩌다 인간의 욕심으로 풍선에 뼛가루의 양이 많아지면 실패할 때도 있었다.

그리고 오늘처럼 세상에 집착이 강한 영혼을 인도할 때는 몇 배는 어려웠다. 생전에 악인이거나 많은 것을 누리고 산 사람들일수록 중간인이 될 가능성이 높았다.

그렇게 중간인이 된 여행자들은 마음이 산산조각 나버렸고 마음의 조각을 찾기 위해 평생 만났던 사람들을 일일이 찾아다니며 헤매게 되었다.

버디의 임무는 여행자를 석양으로 안내하는 것만으로 충분했지만 중간인이 되버리려는 영혼들을 그냥 두고 볼 수 없어 위험을 무릅쓰고 도와주었다.

존경받는 자

버디의 집은 오래된 죽은 나무 옆에 있었다. 죽은 지가 오백 년이 지났는데도 나무는 썩어 넘어지지 않고 그 자리에 꼿꼿이 서 있다.

사람들은 죽은 나무에 두려움과 경의를 표했다. 그리고 나무에 사는 버디를 신성하게 생각해 나무 옆 한 편에 넓은 집도 지어 주었다.

요 며칠 일이 없는 버디가 한가롭게 쉬고 있을 때, 검은색 정장차림의 남자가 한손에는 성경책, 다른 손에는 검은 실을 들고 죽은 나무에 다가간다. 그리고 얇고 넓은 검은 실을 나뭇가지에 묶으며 말한다.

"아니. 종교 지도자가 죽었으면 그냥 하느님을 영접하면 되지. 미개한 짐승한테 천국의 안내를 맡기는 것이 말이 되냐고. 참 목사님도 한심하시지."

남자가 혼자말로 여행자를 비판하고 있을 때, 같이 온 여자는 조용히 안내자에게 내일 여행자를 무사히 인도해 달라며 기도했다.

부목사는 미개한 짐승에게 기도를 하는 목사의 딸을 못마땅해 하며 '쯧쯧' 혀를 찼다.

버디는 나무 위에서 서로 뜻이 맞지 않는 두 사람의 모습을 지켜보고 있었다.

인간의 불평은 언제나 제멋대로였다.

어떤 사람들은 버디를 안내자로 이용하면서도 한편으로는 어둠의 사자처럼 죽음을 관장하는 새라고 생각했다. 그래서 버디를 보는 것은 누군가의 죽음을 알리는 재수 없는 징조라고 생각해 마주치는 것조차 기분 나빠했다.

그렇게 인간들이 버디를 두려워해 갈수록 될 수 있으면 인간들이 사는 곳에는 가지 않았다.

버디는 인간들의 이중적이 모습에 씁쓸하기도 했지만 그들의 심연 깊숙이 숨겨진 약한 마음이 그렇게 만든 것일 뿐이라고 생각했다.

다음날 오후 5시 반이 되자 버디가 인간들이 기다리는 바닷가 어미바위로 날아갔다.

어미바위는 갓난아기를 품에 안고 있는 포근한 엄마의 모습을 하고 있었다.

인간들은 태어날 때도 엄마 품에서 울음을 터뜨리고 죽어서도 포근한 엄마의 형상 속에서 떠나고 싶어했다.

버디가 하늘에서 내려다보니 많은 사람들이 여행자를 위해 기도를 하고 있었다.

"아이고 목사님. 벌써 가시면 어떻게 합니까. 엉엉~~ 보고 싶습니다."

버디는 인간들이 조금은 슬퍼할 수 있게 어미바위 위에서 큰 원을 그리며 날고 있다.

그때 한 사람이 버디를 발견하고 소리친다.

"안내자가 왔다! 이제 다들 조용히 하시고 목사님을 보내드립시다."

울음소리로 어수선했던 사람들이 안내자의 등장에 금세 조용해졌다.

버디와는 별개로 부목사가 성경을 펼쳐 읽기 시작한다.

"하늘에 계신 우리 아버지시여…."

부목사의 기도에 맞춰 중간 중간 미리약속이라도 한 듯 "아멘" 소리가 들려왔다.

그때 젊은 여자가 무릎을 꿇고 버디를 향해 손을 모아 기도한다.

"구원자시여~ 우리 목사님 천국으로 잘 인도해 주세요!"

"뭐하는 짓입니까?"

부목사가 화를 내며 목사의 딸을 나무란다.

"하나님만 찾으세요. 그 외에 것은 모두 가짜입니다. 그런 짓하면 목사님이 평생 일구어 놓은 업적이 물거품이 돼요. 일어나세요!"

"죄송합니다."

목사의 딸이 죄인처럼 일어나 고개를 숙인다.

목사의 부탁으로 버디에게 안내자 역할을 맡기는 것만으로도 부목사와 대부분 교인들은 자존심에 상처를 입고 있었다. 하지만 죽어가는 사람의 마지막 부탁이라 거부할 수 없어, 지금 이 자리에 있었지만 목사 딸의 행동에는 눈살을 찌푸렸다.

공중을 선회하며 그 모습을 지켜보는 버디는 왜 인간들은 항상 규칙을 만들고 서로 편을 갈라야 마음속에 평화를 얻는지 이상한 동물이라고 생각했다.

벌써 해가 서쪽 수평선으로 떨어지고 있어 이젠 여행자를 데리고 떠나야 한다.

버디가 풍선이 걸려있는 장대를 향해 미끄러지듯 하강해 '쉬익~' 소리와 함께 풍선 끈을 입에 물고 높이 올라간다.

그와 동시에 뒤에서는 사람들의 요란한 기도소리가 들려왔다.

"하나님 아버지…"

오늘 여행자의 친구들은 버디를 그리 반기지 않는 것 같았다.

왜냐하면 인간들이 배달을 시키면서도 한쪽으로 의심하는 흔들리는 마음이 버디의 머릿속에 전달되었기 때문이다.

하지만 여행자의 안전한 배달을 위해서 그들의 마음이 스며드는 것을 거부했다.

버디는 인간처럼 아주 많은 시간을 들여서 누군가의 생각이나 마음을 붙잡고 있는 것은 바보 같은 짓이라고 생각했다.

그저 햇살이 좋으면 햇살에 모든 것을 집중했고 바람이 시원하면 바람이 그 순간의 전부였다.

그래서 지금도 사람들이 자기를 탐탁지 않게 여기는 것보다 어서 여행자를 석양 끝으로 안내하는 것에만 집중하려 한다.

어수선한 분위기의 사람들을 뒤로하고 수평선 아래로 빨갛게 떨어지는 해를 향해 힘차게 날아간다.

하지만 이 일을 할 때마다 강한 햇빛을 온전히 두 눈으로 다 받아내고 있어 여행자를 안내한 다음 날은 하루 종일 눈을 감고 있어야만 했다.

석양이 수평선에 반쯤 잠겼을 때 버디가 높이 날아오른다. 고도가 높아질수록 풍선이 터질 듯 부풀어 요동쳤다.

"됐다."

버디가 알맞은 고도에 멈추어 풍선을 놓아 준다.

압력을 견디지 못한 풍선이 '펑!' 소리와 함께 터지며 흰 가루를 뿌렸다.

"앞만 보고 가세요. 저 석양 끝으로. 자유를 찾을 거예요."

버디가 여행자에게 기도를 해주었지만 역시 오늘 여행자도 머뭇거린다.

여행자들은 이 순간 겨우 한 발 앞으로 나아가는 결단에 힘들어했다.

구름 위 맑은 하늘 위에서 버디의 반짝이는 붉은 날개짓이 망설이는 여행자를 품어 준다.

하지만 한걸음 내딛기에 너무 많은 과거들이 여행자의 갈 길을 방해하고 있었다.

자신의 말 한마디에 세상의 권력자들과 신도들이 고개를 숙이며 신처럼 대접했던 이곳이 그에게는 천국 같았고 알 수 없는 저 석양 너머보다는 그들 신처럼 떠받드는 사람들과 더 머물고 싶었다.

이처럼 일부 종교인들의 미련은 보통사람보다 강해 사념으로 변해버리기 일수였다.

신의 가르침을 자기 맘대로 해석해버리는 오류를 범한 그들은 정작 신이 열어준 길을 가지 못하고 어둠이 인도하는 길로 가곤했다.

여행자의 마음속에 갈등이 일어 빛 덩어리가 심하게 요동치고 있을 때 석양빛에 물들었던 바다가 갑자기 검게 변한다.

여행자가 겁을 먹고 뒤로 물러섰지만 그것도 잠시 검은 물속에서 무언가가 여행자에게 손짓하자 그것에 이끌려 움직인다.

"아~ 역시."
버디가 가슴 아파한다.

이렇게 종교지도자가 여행을 할 때 잔혹하리만큼 바다가 검게 변해버리는 이유는 그들이 인간의 마음에 너무 많은 덫을 놓았기 때문이었다.

검게 변한 바다 속에서 정체를 드러낸 큰 거울은 찬란했던 여행자의 과거를 보여준다.

더 화려하고 멋지게 가공된 과거와 그의 젊은 시절 모습을 재현시켜주는 거울은 여행자를 어두운 물길 속으로 인도하는데 충분했다.

검은 거울속의 아름답고 젊은 자신의 모습을 본 여행자는 신이라도 만난 것처럼 환희에 찬 얼굴로 거울에 손을 뻗어 그것을 잡으려한다.

하지만 버디는 망상에 허우적대는 여행자를 지켜보며 안타까워한다.

누구보다 겸손하고 소박해야 할 종교인들이었지만 그들의 건물과 거처가 커져갈수록 그들이 구원해야할 사람들은 잔혹한 가난의 어둠에 빠져 들었다. 또 그들의 오만함은 순수한 사람들을 죄인으로 몰아갔다.

오늘 여행자 또한 숨겨두었던 화려한 젊은에 대한 욕망에 갈 길을 잃어버렸다.

여행자의 젊음을 향한 욕망이 커질수록 부와 명예에 집착했고 그것으로 젊음을 사려고 했었다.

하지만 불가능에 대한 욕망은 그의 마음 한구석에 풀 한 포기 자라지 못할 척박하고 피폐한 땅을 만들어 그곳에 그가 믿던 신을 가

두어 버렸다.

버디는 욕망에 빠져 어두운 바다 속으로 향하는 여행자에게 흔들리지 말라고 한다.

"그곳으로 가면 안 돼요. 살아서 사람들에게 사랑에 대해 많은 이야기를 해주었잖아요. 많은 사람들이 그렇게 살기 위해 발버둥 치고 있어요. 그런데 당신은 가짜 사랑이 가득한 곳으로 가려고 해요."

버디의 말을 듣고 여행자가 화려한 바다 속으로 가려던 길을 멈췄을 때 거울 속에서는 더 많은 추종자들이 여행자를 부르며 가야할 길을 방해하고 있었다.

"바다야!"

버디는 여행자를 구하기 위해 바다를 부른다.

그러자 바다는 하얀 거품이 가득한 큰 파도를 만들어 어두운 거울을 잠시 막아버렸다.

그렇게 거울이 잠시 모습을 감추자 여행자가 정신을 차렸다.

신도들에게 현재의 모습을 받아들이고 사랑하라고 떠들어 댔던 자신의 마음속에 항상 젊음에 대한 갈망이 가득 차 있음을 보고 탄식한다.

'아~ 나는 나의 청춘만 사랑했구나.'

거울로 뻗은 손을 거두어들이자 갑자기 많은 기억의 조각들이 여행자에게 몰려왔다.

신도들의 고민을 듣고 수없이 지껄였던 말들은 고작 남의 이야기들을 주워듣고 조언한 것일 뿐, 정작 자신의 삶 속에서 얻은 것으로는 그들에게 손톱만큼의 조언도 할 자격이 없다는 것을.

가난을 덕으로 여기며 살라고 연설했던 자신은 부자였고 더 높이 올라가려는 욕망은 살아생전 멈추지 않았음을.

말로 표현할 수 없는 부끄러움이 밀려왔다.

작은 언행일치 조차 되지 않았던 자신의 삶이 얼마나 덧없었는지 이제야 알 것 같았다.

그사이 검게 변했던 바다가 원래대로 돌아왔고 다시 석양이 여행자를 위해 밝게 길을 밝혔다.

여행자는 욕망을 버리고 앞에 펼쳐진 미지의 길을 받아들이기로 한다.

그리고 다시 태어나면 남들에게 지껄이기보다는 자신에게 더 많은 이야기를 해주어야겠다고 다짐했다.

버디가 큰 날개를 펄럭이며 시간이 없음을 알리자 여행자는 바다 위에 물든 붉은 카펫을 따라 사라져 갔다.

버디가 지켜보며 혼잣말을 한다.

'당신의 바람대로 다시 태어날 기회가 있을까요?'

여행자는 수평선 아래로 사라졌고 버디는 수직으로 하강한다.

그리고 "풍덩!" 소리와 함께 친구의 품속으로 뛰어들었다.

바다는 깜작 놀랐다며 화를 내고 파도를 만들지만 버디는 아무렇지도 않게 파도를 타며 놀고 있다. 그 모습에 바다는 더 높게 파도를 만들어 버디를 놀라게 한다. 사실은 고생한 친구를 위해 육지까지 태워줄 생각이었다.

잠시 여유롭게 파도를 타고 쉬던 중에 육지에서 기다리는 사람들을 생각하니 더 이상 바다와 놀 수 없었다.

"친구야, 어두워지기 전에 가야겠다."

버디가 바다에게 인사를 하고 하늘로 솟구쳐 올라간다.

20여 분을 날아 어미바위에 도착했을 때 목사 딸과 여섯 명의 신도가 남아 버디를 기다리고 있었다. 하늘에 원을 그려 오늘 임무에 성공했음을 알리자 사람들이 버디에게 고맙다며 손을 흔든다.

이제 배달을 마쳤으니 버디는 집으로 돌아간다.

오늘도 집에서는 갈매기와 고양이가 버디를 기다리고 있었다.

그런데 고양이가 기막혀 하는 표정으로 말한다.

"버디야, 오늘은 아무것도 없어. 멸치 새끼도 없다니까!"

버디는 대수롭지 않다며 농담을 한다.

"그렇다고 날 잡아 먹지는 마! 하하하~."

"넌 너무 커서 호랑이도 도망갈 걸~ 히히히."

듣고 있던 갈매기가 고양이를 부른다.

"야옹아! 너랑 나는 매번 버디한테 얻어먹었으니까 오늘은 우리가 먹을 걸 구해오자."

고양이는 귀찮다는 듯 옆으로 드러누우며 말한다.

"오늘은 그냥 굶을까~."

갈매기가 날개짓을 하며 혼자라도 먹이를 구하러 가려 한다.

"버디야~ 조금만 기다려 내가 물고기 좀 잡아올게!"

그때 고양이가 기다리라며 기지개를 켜고 따라나선다.

"농담이야~ 같이 가!"

친구들이 사라지고 십여 분 후 좀 전에 어미바위에서 봤던 인간들이 버디를 찾아왔다.

목사의 딸은 교회이름이 쓰여 있는 예쁜 쟁반에 생선과 고기를 담아 버디 집 앞에 놓고는 감사 인사를 한다.

"네가 우리말을 알아들을 순 없겠지만 그래도 말하고 싶어. 오늘 우리 아빠 외롭지 않게 바라다 준거 너무 고마워. 작은 성의 표시니까 맛있게 먹어."

버디에게 감사 인사를 마친 목사의 딸과 일행은 혹시 부목사가 보면 이것을 핑계로 트집을 잡을까 봐 얼른 돌아갔다.

이유 있는 자연의 순리

인간들이 사라진 후 고양이와 갈매기가 물고기를 물고 돌아왔다.

고양이가 집 앞에 놓인 고기와 생선을 보고 동공이 커지며 미소를 짓는 바람에 물고 있던 조그만 물고기들을 땅바닥에 떨어트렸다.

"와~ 역시! 우리 버디가 힘들게 일했는데 당연하지~"

신이 난 고양이는 고기 앞으로 뛰어갔고, 뒤따라오던 갈매기도 잡아온 물고기를 쟁반 위에 올려 놓고 버디를 기다렸다. 배고픈 친구들을 위해 집에서 나온 버디가 고양이 옆에 앉았다.

고양이가 잡아온 생선을 버디에게 내민다.

"이거 먹어봐. 작아도 아주 맛있어."

그리고는 정신없이 인간이 가져온 생선을 먹기 시작한다.

"야옹아! 근데 이렇게 작은 생선을 어디서 잡은 거야. 이름이 뭐야?"

고양이는 조금 머쓱했다.

"아~ 이거 마을 냇가에서 잡았어. 이름은 송사리야!"

갈매기가 어이없다며 한마디 한다.

"야~ 이건 좀 너무 한 거 아니냐. 백 마리는 먹어야 배가 좀 차겠다."

갈매기가 겨우 송사리 세 마리를 잡아왔다며 고양이에게 핀잔주자 버디가 얼른 송사리를 삼켰다.

"꿀꺽. 야옹아 맛있는데~ 다음에 또 잡아줘."

버디의 말에 용기를 얻은 고양이가 갈매기에게 한마디 한다.

"거봐! 버디가 맛있다잖아."

"아휴. 진짜."

갈매기는 어이가 없어 고양이를 째려봤지만, 고양이는 '뭘 봐'라고 하고는 얼굴을 파묻어 고기를 먹었다.

버디는 두 친구의 소심한 싸움에 그저 웃기만 한다.

그렇게 다투는 것도 잠시뿐.

오랜 친구들은 웃고 떠들며 저녁을 먹고 있다.

그때 버디가 눈이 불편한지 비벼대자 갈매기가 고양이에게 친구가 피곤한 것 같으니 빨리 먹고 가자고 신호를 보낸다. 고양이도 알겠다며 남은 음식을 허겁지겁 먹어 치웠다.

저녁을 다 먹고 고양이와 갈매기가 집으로 돌아가려 인사를 한다.

"버디야, 내일 올게. 잘 자."

"그래. 내일 보자."

고양이와 갈매기는 몸을 돌려 집으로 돌아가면서도 티격태격 말싸움 중이다.

버디는 저렇게 싸우면서도 항상 붙어 다니는 두 친구가 신기했다.

친구들이 시야에서 사라지고 나서야 버디는 집안으로 들어갔다. 그리고 큰 날개로 몸을 감싸고 눈을 감았다.

아직도 눈앞에 석양의 강한 빛과 여행자의 모습이 아른거렸다. 그렇게 잠을 청하고 있을 때 밖에서 소리가 들려왔다.

'저벅저벅'. 인간들의 발소리가 점점 가까워지고 있었다.

보통 여행자를 위해 끈을 묶는 것은 낮 시간 동안이었고, 버디가 일을 한 날은 다음날까지 끈을 묶을 수 없는 것이 이 마을 사람들의 암묵적인 규칙이었다.

'누구지?' 버디가 가까워지는 발자국 소리에 집중한다.

"주변에 아무도 없는 것 확인했지요?"

"예. 부목사님."

부목사와 그를 따르는 10여 명의 사람들이 횃불을 들고 버디의 잠을 방해하고 있다.

부목사가 신도들에게 물어본다.

"아니. 저기 있는 것은 우리 교회 쟁반 아닙니까? 왜 저게 여기에?"

"부목사님. 실은 아까 목사님 따님이 뭘 좀 놓고 갔습니다."

"뭘 놓고 갔습니까?"

"고기하고 생선 조끔요."

"아니. 요즘이 어떤 시대인데. 과학시대라고요! 짐승에게 먹을 것을 갖다 바치다니, 이 무슨 상스러운 짓입니까! 확인도 안 된 미신 같은 이야기를 믿고 말이에요!"

"그렇게 말입니다~."

하지만 동물들 입장에서도 인간들이 믿는 그런 것들 또한 확인 안 되기는 마찬가지였다.

"안 되겠어요. 횃불 좀 이리 줘 봐요!"

"뭐하시게요?"

신도들이 걱정되는 목소리로 부목사의 의도를 물어본다.

신도들의 질문에 부목사는 자신의 신에 대한 신념이 얼마나 강한지 보여주고 앞으로는 미신 같은 것을 믿지 못하게 하고 싶었다.

"이 죽은 나무를 태워 버릴 겁니다. 만물의 영장인 인간이 고작 이 죽은 나무와 한낱 새에게 머리를 조아리고 기도해서야 되겠습니까?"

몇몇 신도는 부목사의 두려움 없는 모습에 감탄을 했고 몇몇은 괜한 짓을 하는 건 아닌지 내심 걱정했다.

부목사가 횃불을 들어 죽은 나무에 불을 붙인다.

죽어서 오백 년 동안 당당하게 이 자리에 서 있었지만 오늘 한 인간의 개인적인 신념으로 거대한 거목은 활활 불타오르고 있었다. 불은 순식간에 나무 꼭대기까지 번져갔다.

50미터가 넘는 거목에 불길이 타오르자 마을 어디에서나 그것을 볼 수 있었다.

"부목사님 이래도 괜찮겠습니까?"

"걱정 말아요. 신고를 한다고 해도 내가 담뱃불을 던졌는데 순식간에 타버렸다고 하면 되니까요. 그것보다 저 새도 쫓아냅시다. 우리의 목숨은 주님이 결정하는 것이지 저런 미물이 삶과 죽음을 어떻게 알겠습니까!"

부목사가 횃불을 들어 버디의 집에도 불을 붙이고는 탕탕 두드리며 버디를 집에서 쫓아내려 한다. 놀란 버디가 집밖으로 뛰쳐나와 습관적으로 나무에 올라앉으려 불타고 있는 나무쪽으로 날아갔다.

"저 새가 미쳤나~ 지가 타죽으려고 하네."

인간들은 버디를 동정하기보다 조롱했다.

순식간에 버디의 꼬리 깃털에 불이 붙어 중심을 잡지 못하고 땅바닥으로 떨어졌다. 그러나 목사 일행은 그저 구경만 하고 있었다.

때마침 도착한 마을사람들이 불붙은 버디의 꼬리를 보고 얼른 물을 부어 불을 껐다. 하지만 겁에 질린 버디가 큰 날개를 펴 사람들을 위협했다.

옆에서는 거대한 나무가 활활 타고 있었다. 사람들이 양동이에 물을 담아 왔지만, 나무가 타면서 내뿜는 화기로 가까이 접근할 수가 없었다.

그때 농사용 살수차 두 대가 도착했다. 가파른 언덕 때문에 트럭이 올라올 수 없어 주민들이 호스를 끌어와 불을 끄기 시작한다.

잠시 후 사방에는 지독한 농약냄새가 진동했다. 농민들이 급한 마음에 농약을 하고 남은 통에 물을 받아 불을 끄는 바람에 농약이 연기와 함께 사방으로 퍼져나갔다.

주변을 가득채운 농약 냄새는 오염된 인간의 마음처럼 더 멀리 퍼져나갔고 농약 연기를 흡입한 사람들은 따끔거리는 목을 잡고 아파했다.

계속해서 물을 쏘아보지만 나무는 걷잡을 수 없이 타들어 갔다. 하지만 사람들은 어떻게든 불을 꺼보려고 안간힘을 쓰고 있었다.

죽어서도 긴 시간 굳건히 자리를 지키던 나무는 불꽃과 함께 허물어지고 있었다.

"어쩌면 좋아!"

"이게 무슨 일이야~"

여기저기서 안타까움의 탄식이 흘러나왔다.

다른 한쪽에서는 버디를 치료하기 위해 접근해 보지만 한 차례 인간에게 당한 버디는 날개를 펄럭이며 사람들을 위협했다.

10여 분간 사람들의 사투가 이어졌지만 나무의 몸통 여기저기가 '퍽퍽' 갈라지는 소리를 내며 불꽃과 함께 바닥에 떨어졌다 .

더 이상 버티지 못한 오래된 나무는 '쿵' 소리와 함께 마지막을 알리며 쓰러졌다. 그런데 쓰러지면서 나무의 뿌리 일부분도 땅 밖으로 딸려 나왔다. 길이가 10미터가 넘고 지름은 2미터 이상이었다.

더욱 놀라운 것은 뿌리 부분은 아직도 살아 있었고 부러진 부분에서 하얀 진액이 뿜어져 나오고 있었다. 그것을 본 사람들은 인간의 피가 뿜어져 나오기라도 하는 듯 깜짝 놀랐다.

진화가 거의 끝나갈 때쯤 경찰이 도착해 어떻게 나무에 불이 붙었는지 조사하기 시작했다. 그러자 부목사가 자진해서 자신의 실수로 나무에 불이 옮겨 붙었다고 말했다.

"경관님. 제가 오늘 목사님 일로 저기 저 새에게 신세를 져서 먹을 걸 가져왔었습니다. 목사님을 그리며 섭섭한 마음에 담배를 폈는데 그만 불이 나무에 옮겨 붙은 것 같습니다. 저의 실수입니다."

마을 사람들이 술렁이기 시작한다. 경찰이 부목사를 추궁한다.

"그럼, 나무에 불이 붙은 걸 알았으면서 왜 끄지 않았습니까?"

"저기 우리교회 쟁반 보이시죠. 저 쟁반에 고기와 생선을 가져다 새에게 주었는데 나오지 않아 담배를 피우고 기다리고 있었습니다. 한참을 기다려도 나오지 않아서 저희는 담뱃불을 끄고 마을로 돌아가던 중에 점점 뒤가 밝아져 와서 확인해보니 이미 저 나무가 활활 타고 있었습니다. 꺼보려 했지만 역부족이었습니다. 제가 한 행동이 법적으로 책임을 져야 한다면 지겠습니다."

"그건 제가 판단할 일은 아니고요. 나중에 다시 경찰서 오셔서 조사 받으세요."

"예 알겠습니다."

경찰은 부목사의 말이 수상했다. 게다가 자기의 어머니도 버디의 안내를 받아 하늘나라로 가셨기 때문에 지금의 사태가 더욱 안타까웠다.

잠시 후 교회 신도인 경찰 서장도 도착했다. 그리고 부목사와 반갑게 악수를 나누며 이런저런 이야기를 주고받는다.

다 타고 재가 돼버린 나무를 지켜보던 일부 주민들은 큰일이라도 난 것처럼 망연자실하고 있었다.

그때쯤 버디도 진정이 되어 정신을 차리고 이곳을 빠져나가려 날
개짓을 한다.

몇 번의 날개짓으로 하늘로 날아올랐지만 꼬리 깃털의 일부가 타
버려 중심 잡기가 쉽지 않았다.

"어쩜 좋아~."

사람들의 걱정을 뒤로하고 버디는 바닷가 쪽으로 사라졌다.

배달부가 날아가 버리자 사람들도 걱정을 뒤로하고 하나둘씩 집
으로 돌아가기 시작했다.

그렇게 불쾌한 밤이 지나가고 며칠 뒤 사람들은 불타 없어진 버디
의 집을 새로 지어주었다. 하지만 버디는 그곳으로 돌아가지 않았다.

그 대신 고양이와 갈매기의 도움으로 전보다 바다와 가까운 곳에
집을 지었다. 나뭇가지를 모아 만든 허름한 집이었지만 그런대로 지
낼만했다.

마을 주민들과 양심적인 교인들은 버디의 화를 풀기 위해 고기와
생선을 가져가 주었다.

사실 화를 풀기 위한 것도 있었지만 버디가 다시 그 일을 해주었
으면 하고 바라는 마음이 더 컸다.

고양이와 갈매기가 인간이 가져다 놓은 생선과 버디를 번갈아가

며 본다.

"버디야. 이젠 괜찮아? 나쁜 인간. 나중에 내가 그놈 얼굴을 할퀴고 도망갈 거야!"

고양이가 부목사를 욕하자 갈매기도 화를 참지 못하고 말한다.

"인간은 왜 그래? 마음이 있긴 한 거야! 정말 이기적이라니까. 아마 며칠 내로 이 나무에도 또 실을 묶겠지!"

버디가 친구들에게 이젠 괜찮다며 걱정하지 말라고 한다.

"괜찮아. 우리 밥이나 먹자."

버디는 아무도 미워하고 싶지 않았다. 인간을 욕하는 순간부터 인간은 친구가 아닌 사악한 동물로 볼 것 같아 두려웠다.

그렇게 다시 며칠이 지나고 마을에서는 난리가 났다.

심어 놓은 농작물이 시름시름 죽어 버렸고 냇가에는 물고기들이 둥둥 떠다녀 사람들은 타버린 나무와 버디의 저주라고 생각했다.

그런 뒤숭숭한 분위기 속에서 굿을 해야 한다는 사람도 있었다.

하지만 모두가 틀렸다.

사실은 죽은 나무의 뿌리가 바닷물이 육지 땅속으로 들어와 지하수의 큰 물줄기와 만나는 것을 오랫동안 막고 있었고 그 덕택에 사람들은 지금까지 염분 없는 지하수로 농작물을 키울 수 있었다. 하지만 나무가 불타 쓰러지면서 뿌리가 뽑혀버렸고 지금은 바닷물이

지하수와 만나 섞이는 바람에 농작물이 죽어 가고 있었다.

나무가 그동안 바닷물을 막고 있었던 것은 인간을 위해서기도 했지만, 땅속에 뿌리를 내리고 사는 모든 식물과 개울물을 먹고 사는 동물들을 위한 것이기도 했다.

아마도 살아있을 때 남아있는 생명력을 모두 뿌리에 집중해 잠들어 있었던 건지도 모를 일이었다.

작은 영혼

버디의 집과 거목이 불타버리고 몇 달이 지났다.

버디는 그 일이 있고 한 달 후부터 배달부 일을 계속하고 있었다. 하지만 그때 입은 화상으로 꼬리 쪽과 오른쪽 날개 일부분이 완벽하게 기능을 하지 못했다.

버디는 하늘을 날수 있는 것에 감사했고 아무도 미워하지 않는 스스로가 인간보다 깊이 있는 삶을 살고 있다고 생각했다.

8월의 어느 날.

아침부터 내리기 시작한 비는 더욱 세차게 쏟아졌다.

버디는 심심해 놀러온 바다에게 오늘 날씨에 대해 이야기한다.

"떠날 때가 된 사람이 죽으면 이렇게 요란스럽게 비가 오지 않는데 가족들이 여행자를 정말 보내고 싶지 않은가 보네. 그런데 인간들 정말 열심히 살다가 많은 것을 모아놓고 허망하게 죽어버려. 젊어서는 죽어라고 일하고 늙어서 고급차를 타는데 그때는 고급차를 타고 멀리 갈만큼 시간도 힘도 없잖아."

바다가 맞는 말이라며 파도를 바위에 부딪친다.

"그들이 여행자가 되어 가져가는 것은 결국 깃털보다 가벼운 영혼뿐인데!"

그때 비에 흠뻑 젖은 여자가 찾아와 버디의 집 앞에 붉은 실을 걸었다.

그리고 두 손을 모아 버디에게 기도한다.

"영혼의 안내자시여. 내일 우리 아가의 영혼이 부디 천국에 가서 고통 없이 쉴 수 있도록 도와주세요!"

버디에게 부탁을 끝낸 여자는 축 처진 어깨를 하고 빗속으로 사라졌다.

사람들은 어른이 죽으면 검은 실을 걸었고, 아이가 죽으면 빨간 실을 걸었다.

안타까운 뒷모습으로 사라져가는 여자를 보며 버디는 내일 일을 생각한다.

"내일은 더 멀리 안내해 줘야겠다."

버디는 자신의 일이 정말 영혼을 구하는지는 모른다. 하지만 곧바로 석양에 도착한 영혼들은 다시는 육지로 돌아오거나 가족들에게 나타나 나쁜 짓을 하지 않았다.

버디는 자신이 앞으로 이 일을 할 수 있는 시간이 얼마 남지 않았다는 것을 알고 여행자들의 안내에 더 신중했다.

수없이 많은 시간동안 석양에 노출되며 여행자들을 지켜봤던 버디의 눈은 이제 기능을 잃어버려 순간순간 앞이 보이지 않았다.

여행자들에게 밝은 빛의 길을 안내하는 동안 자신은 점점 어둠과 친해지고 있었다.

마지막이 다가올수록 이 일을 멈출 수가 없었던 버디는 조금은 인간처럼 배달부의 일에 집착하는 것 같았다. 그렇다고 일의 숫자가 늘어나는 만큼, 인간들에 의해 특별한 배달을 하며 인간과 신의 세계를 넘나드는 존재처럼 되어버린 자신이 대단하다고 생각하지 않았다.

화창한 다음날 바닷가 어미바위 위에 사람들이 모여 버디를 기다린다.

그들은 무릎을 꿇고 정중히 어린 여행자를 보내려 한다.

맨 앞에 두 사람이 나와 한 사람은 두 손 위에 풍선을 받쳐 들고 다른 한 사람은 풍선에 연결된 줄을 버디가 잡기 쉽게 늘어트리고 있었다.

"안내자시여 저희 불쌍한 아이의 영혼이 헤매지 않고 천국의 길을 찾아 갈수 있도록 도와주세요."

아이의 부모로 보이는 남녀가 버디에게 부탁한다.

버디가 큰 날개로 저공비행을 하며 풍선의 끈을 낚아 채 하늘 높이 날아 올랐다. 그리고는 잠시 인간들의 머리 위에서 멈추어 출발을 알린다.

인간들이 일어서며 어린영혼의 안전한 여행을 기도하자 준비를 마친 버디가 작은 여행자와 출발한다.

어제 폭우가 지나가고 난 하늘은 구름 한 점이 없이 파랬고, 석양이 지기 전의 해는 오늘도 바다를 황금빛으로 물들였다.

바다 위를 비행하는 버디의 펄럭이는 붉은 날개가 석양빛과 겹치며 황홀한 색을 만들었다.

서쪽 수평선이 태양의 반을 삼키자 더 이상 육지가 보이지 않게 되었고 버디는 하늘 높이 올라 기압을 맞춘다.

그런데 풍선이 점점 부풀어 오르기 시작했을 때 문제가 생겼다.

"이런. 하필 지금!"

버디가 계속해서 눈을 깜박 거려보지만 앞이 보이지 않았다.

감각으로 어둠속에서 고도를 맞춰보려 노력하지만, 앞이 보이지 않아 균형을 잡지 못하고 이리저리 휘청거린다.

어느새 너무 높이 올라왔는지 어지럽기까지 했다.

"제발!"

버디는 잠깐이라도 앞을 볼 수 있도록 스스로에게 부탁하지만, 이리저리 균형을 잃고 비틀거린다.

"잠깐만이라도 보여 봐."

버디가 세게 감았던 눈을 힘껏 뜨자, 순간 앞이 보였다.

하지만 바람에 밀려온 풍선이 버디의 부리에 찍혀 피할 사이도 없이 터져버렸다.

"펑~!"

어린 영혼의 뼈 가루가 바람을 타고 버디의 몸에 뿌려졌다.

그리고 다시 버디는 앞이 보이지 않게 됐다.

"미안해~"

버디는 오늘 임무에 실패했다.

여행자의 풍선이 터질 때는 살아 있는 어떤 것과도 닿아서는 안 되었다. 그런데 버디의 부리에서 터져버린 것이다.

다시 눈이 보이지 않아 중심을 잃고 헤매고 있을 때, 버디의 등을 무언가가 부드럽게 쓰다듬고 있었다.

버디가 살며시 웃으며 말한다.

"아직 실패하지 않았구나."

무게를 잴 수 없는 작은 영혼이 길을 찾지 못하고 버디의 등에 올라타 어루만지고 있었다.

작은 여행자의 여행을 끝내주고 싶은 버디는 어둠 속에서 좀 더 밝게 빛나는 쪽을 찾아 머리를 이리저리 돌려 본다.

그때 실낱같은 석양빛이 눈 안으로 조금씩 스며들었다. 충분한 양은 아니었지만 그곳이 어디인지는 알 수 있었다.

"저기다. 꼭 잡아. 아가야!"

버디는 빨갛게 이글거리며 수평선 아래로 떨어지는 석양을 향해 날아간다.

스스로 바라던 마지막은 아니었지만 직감적으로 그래야 할 것 같았다. 그리고 자신의 날개짓으로 운명을 결정짓는 것도 나쁘지 않다고 생각했다.

붉은 날개로 석양을 가르며 날아가는 버디의 모습이 점점 작아지고 있다.

공중에 흩어지는 어린 영혼의 가루가 버디의 온기를 품고 바다 위에 앉았을 때, 바다는 파도를 잠재우고 그의 오랜 친구를 묵묵히 지켜본다.

이젠 석양이 지고 버디의 모습도 사라졌다.

그렇게 버디는 스스로의 안내자가 되어 마지막을 어린 여행자와 함께 자유의 문을 두드리러 떠나갔다.

한편 버디의 집에서는 언제나처럼 갈매기와 고양이가 버디를 기다리며 인간이 두고 간 먹이를 지키고 있다.

고양이가 갈매기에게 말한다.

"버디가 오늘 좀 늦는데? 바닷가로 마중 나가볼까?"

"음~ 곧 오겠지 조금만 더 기다려 보자."

과묵한 바다가 이 친구들에게 버디의 이야기를 해주지 않는다면 갈매기와 고양이는 한참동안 친구를 기다릴 것이다.

어딘가에는

엄마, 아빠를 찾아 떠도는 아이가 있다.

이제 여덟 살이 된 아이는 한 번도 부모를 본 적이 없다.

누군가에게 부모님을 찾아 달라고 부탁하고 싶었지만, 말을 할 수 없는 아이는 들판에 버려진 늑대 아이처럼 긴 시간 동안 혼자서 여기까지 왔다.

한 가지 아이가 슬픈 것은 부모님은 자신을 찾고 있지 않다는 것이었다. 그러나 순수한 아이는 부모를 원망할 줄 모른다.

작은 몸을 이끌어 낮에는 부모의 흔적을 찾아 종종걸음으로 먼 길을 헤매고, 해가 집으로 떠난 밤이 되면 걸음을 멈추어 쉴 곳을 찾는다.

차가운 밤이슬만 피할 수 있다면 어느 곳이든 아이의 집이 되었다.

'엄마~ 아빠~ 어디 있어요?'

머릿속에서 맴도는 부모에 대한 그리움은 아이를 더욱 외롭게 한다.

반짝이는 별들 사이로 엄마 아빠의 모습을 상상해보지만, 부모의 모습 대신 밤하늘에 그려지는 것은 별과 달 그리고 달빛을 가로지르는 구름뿐이었다.

그래도 다행인 것은 오늘 밤은 시냇물이 잔잔하게 흘러 깊은 잠을 잘 수 있을 것 같았다.

어떤 때는 시냇물이 휘파람 소리와 함께 무서운 발자국 소리를 만들어 내 한숨도 잠을 잘 수가 없었다.

그렇게 무서운 밤을 보낸 다음 날에는 하루 종일 기운이 나지 않았다.

별이 위치를 바꿔가며 조용히 밤하늘의 시간을 알려주고 있을 때 피곤한 아이는 큼지막한 은행나무 밑에서 잠이 들었다.

정숙한 은행나무는 오늘 밤만큼은 아이의 잠을 방해하고 싶지 않아 열매들에게 밑으로 내려가 냄새피우지 말고 단단히 가지를 붙잡고 있으라고 일러두었다.

어느덧 날이 밝아오자 부지런한 물총새가 아침을 알리며 사냥을 하러 냇가로 날아간다.

아이가 잠들어 있는 나무 아래로 해가 찾아와 아이를 깨웠다.

눈이 부셔 잠에서 깬 아이는 서둘러 길을 나설 준비를 한다.

왜냐하면 시간이 얼마 남지 않아 하루하루가 소중했기 때문이었다.

떠날 채비를 끝낸 아이가 밤새 이슬을 피할 수 있게 도와준 은행나무를 '꼭' 안아 주고 길을 떠난다.

왠지 쓸쓸해 보이는 아이의 뒷모습에 은행나무는 마음이 편치 않았다.

오늘은 어느 곳을 헤매다 지친 몸의 쉴 곳을 찾을지, 얼굴도 모르는 부모와 마주치고도 알아보지 못해 스쳐 지나가면 어쩌나 하고 걱정이었다.

아이는 은행나무와 작별인사를 하고 들판으로 나왔다.

노랗게 핀 해바라기 꽃길을 따라 걸어가고 있을 때 저 멀리서 바람이 해바라기 사이로 쏜살같이 달려오고 있었다. 아이가 양팔을 벌리자 바람은 속도를 늦추고는 아이의 가슴에 살포시 안겼다.

'엄마 아빠 소식은?'

바람은 고개를 푹 숙이고 가로 젓는다.

아이는 바람이 부모의 소식을 가져오지 못해 실망했지만, 며칠 만에 찾아온 친구가 반가웠다.

한동안 부비적거리는 바람에게 부모가 보고 싶은 마음을 담아 놓아준다.

바람은 며칠 안에 분명 좋은 소식을 가지고 돌아올 테니 다음에는 더 세게 안아 달라고 말하고는 사라졌다.

사실 바람이 가져다주는 이야기를 듣고 여기까지 왔지만, 오늘은 아무것도 들을 수 없어 잠시 갈 길을 잃어버렸다.

키 큰 해바라기밭을 빠져나오자 때마침 대가족이 함께 날아가는 기러기 떼를 발견하고 기러기 가족을 친구 삼아 따라가기로 한다.

'나도 너희들처럼 하늘을 날 수 있다면 좋을 텐데.'

북쪽으로 한참을 날던 기러기들이 아이가 뒤처지는 걸 보고 넓은 호수에 내려앉았다.

지친 아이도 호숫가에 자리를 잡고 앉아 잠시 쉬기로 한다.

기러기들이 동그랗게 원을 만들어 휴식을 취하고 있을 때, 이곳의 터줏대감인 물오리가 새로운 손님이 누구인지 확인하려 갈대밭을 헤치고 나왔다.

다가오는 물오리에게 기러기가 뭐라고 지저귀자 물오리도 수다쟁이가 되어 시끄럽게 떠들어 댄다.

물오리가 위협적으로 기러기에게 다가가면 기러기도 지지 않고 앞으로 나아갔다.

그러면 물오리가 뒤로 한발 물러나 친구들을 불렀다.

한 시간 넘게 물오리와 기러기의 신경전이 벌어지고 있었다.

새들의 자리다툼을 구경하느라 아이는 시간 가는 줄도 모른다.

결국 이곳의 터줏대감인 물오리와 기러기의 긴 협상이 끝나자 호수에 다시 평화가 찾아왔다.

간혹 비늘 속 벌레가 간지러워 물 위로 튀어 오르는 잉어를 빼고는 아무도 호수에 파문을 만들지 않았다.

어느덧 서쪽 높은 산 끝에 해가 걸쳐있었다.

오늘도 떨어지는 해를 보며 엄마와 아빠의 모습을 그려본다.

'내일이면 오른쪽에는 엄마 왼쪽에는 아빠가 그사이에 내가 어깨동무를 하고 앉아 있을 거야.'

언제나처럼 마음속으로 주문을 외운다. 하지만 아이의 주문은 지금까지 아무런 효과가 없었다.

아마도 말을 하지 못하는 아이의 주문은 머릿속에만 맴돌 뿐 아주 높은 그곳에는 전해지지 않는 것 같았다.

흐릿해져만 가는 아이의 형상 속에서 이슬 같은 눈망울이 저녁노을을 담아 엷게 빛을 내고 있다.

노을이 지고 어느덧 어둠이 내려와 아이를 무섭게 하자 걸음을 멈추고 다시 아침 해가 뜰 때까지 기다려야만 했다.

다행히 올해도 어김없이 그 자리를 지키고 있는 코스모스에게 인사를 한 뒤 좁은 틈을 비집고 들어가 쭈그려 앉았다.

코스모스 가족도 아이를 위해 허리를 구부려 자리를 만들어 주었다.

조금 불편했지만, 작년에 작별인사를 했던 아이를 다시 만나 반가운 것에 비하면 이 정도는 별것 아니었다.

그때 아직 코스모스 꽃 속에서 일을 끝내지 못한 벌들이 화를 내며 아이를 괴롭히려고 한다.

그러자 엄마 코스모스가 내일 오라며 꿀벌들은 잘 타일러 돌려보낸다.

아빠 코스모스가 그동안 어떻게 지냈는지? 아직도 부모님을 찾지 못했는지 물어봤지만 아이는 우울한 표정으로 고개만 가로젓는다.

엄마 코스모스가 쓸데없는 걸 물어본다며 아빠 코스모스를 야단

치고는 아이에게 새로 태어난 아기 코스모스를 소개시켜줬다.

코스모스 가족의 환영을 받은 아이는 일 년 동안 겪었던 일들을 손짓 발짓으로 설명하느라 정신이 없다.

그렇게 코스모스 가족과의 즐거운 시간이 끝나고 피곤한 아이는 작은 꽃 지붕들 아래서 잠이 들었다.

엄마 코스모스는 밤새 이슬이라도 맞을까 아이의 빈 곳을 가려주기 바쁘다.

8년 전의 약속

아침 해가 떠오르고 아스팔트길 가장자리에 피어있는 코스모스 사이에서 아이가 눈을 떴다.

언제나처럼 아이는 반짝이는 눈으로 해를 바라본다.

그리고 두 손을 모아 기도를 시작한다.

'해님. 오늘은 제가 해님을 보는 마지막일 것 같아요. 오늘이 저의 여덟 번째 생일이에요. 오래전에 천사들하고 약속했거든요. 여덟 살이 되면 천사들이 저를 데리러 온다고요. 전 아직은 가고 싶지 않은데 가야만 해요, 약속을 했으니까요. 이렇게 해님에게 부탁해도 엄마 아빠는 못보고 가겠죠?'

무심한 해님은 못 들은 척 대답도 없이 높이 오르기만 한다.

아이의 기도가 끝나자 코스모스들은 꽃잎에 이슬을 담아 아이에게 먹인다.

햇빛을 품은 이슬이 반짝이며 아이 입속으로 들어가자 조금은 흐릿했던 아이의 모습이 생기를 얻어 빛이 난다.

시원하게 불어오는 아침 바람에 아이와 코스모스들은 손을 잡고 바람에 몸을 맡긴 채 춤을 춘다.

해맑게 웃는 아이의 얼굴에 사방에서 코스모스 꽃들이 장난을 치며 비벼댄다.

아이는 간지러운 듯 이리저리 고개를 돌려 피해 보지만 꽃들은 멈출 생각이 없었다.

길가에서 거칠게 자라난 코스모스가 아이에게 해줄 수 있는 선물은 자신들의 얼굴인 부드러운 꽃으로 아이의 얼굴을 닦아 주는 방법 밖에 없었기 때문이다.

아이는 이제 됐다며 손사래를 친다. 하지만 꽃들은 오늘이 아이의 마지막인 걸 알고 아이의 얼굴을 정성스럽게 닦아 준다.

아이가 숨을 곳을 찾아보지만 가느다란 코스모스의 몸 때문에 얼굴을 가릴 수가 없었다.

덕분에 아이의 얼굴은 뽀얗게 예뻐지고 있었다.

아이와 꽃들이 옥신각신하는 사이 다양한 모양을 한 빛 구름들이 내려와 아이 주위를 감싼다.

8년 전에 본 천사들이 생각보다 빨리 온 탓에 놀란 아이가 자리에서 벌떡 일어났다.

어디로 숨어볼까도 했지만, 약속을 지켜야 하니 그럴 수가 없었다.

혹시 고집을 부리면 하루를 더 줄지도 모르겠다고 생각하다 대장천사의 매서운 눈을 보고 주눅이 들어 포기했다.

천사들은 할 일이 많은지 해를 보며 시간을 확인한다. 그리고 아이에게 준비가 되었으면 그만 출발하자고 이야기한다.

이제 떠나야 하는 아쉬운 마음에 저절로 고개가 '푹' 숙여졌다.

코스모스 가족은 안된다며 아이를 감싸 안는다. 하지만 황소 모양의 빨간 대장구름이 아이에게 가야 한다며 손을 뻗는다.

머리를 푹 숙인 채로 아이가 코스모스 가족에게 작별 인사를 한다.

아빠 꽃과 엄마 꽃 이제 막 피어난 아기 꽃은 가지 말라고 얼굴을 이리저리 흔들었다.

마음씨 착한 가족들의 손을 놓고 대장황소구름에게 가려 하자 아기 코스모스가 아이를 붙잡고 놓아 주지 않는다.

잠시 멈춰선 아이가 아기 코스모스의 얼굴을 비비며 괜찮다고 한다.

아이는 코스모스 가족에게 억지 미소를 지어 보였지만 부모를 만나지 못한 아쉬움이 가득 담긴 표정은 코스모스 가족을 슬프게 했다.

그러자 이번에는 엄마 코스모스가 아이를 안고 놓아 주지 않는다. 이렇게 하면 천사들이 아이에게 좀 더 시간을 줄 거라고 생각했다.

대장황소구름이 무서운 얼굴로 엄마 코스모스 앞으로 다가왔지만, 엄마 코스모스는 맘대로 하라며 아이를 꼭 안고 눈을 감아 버렸다.

대장황소구름이 체면이 있어 힘으로 아이를 빼앗지 못하고 머뭇거리고 있을 때, 뒤에서 그 모습을 지켜보던 천사구름들이 대장을 불러 상의를 한다.

뭐라고 '속닥속닥'거리다 대장구름이 성질을 내자 너도나도 싫다며 고개를 돌려버렸다.

실은 아무도 억지로 아이를 데려오고 싶지 않았다.

대장황소구름이 노란 강아지구름에게 말한다.

"강아지구름! 가서 아이 데려와."

강아지구름이 펄쩍 뛰며 대답한다.

"싫어요! 어려운 일은 나만 시켜. 이따가 나쁜 놈은 내가 데려올 테니까 이번에는 대장이 해요."

"명령이야! 빨리 데려와!"

"싫어요! 저 아이 얼굴을 보세요. 차라리 사표 쓸게요."

"뭐라고?"

화가 난 대장황소구름의 몸집이 더욱 커져가자 코스모스 가족과 아이가 겁을 먹었다.

옆에 있던 새 모양의 파랑색 구름이 차분하게 한마디 한다.

"대장님! 아이가 세상에 미련을 남기고 천국에 가면 천국에 슬픔이 가득할 거에요. 아이에게도 우리에게도 좋지 않다고요. 이 아이를 천국으로 데려가 다시 행복하게 태어나도록 도와주어야 하잖아요. 그것이 우리의 일이니까. 조금 전 저 아이의 마음을 보았겠지만 엄마 아빠를 보고 싶어 하는 마음으로 가득 차 있다고요. 그동안 아이가 부모를 만나지 못한 것도 그때 너무 바빠서 아이에게 부모 만나는 법을 가르쳐주지 않은 우리의 실수도 있고요."

노랑 강아지구름이 말을 받는다.

"맞아. 코스모스 가족처럼 되고 싶어 하잖아요. 나도 이 아이가 행복해하는 모습을 보고 싶다고요. 그런데 우리에게 주어진 시간이 별로 없는 것도 사실이긴 하지만~"

대장천사구름이 부하에게 오늘 일정을 말해보라고 한다.

"오늘 오전에는 이 아이 한 건 하고 오후에 노인 한 명 나쁜 놈 한 명 있습니다."

대장천사구름이 늙은 호박구름에게 말한다.

"지금 당장 검은 구름들에게 연락해서 오후 사람들은 검은 구름이 데려가라고 해."

호박구름이 깜짝 놀라 물어본다.

"저기 대장님! 검은 구름들이 가면 노인이 많이 놀랄 텐데요."

"우리 구름옷 빌려주면 되잖아. 잘 위장해서 가라고 일러두고. 대장 신에게 발각되면 큰일 나니까 조심하라고 해."

대장황소구름의 말이 끝나기 무섭게 호박구름이 어디론가 사라졌다.

대장황소구름이 아이 앞으로 다가가 말한다.

"꼬마야. 엄마 아빠가 보고 싶어?"

아이가 고개를 끄덕인다.

순수한 아이의 얼굴에 화가 누그러진 대장황소구름의 몸이 원래대로 돌아왔다.

"좋아~."

대장구름이 사과구름과 수박구름 부하에게 각자 아이의 엄마 아빠를 찾아보라고 명령하자 두 개의 빛 구름은 순식간에 사라져버렸다.

대장구름의 말에 아이는 행복한 표정으로 코스모스가족을 끌어안고 길가에 앉는다.

빛 구름들도 딱히 할 일이 없어 아이를 따라 길가에 나란히 앉았다.

그때 자동차가 '쌩~' 하고 빠르게 지나가며 일으킨 먼지 때문에 맨 앞에 앉아있던 거북이구름이 사정없이 '콜록'거리며 기침을 해댄다.

코스모스 가족과 아이 그리고 천사구름들이 일제히 기침하는 쪽으로 고개를 돌리자 거북이구름은 품위를 지키려 자세를 고쳐 잡는다.

품위유지가 생명인 천사들은 별것도 아닌 것에 호들갑을 떠는 거북이구름이 못마땅했다.

토끼구름이 천사 교본을 '쓱' 꺼내 품위유지 강령 제4를 손가락으로 가리키며 거북이구름에게 보여 준다.

무안한 거북이구름이 헛기침을 하며 먼지를 털어냈다.

그때 여러 대의 자동차가 '쌩쌩'거리며 지나갔다.

건조한 날씨 탓에 먼지가 쌓인 도로는 자동차가 일으킨 바람에 뿌옇게 변해 버렸다.

여기저기서 '콜록'거리며 기침을 하자 맨 앞에 앉아 있던 거북이구름이 '너희들도 별수 없다'는 표정을 지으며 품위유지 강령 제4를 나지막하게 읽어 나간다.

다른 구름들은 민망한지 거북이구름을 피해 돌아앉았다.

다시 자동차들이 먼지를 일으키며 지나갔고 거북이구름이 읽던 것을 멈추고 숨을 꾹 참는다.

계속해서 출근길의 자동차들이 많은 먼지를 일으키며 지나가지만 거북이구름은 좀 전의 일로 마음이 상했는지 먼지를 정면으로 맞으며 앉아 있다.

천사들의 마음도 위아래로 움직이며 도는 회전목마 같았다.

얼마 후 검은 구름에게 오후 일을 부탁을 하러 갔던 호박구름이 돌아왔다.

"대장님! 검은 구름 대장이 알겠답니다. 그런데 다음 번 무연고 영혼들 데리러 갈 때 같이 가야 한답니다."

"뭐 어쩔 수 없지."

한 가지 일이 해결되자 구름들과 아이가 기뻐한다.

부모를 찾으러 갔던 구름들을 기다리던 천사들이 지루했는지 아이를 놀래주려 호랑이, 사자, 악어 모습으로 변했다. 그러나 아이는 한 번도 본적 없는 모양에 신기하기만 했다.

그때 강아지구름이 뱀으로 변하려하자 대장황소구름이 징그러우니 그만하라며 강아지구름을 돌돌 말아 공으로 만들어 버렸다.

그 모습에 아이와 꽃들이 즐거워하자 구름들이 공으로 변한 강아지구름을 이리저리 굴려 버린다. 강아지구름은 아이가 즐거우면 됐다며 수모를 참고 데굴데굴 굴러다녔다.

그때 반짝거리며 아이의 부모를 찾으러 갔던 천사구름들이 돌아왔다. 그리고 대장황소구름에게 수박구름이 귓속말로 이야기한다.

'아이의 부모는 오래전에 헤어졌습니다. 그래서 아이가 두 곳을 가야 할 것 같습니다.'

대장구름은 한숨을 쉬며 예상했다는 듯 고개를 끄덕인다.

아이는 알지 못했지만, 아이의 부모는 이미 오래전 각자의 길을 가고 있었다.

그랬기 때문에 아이가 부모를 찾는 것이 더 어려웠었다.

대장구름은 아이에게 엄마 아빠가 같이 있는 모습을 보여줄 수 없어 아쉬웠지만, 시간이 없어 서두른다.

"좋아! 너의 부모님을 볼 수 있게 도와줄게. 하지만 오늘 해가 지기 전까지 밖에 시간이 없으니까 서둘러야 돼. 그리고 우리는 네가 부모님을 볼 수 있도록 최선을 다할 거야. 그러니까 너도 엄마 아빠를 보고 나면 모든 걸 깨끗이 잊고 오늘 해가 지기 전에 우리와 함께 천국에 가야 돼."

아이는 고개를 끄덕이며 대장구름에게 마음속으로 이야기한다.

'네. 알겠어요.'

엄마

코스모스 가족이 어쩔 수없이 아이 손을 놓아준다.

어제 심술을 부렸던 꿀벌도 조금 미안했는지 잘 가라며 날개를 흔들어 주었다.

아이가 코스모스 가족과 꿀벌에게 작별인사를 한 뒤 대장황소구름의 손을 잡았다.

대장황소구름이 아이를 들어 올려 목에 태우고 비행하기 시작한다.

시간이 지날수록 점점 희미해지는 아이의 몸에 푸른 가을 하늘이 담겨 가고 있었다.

그럴수록 대장황소구름이 서두른다.

너무 일찍 아이의 형체가 사라져 버리면 부모를 만날 수도 천국에 갈수도 없어 대장황소구름의 마음이 급해졌다.

8년 전, 아이의 부모는 철없이 만나 사랑을 했고 원치 않는 아이를 임신했다.

어린 나이의 부모는 결혼하지도 않은 상태에서 아이를 갖게 되자 두려웠다.

아무것도 준비되지 않은 상황과 자신들의 미래에 대한 걱정, 서로를 얼마나 신뢰하고 있는지 알 수 없는 사랑의 깊이를 뛰어넘지 못하고 아이를 지워버렸다.

아이의 부모에게도 가슴 아픈 일이었지만 아무것도 모르고 엄마 아빠를 만나려고 이 세상에 내려온 아이는 태어나보지도 못한 채 부모에게 버림받았다.

그리고 육체가 없는 영혼의 상태로 긴 세월 부모가 다시 자신을 불러 주기만을 기다렸다.

만약 부모가 다시 사랑을 했다면 갈 수 있었겠지만 아이의 바람과는 반대로 그들은 헤어졌고 그렇게 8년이 흘렀다.

8년이 지나면 순수한 아이의 영혼은 천국으로 가게 되어 있었다.

하지만 부모가 버린 생명의 무게는 긴 시간 모두 아이가 감당해야 할 아픔이었다.

이제 아이는 천사들의 안내를 받아 먼저 엄마를 만나러 간다.

천사구름들과 아이가 어느 도시의 근사한 건물에 도착했을 때, 아이의 엄마는 어떤 남자와 결혼 준비를 하기 위해 웨딩 촬영을 하고 있었다.

대장황소구름이 말한다.

"저 사람이 너의 엄마야."

착해 보이는 인상에 조금은 통통한 외모의 엄마를 본 아이는 해맑게 웃었다.

'와~ 우리 엄마야!'

아이는 반가워 마음속으로 소리쳤다.

강아지구름이 아이의 손을 잡아 엄마 가까이 데려다 준다.

하지만 엄마는 아이의 존재를 눈치채지 못한다.

아이가 엄마와 눈을 마주 쳤을 때, 갑자기 엄마의 눈에서 눈물이 흘러내렸다.

그 모습을 본 남자 친구가 엄마에게 다가온다.

"자기야~ 왜 그래?"

"아무것도 아니야. 그냥 결혼하려니까 너무 좋아서."

아이의 엄마는 거짓말을 했다.

너무 행복한 순간이었지만 문득 과거의 일들이 떠올랐다.

이제 다 잊어버렸다고 생각했는데 두 사람의 흔적인 아이 때문인지 그 남자가 떠올랐다.

'바보같이 왜 지금 다 지워버린 과거가 떠오르는 거야? 이 사람에게 미안하잖아.'

엄마는 화장이 지워질까 얼른 눈물을 닦고 웨딩촬영을 위해 조명 앞으로 걸어간다.

아이는 엄마의 마음을 볼 수 있었다.

엄마의 복잡한 마음을 다 이해할 수는 없었지만 마음 한편에 저장되어 있던 아빠와의 사랑의 불꽃이 거의 꺼져가고 있다는 걸 느낄 수 있었다.

아이는 왠지 슬퍼졌다.

엄마가 우는 모습을 보고 싶지 않아 눈물을 닦아줬지만 엄마는 잠깐 바람이 스치는 것만 느낄 뿐이었다.

대장구름이 가야 한다고 아이를 재촉한다.

"이제 가야해. 조금 있으면 해가 질 거야. 그럼 너의 아빠를 볼 수 없어."

아이는 알았다며 고개를 끄덕인다.

상상했던 대로 엄마 품은 포근했다.

하루만 더 이곳에 머물 수 있다면 엄마 품에서 두려움 없이 잠을 잘 수 있을 것 같았다. 아쉬운 마음을 달래려 엄마 손끝을 살포시 잡아 본다.

그 때문에 엄마가 오래전 지워버린 아이가 떠올라 슬픔과 미안한 마음이 아이에게 전해졌다.

'내가 여기 있으니' 슬퍼하지 말라고 위로해 보지만, 엄마는 들을 수 없다.

엄마가 과거의 감정들을 꺼내어 들여다볼수록 떠나야 하는 아이는 흔들렸다.

어느새 시간은 오후 6시를 넘어가고 있었다.

더 머물다가는 아빠를 볼 수 없게 돼 대장황소구름이 서두른다.

"꼬마야 시간이 없어! 가야 한다고."

아이는 엄마의 손을 잡고 말한다.

'엄마. 이제 아빠 만나러 갈 거예요! 우리 또 만날 수 있을까요?'

아이가 엄마의 손을 놓지 못하자 대장구름이 저물어 가는 해를 가리킨다.

'안녕~'

마지막 인사를 하고 아이는 천사들과 하늘 높이 솟아오른다.

순간 작은 바람이 일어 웨딩 촬영장의 배경 판이 앞으로 넘어졌다.

아이의 엄마는 알 수 없는 감정으로 가슴이 아려와 잠시 웨딩 촬영을 할 수 없을 것 같았다.

아빠

아이를 달래주려 강아지구름이 아이를 등에 태우고 하늘을 위아래로 날아다닌다.

앞서가던 대장구름이 시간이 없다며 강아지구름에게 빨리 따라오라고 소리치자 강아지구름은 대장이 마음에 안 든다며 투덜거렸다.

얼마 후 아이는 시원한 파도소리가 울려 퍼지는 바닷가 방파제에 도착했다.

이상하게 맑은 하늘인데도 비가 오고 있었다.

검은 우산을 쓴 남자는 방파제에 앉아 파도 속에 갈피를 잡지 못하고 부서지는 해의 그림자를 보고 있었다.

파도에 일렁이는 해 그림자는 흔들리는 자신의 마음 같았고 묵묵히 하늘에 떠 있는 해는 변하지 않는 진실 같았다.

"저 사람이 너의 아빠야."

대장황소구름이 아이더러 아빠에게 가보라고 말하자, 아이는 우산 속으로 들어가 남자 옆에 앉았다.

'와~ 우리 아빠야!! 나처럼 해님이 집에 가는 걸 보고 있구나.'

아이는 밤이 올 때마다 지는 해를 보며 내일은 아빠엄마를 데려와 달라고 부탁했지만 아침이면 해는 항상 웃는 얼굴로 혼자 찾아왔었다.

아이의 아빠는 지금도 엄마를 생각한다. 아직도 첫사랑을 떠나보내는 방법을 몰라 앞으로 나아가지 못하고 과거 속에 스스로를 붙들어 놓고 있었다.

아이는 아빠 옆으로 다가가 아빠의 높은 어깨에 팔을 들어 힘들게 어깨동무를 한다.

'아빠! 엄마 만나고 왔어요.'

대답 없는 아빠가 한숨을 쉬고는 쥐고 있던 손을 편다.

손 안에는 엄마의 8년 전 여권사진이 들려 있었다.

이제는 거의 닳아 엄마를 알고 있는 사람만이 그 사진속의 주인공이 누구인지 알아볼 정도였다.

아직도 미련을 버리지 못하는 아빠와 아이는 엄마의 사진을 한참 동안 들여다보고 있다.

내리는 비가 아빠의 손을 타고 엄마 사진을 적셔 버렸다.

이렇게 비 오는 날이면 몰래 찾아와 놀래켜 주던 엄마의 기억이 아직도 생생했다.

이미 오래 되어버린 기억들을 다시 끄집어 냈을 때, 아빠의 마음에서 미움과 그리운 감정이 소용돌이 쳤다.

아빠는 긴 시간 반복되어 온 이런 감정들이 자신을 미래로 나아가지 못하게 바보로 만드는 것 같아 이제 그만 길었던 미련을 버리기로 다짐한다.

그러자 체념과 함께 평화로운 상태로 마음이 잔잔해졌다.

뭔가 결심이 선 아빠가 자리를 박차고 일어난다.

그때 대장구름이 아이에게 소리쳤다.

"가야할 시간이야!"

아이가 대장구름을 쳐다봄과 동시에 아빠는 힘차게 엄마 사진을 파도에 던져버렸다.

대장구름의 배려로 아이는 아빠가 엄마 사진을 바다에 던져버리는 것을 보지 못했다.

아이가 다시 아빠를 봤을 때 아빠는 바다를 뒤로한 채 현실로 걸어가고 있었다.

아이는 더 이상 힘이 없어 아빠를 따라가지 못하고 마지막 인사를 한다.

'우린 좋아하는 사람이 같아요~ 이제 안녕~'

잠시 멈춰선 아빠가 뒤를 돌아보고 '훗' 하고 웃고는 다시 갈 길을 간다.

허무한 과거에 고하는 작별의 인사였다.

그사이 해가 수평선 아래로 떨어졌다.

황소구름이 아이의 희미해져 가는 형체를 가슴 안으로 끌어안아 허공으로 사라져갔고 그 뒤를 천사구름들이 따라갔다.

인간 세상의 복잡한 사정을 모르는 아이가 아빠에게 외친다.

'아빠! 엄마 만나러 갈 거죠~ 늦지 말아요.'

아이는 환하게 웃으며 부모의 행복을 바란다.

천사구름들은 아이를 둘러싸고 높이높이 날아올랐다.

그렇게 순수한 영혼은 긴 시간의 여행을 마치고 하늘로 떠나갔다.

화가 난 대장구름이 혼잣말을 한다.

'선물은 천사도 신도 주지 않아. 너희들이 찾을 때 스스로 찾아가지. 하지만 이렇게 버려진 선물들은 긴 시간동안 너희를 찾으며 세

상을 그리움으로 채워버릴 거야.'

　대장 말을 엿듣고 있던 강아지구름도 한마디 한다.

　'천사보다 더 예쁜 미소를 짓는 아이를 버리다니. 제정신이 아니
야.'

충청도 블루스(Blues)

먼지 바람

1980년 초. 아직 포장도로 하나 없는 충남의 어느 시골길에 검정색 세단이 나타나자, 초여름 농사일로 땀을 흘리던 농부들이 하던 일을 멈추고는 누런 먼지를 일으키며 달려가는 자동차를 구경한다.

부러운 눈으로 쳐다보던 마을 청년회장이 동네사람들에게 말한다.

"나도 소싯적에 서울에서 계속 일 혔으면 저런 검댕이 타고 폼 나게 내려오는 건디. 농사 질 사람에 없어서 아부지 한티 잡혀 오지만 않았어두~~ 안그류?"

그때 재범 아버지 만수가 마흔 중반을 바라보는 마을 청년회장에게 한마디 한다.

"뭔 소리여~~ 철수~ 여자 잘못 건드려서 서울서 야반도주 했잖여. 그때 그 아가씨가 자네 찾는다고 이 동네 다 뒤지고 댕긴 거 모르는 사람 인는 감!"

"만수 형님! 그만혀유! 형님은 잊을만하면 꼭 그 야기 끄내서 사람 맘을 빵군당게."

"그때 그 아가씨랑 결혼했어야 했는디. 등치는 곰처럼 컷어도 눈은 참 선혔어~~."

"그만 좀 혀유! 나도 가오가 있는 놈이유~."

"그때 뒷산으로 도망치던 가오 잘 봤구먼!"

만수가 자꾸 딴지를 걸자 청년회장 철수가 낫을 내팽겨 치고는 논에서 나왔다.

"승질나서 못해 먹것네. 막걸리나 먹고 혀유!"

하지만 만수는 멈추지 않고 깐족거리며 철수를 놀려댔다.

"그 아가씨 힘 좋아서 농사도 잘 짓것더만~ 아까워~."

철수와 만수의 대화가 격해질까 봐 마을 이장이 만수를 뚝뚝 치며 말린다.

철수가 사발의 막걸리를 단번에 들이키며 만수가 들으란 듯 한마디 한다.

"아휴~~ 내가 이놈의 동네 빨리 떠나든지 해야지 환장 허것네!"

"낼 모레가 환갑인 놈이 워딜 가~~ 미리 볕 잘드는 디다가 묘 자리나 봐둬~~."

"얼라~ 그렇게 좋으면 형님 묘 자리나 봐 둬유~~ 흙은 내가 덮어 줄 텐게!"

"누가 먼저 갈지 모르자녀~~ 내가 니 관에 꼭 흙 덮어 줄겨~~."

만수의 조롱에 열 받은 철수가 연신 막걸리를 들이키고는 트림을 한다.

빨리 마신 술에 철수의 얼굴이 금세 벌게졌다.

"꺼억~~ 그러니께 마누라가 도망가지!"

화가 난 철수가 술김에 하지 말아야 할 말을 해버렸다.

"뭐여? 이 쌍놈의 새끼! 제사 지내줄 처자식도 없는 놈이 이빨만 살아가지고! 죽어 볼텨!"

"씨팔! 살다 도망가는 거 보다야 애초에 없는 게 낫지. 나는 누구처럼 술만 처먹으면 마누라 이름 부르면서 울진 안혀~~."

철수가 만수의 아픈 곳을 후벼대자 만수가 철수의 멱살을 잡아 목이 젖혀질 만큼 앞뒤로 흔들어 댔다.

"이 싹바가지 없는 놈! 가만 안둘 겨~."

철수도 지지 않고 만수의 멱살을 움켜췄다.

"가만 안두면 어쩔겨? 나 태권도 3단~ 여! 내가 발 한번 들면 이빨 세 개는 바로 논에 심는 겨!"

이에 질세라 만수가 깡마른 손을 번쩍 들었다.

"나는 철사장여! 내가 손으로 쥐면 니 살은 녹아 번져!"

태권도 고수와 철사장 고수는 손 한번 발차기 한번 써보지 못하고 물이 흥건한 논으로 '쫘당' 넘어지며 멱살을 잡고 이리저리 굴러다녔다.

이장과 동네 사람들이 뜯어 말려보지만 술까지 먹은 철수를 만수와 떼어 놓기가 쉽지 않았다.

싸움하는 사람도 말리는 사람들도 논의 진흙물로 범벅이 되어가고 있었다.

그때 선우 아버지 영길이 지나간다.

"자네들 그만들 허지~."

나지막하게 울리는 영길의 목소리를 들은 철수와 만수가 멱살을 놓고 벌떡 일어나 인사한다.

"형님 나오셨슈~."

순식간에 싸움이 정리되자 마을 사람들이 하나둘씩 논에서 빠져나온다.

하지만 말랑말랑한 논에 발이 빠진 철수가 취기 때문에 중심을 잡지 못하고 허우적댄다.

그 와중에 만수가 영길에게 선배도 몰라보는 싸가지 없는 놈이라며 철수를 혼 좀 내주라고 일러바친다. 하지만 영길은 만수의 어깨를 또닥거리며 '자네가 참으라고'만 한다.

동네사람들에게 큰 버팀목이었던 영길은 젊었을 때 서울에서 주먹으로 이름을 날렸었다.

가진 것 없던 시절 무슨 일을 해서라도 돈을 벌어 부모님을 편하게 모시면 된다고 생각했던 영길이었다. 그렇게 서울에서의 거친 삶이 시작되었고 의리와 실력으로 점점 어둠의 세계에서 인정을 받아가고 있었다.

하지만 언제나 건강할 것 같았던 마을 훈장 아버지가 갑자기 돌아가셨다. 효도의 대상이었던 아버지의 임종조차 지키지 못한 영길은 서울에서의 삶에 회의를 느껴 삶의 방향을 다시 바라보게 되었고, 자신이 땀을 흘리며 살아야 할 곳은 서울이 아니라 이제 한 분 남은 어머니가 계신 흙냄새 나는 고향이라고 생각했다. 게다가 새로 태어난 자식 앞에 더 이상 죄짓는 아버지가 되지 않으려 뒤도 돌아보지 않고 과거를 정리해 버렸다.

그렇게 아버지의 장례를 치르고 곧바로 고향에 내려와 지금까지 처자식과 어머니를 모시고 만족하며 살고 있었다.

사실 철수와 만수가 영길의 기백에 눌려 싸움을 멈춘 것도 있었지만, 고향 사람들이 평소 군청이나 혹은 다른 곤란한 일들이 해결되지 않을 때마다 내 일처럼 나서 해결해 주는 영길을 결코 무시할 수 없었다.

지난 여름에도 물이 부족해 만수네 논이 타들어 갈 때 군청에 직접 관정 공사를 신청해 만수를 도와주었었다. 그동안 만수가 여러 번 면사무소에 신청을 했지만 예산이 부족하다며 번번이 거절당했던 일이었다.

그뿐만 아니라 사람들을 만나면 그냥 지나치는 법 없이 항상 음료와 음식을 대접했기 때문에 존경하는 선배로서도 깍듯이 대했다.

"그만들 허고 밥이나 먹으러 가지~ 형님들도 가유!"

영길은 선배인 이장과 이장친구 그리고 철수 만수를 비롯한 후배들을 이끌고 삼거리 식당으로 향한다.

그사이 싸움의 발단이었던 검은색 세단은 먼지와 불화만 남기고
사라져 버렸다.

검댕이가 도착한 곳

비포장도로를 요란하게 달리던 세단이 송화 국민학교 운동장에
도착했다.

수업을 받던 학생들은 처음 보는 승용차에 누가 먼저라 할 것 없
이 창문에 달라붙어 '와~' 소리를 내며 구경한다.

선생님이 자리에 앉으라며 대나무 뿌리로 만든 회초리를 교탁에 내
리치자, 흥분했던 시골 학생들이 정신을 차리고 얼른 자리에 앉는다.

운동장을 가로질러 수돗가 앞에 멈춘 자동차 안에서 양복을 입은
어른과 여학생이 내렸다.

그때 5학년인 선우 반은 체육시간을 이용해 운동장에서 풀을 뽑
고 있었다. 그 시절 어린 학생들은 심심찮게 강제 노동에 동원되곤
했었다.

차에서 내린 여학생은 분홍 바탕에 하얀 줄무늬 원피스를 입고

하얀 리본이 달린 검정색 구두를 신고 있었다.

남학생들은 분홍 원피스와 어울려 뽀얗게 빛나는 여학생의 얼굴을 보며 넋이 나가고 있었다.

반면 여학생들은 남학생들의 시선을 사로잡은 분홍 원피스가 마음에 들지 않았다. 평소에는 손끝만 닿아도 싸우는 사이였지만 순식간에 자신들을 까마귀로 만들고, 한 마리 백조가 되어 남학생들을 흥분시킨 분홍 원피스에게 분노하며 대차게 호미로 풀을 내리 치고 있었다.

선우가 멍하니 분홍 원피스를 보고 있을 때 평소에 선우를 마음에 두고 있던 숙희는 일부러 남학생 쪽으로 호미질을 해 흙을 날렸다.

"야! 최숙희 머 하는 겨? 흙 날리는구만!"

선우가 숙희에게 그만하라며 자리를 옮긴다.

"미안혀~ 몰랐어~."

반장인 숙희 주변으로 여학생들이 모여들었다.

숙희의 단짝 순자가 숙희에게 물어본다.

"숙희야. 재 전학생아녀? 근데 꼴이 좀 요상허지?"

눈치 빠른 순자는 분홍 원피스에 고정된 선우 때문에 숙희가 화난 것을 보고 선수를 쳤다.

"그러게 말여~ 진달래 뒤집어쓰고 학교 오는 애도 있내벼~."

그때 아무 생각 없이 영숙이가 한마디 한다.

"나도 저 원피스 입어보고 싶다~~."

숙희가 영숙이를 째려본다.

"야! 그럼 가서 친구혀~ 옷도 좀 바꿔 입고~."

"아녀~ 아녀~ 그냥 한 소리여~."

숙희에게 잘못 보이면 학교생활이 재미없어지는 걸 아는 영숙이 아니라며 손사래를 쳤다.

여학생들이 그러는 동안 남학생들은 분홍 원피스가 누군지 궁금해 하며 헤헤거린다.

"저기 쟤 몇 학년일거 같어?"

영일이가 선우에게 물어본다.

"글쎄… 5학년 아니면 6학년!"

"그렇지! 4학년은 아닌 것 같지. 난 동갑이나 누나가 좋아~."

또 영일의 푼수기가 발동했다.

평소에도 여학생들에게 들이대다가 창피당하기 일수였지만 그때뿐. 다음 날이면 다른 여학생에게 고백을 하곤 했다. 이런 행동으로 영일은 학교에서 푼수로 통했다.

민재가 영일을 말린다.

"니는 머 여자면 다 좋은겨? 그만혀~ 욕먹지 말고."

그때 선생님이 아이들을 부른다.

"야들아~~ 거기 다 뽑았으면 이짝으로와~~. 여기 소 풀 뜯겨도 되것다."

"예~."

아이들이 자리를 옮겨 제초작업을 이어간다.

교무실에서는 교장 선생님이 전학생의 아버지와 전학생을 면담을 하고 있었다.

"교장 선생님. 저희 연실이 잘 부탁드리겠습니다. 여기 선생님들하고 식사라도 하세요."

"아뉴~ 뭘 이런 걸 다~ 괜찮은디~."

연실이 아버지가 교장 선생님에게 작은 성의 표시를 한다.

갑자기 전학 온 입장에서 자식을 좀 더 신경 써주길 바라는 부모의 마음이었다.

교장 선생님이 학교의 연혁과 훌륭한 졸업생에 대해 세세하게 이야기 하고 있을 때, 연실은 땡볕에 운동장에서 풀을 뽑고 있는 학생들을 보고 있었다.

길어지는 교장 선생님의 침 튀기는 일장연설을 들으며 교무실에 앉아있기보다는 밖에 나가서 풀이라도 뽑는 것이 나을 것 같았다.

분홍 원피스 등장

30여 분이 넘는 교장 선생님과의 상담을 끝낸 연실이는 담임 선생님과 함께 5학년 1반 교실에 입장했다.

연실의 등장에 남학생들은 싱글벙글 즐거워하고 있었지만 여학생들은 정반대였다. 6학년 언니이기를 바랐는데 같은 5학년이라니, 앞으로 신경 써야만 할 것 같았다.

긴장한 연실이 선생님의 손에 이끌려 교탁 앞에 섰다.

"여기는 서울에서 전학 온 친구여~ 자~ 자기소개 혀~."

"저~ 박연실이야. 잘 부탁해~."

푼수 영일이가 한마디 한다.

"들었냐? 잘 부탁해~~ 숙희야 너도 혀봐~ 잘 부탁혀~."

"야! 김영일 조용히 혀라~."

숙희가 놀려대는 영일에게 까불지 말라고 경고했다.

"야~ 다들 시끄럽고. 연실아~ 이사 온 동네가 무슨 리여?"

담임이 연실에게 주소를 물었다.

"잘 모르겠어요. 할아버지가 무쇠점이라고만 하셨어요."

"무쇠점! 그럼 선우네 동네 아녀? 임선우 니네 집 무쇠점이지?"

"아니유~ 조금 더 가야 하는 디유~."

"거기서 거기지 해질 때까지 가진 안잖어~ 그럼 최숙희. 너 영길이 옆으로 가고, 박연실 니가 선우 옆자리 앉어!"

"선생님 저 눈이 별로 안 좋아서 여기 앞자리 않아야 되는 디유~."

숙희가 선우와 떨어지기 싫어 선생님에게 거짓말을 했다.

"그려? 니 눈 겁나게 좋아 보이는 디~ 그럼 영숙이가 영길이 옆으로 가고 숙희가 영숙이 자리로 가!"

숙희가 포기하고 책가방을 싸 영숙이 자리로 간다.

자리를 떠나기 전에 선우를 한번 째려보며 무언의 경고를 한다.

'넌 계속 내 짝여.'

선우는 숙희 눈을 피해 책만 보고 있다.

다른 남학생들의 부러움을 받았지만 아직 이성에 관심이 없는 선우는 부끄럽기만 했다.

연실이 선우 옆으로와 조심스럽게 앉았다.

"안녕."

연실의 갑작스런 인사에 당황한 선우는 얼굴이 빨개졌다.

"이~ 안녕."

태어날 때부터 같이 보고 자란 친구들과의 생활이 익숙한 선우는 처음 보는 낯선 소녀의 인사에 당황할 수밖에 없었다.

어색해 하는 선우를 보며 연실이 수줍게 웃는다.

그때 선생님이 선우를 부른다.

"임선우!"

"예!"

"연실이 오늘 책 안 가져 왔으니께 같이 봐!"

"예!"

"자~ 그럼 도덕책 펴. 반장~ 어디까지 했지?"

"45쪽 할 차례에유~."

"45쪽 봐봐. 특히 영길이 너한테는 도덕책이 참 중요하~."

"왜유? 지가 뭐가 어때서유!"

"시끄럽고 반장 읽어 봐!"

숙희가 자리에서 읽어나 책을 읽는다.

도덕책이 부끄럽게 연실과 선우의 책상 사이에 걸쳐 들어 눕자, 둘은 어색하게 책의 반을 나누어 누르고 있다.

서울에서 전학 온 뽀얀 소녀의 손과 바로 전 체육시간에 풀을 뽑아 손톱 밑까지 까맣게 그을린 소년의 손은 흑과 백으로 비교됐다.

연실이 자신의 손을 보고 비웃지는 않을까 부끄러워, 선우의 손가락이 바쁘게 꼼지락거린다.

손톱 때라도 들키지 않으려 얼른 주먹을 쥐어 책을 눌렀다.

'못 봤것지. 못 봤을 겨.'

선우가 현실을 부정해볼수록 손은 더 검게 변해 가는 것만 같았다.

그러는 사이에 열린 창문으로 들어온 시원한 여름바람이 연실의 향기를 품어 선우에게 가져다주었다. 코끝에 전해지는 비누와 로션 냄새는 같은 반 여자 친구들과는 다른 상큼한 느낌을 주었다.

반면 시골의 난방은 대부분 산에서 나무를 해 아궁이게 불을 지 피거나 연탄을 땠기 때문에 친구들의 몸에는 탄내가 배어 있었다.

'아, 서울 애들은 이런 냄새가 나는구나.'

선우가 멋대로 상상하다 어느새 퍼진 자신의 손가락을 보고는 부 끄러워 숨을 곳을 찾느라 연신 꿈틀거린다.

'땡땡땡~!'

3교시 수업이 끝났음을 알리는 종이 울렸다.

선생님이 나가고 학생들이 연실의 주변에 모여들었다.

"연실아~ 나는 영길이여~ 잘 부탁혀~."

"그래. 나도 잘 부탁해~."

"나는 이민재여~."

"그래, 민재야."

친구들이 선우와 연실이를 둘러싸 밀치는 바람에 둘의 몸이 바짝 붙어 당황스러웠다.

그러거나 말거나 친구들이 점점 더 밀쳐대자 보다 못한 반장 숙희 가 아이들을 갈라 세운다.

"그만혀~ 전학생 다치것다. 선우허고 연실이 짜부됐잖여!"

그때서야 아이들은 뒤로 물러나며 미안해한다.

숙희가 아이들을 말리기 전까지 맨살인 연실과 선우 팔이 친구들에 의해 부비적거려 선우의 심장이 콩닥거리고 있었다.

처음부터 매의 눈으로 지켜본 숙희는 속으로 분을 삼켰다.

'임선우, 그렇게만 혀 봐. 내가 선생님 대신 채점할 때 닌 빵점여~ 그리고 전학생 쟤는 일부러 팔을 비비고 난리여~.'

선우에 대한 애정은 그렇게 숙희에게 왜곡된 눈을 선물하고 있었다.

아이들의 반가운 환영을 받던 도중에 연실이 손을 씻고 와야겠다며 일어섰다.

"선우야~ 수돗가 일러 주고 와~"

민재가 선우에게 장난기 섞인 웃음을 보이며 같이 가라고하자 얼른 숙희가 나선다.

"아녀~ 나랑 가~"

"그래~"

민재는 좋은 기회를 놓쳤다며 선우의 어깨를 친다.

연실이 사라지자 뻣뻣하게 굳어있던 선우 몸에 긴장이 풀렸다. 엄마 외에 처음으로 맨살이 닿은 여자와 수돗가에 갔다면 분명 식은 땀이 흐를 것 같았다.

가끔 누나와 싸울 때 같이 뒤엉켜 바닥을 뒹굴지만 그건 전쟁터에서 적과 싸우며 느끼는 야수의 살갗이었기 때문에 느낌이 달랐다.

숙희와 연실이 수돗가에 도착했다.

연실의 키는 140을 조금 넘었는데 숙희는 연실이 보다 5센티 이상 커 보였다.

숙희가 연실에게 물어본다.

"서울에서 워째 여기 촌구석 까지 전학 온 겨?"

"어~ 집안 사정으로 오게 됐어~."

"뭔 사정? 심각한겨~."

"나도 잘 모르겠어."

"그려~ 모를 수도 있지~."

"이름이 어떻게 돼? 긴장해서 누가누군지 모르겠어."

"최숙희여. 반장이고!"

숙희가 반장임을 강조한다.

"숙희구나. 이름 이쁘다. 잘 부탁해~."

뜻밖의 칭찬에 숙희가 어색해한다.

"이쁘기는… 촌스럽지~."

"근데 화장실이 어디야?"

연실은 사실 화장실이 급했지만 처음 만난 아이들 앞에서 화장실 이야기를 꺼내면 놀림 받을까 봐 수돗가에 가고 싶다고 말했다.

"따러 와~."

"응."

숙희가 연실을 재래식 화장실로 안내하자, 소변이 급했던 연실이 얼른 문을 열고 화장실에 들어갔다.

잠시 후 비명을 지르며 연실이 뛰쳐나왔다.

"캬악~~."

"왜 그려?"

"똥하고 벌레가~~ 너무 징그러워~."

숙희가 화장실 안에서 꿈틀대는 생명체를 살펴보고는 한마디 한다.

"머여~ 저 고자리 땜에 그런거. 여긴 원래 그려. 나중에 선생님 한 티 농약 뿌려달라고 할 테니께. 볼일 봐~."

"아니야. 괜찮아!"

숙희는 별것도 아닌 것에 놀라 호들갑 떨며 교실로 돌아가는 연실이 마음에 들지 않았다.

"야~ 똥 고라지 첨 봐~ 쟤들이 나중에 파리 돼 가지고 니 밥에 앉을 건다~."

연실이 귀를 막고 뛰어간다.

그 후 연실의 화장실 공포는 금세 학생들에게 퍼져 나갔다.

하굣길

오후 3시가 넘어 수업이 끝나고, 아이들은 각자 가져온 걸레를 들어 독한 왁스로 교실 마룻바닥에 광을 내기 시작한다.

다음 주에 방문 예정인 장학사를 만족시키기 위해서 요 며칠 평소보다 두 배나 많은 양의 왁스를 사용하고 있었다.

30여 분 후 아이들의 손까지 반질반질해졌을 때 교실 청소가 끝났다.

이제 책상을 원위치시킨 아이들이 집으로 돌아가기 위해 책가방을 들쳐 멘다.

"숙희야. 집에 가자."

영숙이가 숙희의 가방을 챙겨주며 말했다.

"그려. 가자~."

하지만 숙희의 눈은 선우와 연실이를 주시하고 있었다. 아무래도 선우와 연실이 둘만 보내면 안 될 것 같아 순자에게 눈짓하며 말한다.

"순자야. 오늘, 니네 집에 가기로 혔잖여. 영숙아 오늘은 먼저 가~."

순자가 어리둥절해 한다.

"그렸었나?"

"그려~ 어제 약속 했는디."

숙희가 순자에게 다시 눈을 질끈 감으며 신호를 보냈다.

선우도 가방을 메고 일어섰지만, 연실이에게 같이 가자는 말을 하지 못하고 머뭇거린다.

책상을 정리한 연실이 의자를 밀어 넣으며 선우에게 같이 가자고 한다,

"선우야. 같이 갈까?"

"어~."

다른 친구들도 내일 보자며 인사를 하고는 삼삼오오 교실을 빠져 나갔다.

학생들이 교문을 나와 각자 가야 할 방향으로 흩어졌을 때, 선우와 연실이 뒤로 숙희와 순자가 따라붙었다.

연실은 선우에게 이것저것 물어보고 싶었지만, 바로 뒤에서 따라오는 숙희와 숙자의 눈치가 보여 앞만 보고 걷고 있다.

뭔가 눈치를 챈 선우가 숙희에게 한마디 한다.

"최숙희 니네 집은 반대쪽이잖여. 왜 따라 오냐?"

"순자네 볼일 있어서 가는 거~."

숙희가 거짓말까지 해가며 선우와 연실을 따라가는 것은 저렇게 둘만 붙어 다니다가 순진한 선우를 도시 소녀가 빼앗아 갈까 봐 걱정되어서였다.

중학교에 가면 선우에게 정식으로 러브레터를 보내려고 했는데, 갑자기 뜻밖의 불청객이 나타나 숙희의 마음을 불안하게 만들고 있

었다.

얼마 후 무쇠점과 어동리로 가는 갈림길이 나왔다.

무쇠점은 선우와 연실이가 가야 하는 방향이고 어동리는 순자와 숙희가 가야 하는 방향이었다.

"가~~ 내일 봐~."

선우가 숙희와 순자에게 인사한다.

"이~ 내일 봐~."

숙희는 내키지 않는 인사를 하고 순자와 사라졌다. 사실 더 따라가고 싶었지만 핑곗거리가 없었다.

둘의 뒷모습을 지켜보는 숙희는 여자의 직감으로 선우가 연실이를 좋아하게 될 거란 걸 알 수 있었다.

방해꾼들이 사라지고 새로운 친구와 함께 무쇠점으로 가는 길에 들어섰다.

길가 여기저기에는 개망초 꽃과 민들레 봉숭아꽃 들이 사방에 지천으로 피어 있었다. 포장되지 않은 길은 자연스럽게 식물들의 천국이었다.

연실이 꽃들을 보고 예쁘다고 칭찬했지만 선우는 듣기만 한다.

"선우는 원래 말이 없어? 내가 너무 많이 물어보지?"

"아녀!"

선우의 짧은 대답에 연실이도 잠시 침묵한다. 분위기가 가라앉자 연실이 민들레꽃을 만진다.

"이 꽃 이름이 뭐야?"

"민들레~."

"그럼 이건?"

"개망초!"

연실은 선우의 짧은 대답이라도 듣고 싶어 계속 꽃을 만지며 말을 걸었다. 그때 '아야~' 소리와 함께 연실이 손을 움켜쥐고 아파한다.

"왜 그려~."

"벌에 쏘였나 봐~."

연실이 선우에게 손을 내밀어 보이자, 연실의 여린 손에 꿀벌의 침이 괘씸하게 박혀 있었다.

선우가 연실의 손을 잡고 벌침을 뽑아냈다. 그리고 풀숲으로 들어가 쑥을 찾는다.

그사이 연실의 손은 벌독이 퍼지며 욱신거렸다.

저쪽에서는 선우가 쑥을 한 움큼 뜯어 돌 위에 놓고 찧기 시작한다. 금세 녹색의 즙이 돌 위에 흘러 내리자, 선우가 얼른 쑥을 손에 담아 연실에게 달려간다.

"손~."

"뭐라고?"

"손~."

연실이 두 번째서야 손을 내밀라는 뜻을 알아듣고 선우에게 손을 뻗었다.

선우가 쑥즙 가득한 손으로 벌에 쏘인 연실의 손가락을 감싼다.

"좀 있으면 괜찮을 거~."

"정말? 고마워."

선우가 연실의 손을 너무 세게 쥐는 바람에 통증이 더 심해졌지만, 새로운 친구의 치료에 감동을 받아 얼굴을 찡그리며 참고 있다.

쑥이 효과가 있는지 선우도 알 수 없었다. 하지만 친구들과 개울에서 놀다가 유리 조각에 발이 베였을 때 얼른 쑥을 짓이겨 붙이면 금세 피가 멈췄었다.

한편 건너편 고인돌 뒤에서는 숙희와 순자가 올빼미처럼 모든 걸 지켜보고 있었다.

"엠병하네~ 선우 너무하는 거 아녀. 순자야~ 작년에 코스모스 따다가 나 벌 쏘였을 때 선우가 뭐라고 혔는지 알지!"

"미안~ 기억이 안나는디."

"집에 가서 된장 바르라고 혔어! 근디 지금 저게 머 하는 겨!"

"그렸어! 근디 된장이 최고 아녀~."

"그 말이 아니잖여!"

선우에게 호감이 있는 순자는 선우의 욕을 하고 싶지 않아 딴소리를 했다.

선우는 몇 분이 지나고서야 자신이 연실의 손을 붙잡고 있는 걸 눈치채고 손을 빼며 연실에게 말한다.

"연실아~ 니가 잡어."

하지만 선우가 손을 떼는 순간 연실이 쑥을 잡지 못해 흙바닥에 떨어졌다.

"어머. 미안해~ 어떡하지."

연실이 땅에 떨어진 쑥을 집어 손에 가져가려고 할 때 선우가 연실을 말린다.

"드러워. 버려~."

그리고는 다시 풀숲으로 들어가 쑥을 뜯어 찧는다.

연실은 순박한 시골 소년의 모습에 웃음이 나왔다.

"선우야 고마운데 그만해도 되지 않을까?"

"아녀. 좀 더해야 혀!"

선우는 뭔가 큰일을 하는 것처럼 뿌듯했다. 하지만 쑥을 찧으면서 다시 연실을 손을 잡아야 할지 아니면 쑥을 연실이에게 건네야 할지 고민이다. 다시 손을 잡는 건 왠지 부끄러웠다.

'운동회 때 숙희 손 잡았을 때는 아무렇지도 않았는디 왜 이런댜~.'

어린 소년의 머리로 요리조리 생각해도 도무지 답은 찾을 수 없었다.

단지 낯선 소녀의 등장이 선우를 좀 더 빨리 성장시키고 있었다.

"손~."

"어. 여기."

연실은 두 번째 치료에서는 척척 알아들었다.

"쟤들 손 또 잡는거~ 손이 아주 쑥버무리 되것어. 나도 선우 손 한 번 밖에 못 잡았는디."

"숙희야~ 너 선우 좋아혀?"

"좋아한다기보다 연실이 쟤가 누군지도 모르는디 너는 선우 걱정 안 돼?"

"걱정 돼~."

말하는 소녀나 듣는 소녀도 어색한 거짓말임을 알고 있었지만, 서로의 우정을 위해 거짓말에 동의해준다. 그렇게 순수한 소녀들은 선우를 좋아하는 모습이 다 티가 났지만 입으로는 극구 부정했다.

연실이 검게 반짝이는 눈으로 선우를 쳐다보며 말한다.

"이제 별로 안 아파. 선우는 나중에 의사 선생님 돼야 할 것 같아!"

"그려~ 될 수 있을까?"

"그럼. 공부 열심히 하면 되지."

"얼마나 잘해야 하는 겨?"

"음~ 반에서 1~2등은 해야 하지 않을까!"

"어렵것다. 1등은 숙희고 2등은 민잰디. 나는 10등여~."

"앞으로 열심히 공부하면 되지. 걱정하지 마. 내가 공부 좀 하거든 모르는 것 있으면 가르쳐 줄게."

"정말여~."

"그럼~ 이렇게 착한 사람이 의사 선생님이 돼야지!"

그렇게 큐피트의 화살이 된 벌침의 도움으로 선우와 연실은 금세 가까워졌다.

고인돌 뒤에 숨어 지켜보던 숙희는 갑자기 선우의 꿈이 바뀌려 하자 화를 낸다.

"뭐라는 겨. 선우 쟤 스파이 된다고 했잖여. 토요명화 007보고. 다른 애들 다 비웃어도 나는 안 웃었는디."

"근디 의사도 괜찮여. 스파이는 위험하잖여."

"숙자야~ 너 오늘 왜 그랴!"

"그냥. 선우가 안 위험했으면 허고. 니도 걱정되서 여기 왔잖여~ 같은 마음여~."

숙자의 대답에 말문이 막힌 숙희가 화를 낸다.

"그거 허고~ 이거는 다르자녀!"

흥분한 숙희의 목소리가 잡풀로 둘러싸인 고인돌을 넘어 선우와 연실에게까지 들렸다.

숙희가 숙자에게 조용히 말한다.

'도망가자.'

둘은 무릎으로 풀밭을 기어 고인돌과 멀어졌다.

숙자는 도망가면서도 풀밭에 물들어가는 바지를 보니 분명 엄마한테 혼날 것 같아 걱정됐다.

"여기서 기다려."

선우가 연실을 두고 고인돌 쪽으로 다가간다.

선우가 허리만큼 자라난 풀을 헤치고 나아가는 모습이 불안했던 연실이 선우를 부른다.

"선우야~ 가지마. 혹시 뱀이라도 있으면 어쩌려고 그래."

"고인돌 쪽에서 먼 소리가 나서 그려."

연실이도 여자아이 목소리를 들었지만, 선우를 돌아오게 하려고 거짓말한다.

"새 소리 아니었어? 그냥 나오면 안 될까~."

연실이의 애교 섞인 부탁에 선우는 걸음을 멈추고 돌아오며 한마디 한다.

"그런가? 새가 짝짓기 하려고 싸우나 벼. 하하하~."

"선우 너~ 엉큼해."

"그게 아니라~."

사과를 하려는 선우의 얼굴이 벌게졌다.

시골에서 자연스럽게 동물들의 세계를 보고 자란 선우가 무심결에 도시 소녀를 부끄럽게 했다.

"다음부터 그러면 안 돼. 오늘은 못 들은 걸로 할게."

선우와 조금 가까워졌다고 생각한 연실이 일부러 선우를 민망하게 했다.

"선우야~ 대신 내일도 모레도 나랑 같이 학교가야 돼. 집에 돌아올 때도 같이 오고."

당연히 그러고 싶었던 선우의 마음을 어떻게 알았는지 연실의 협박이 너무 마음에 들었다.

"그럼 되는 겨? 알었어."

풀밭을 나온 선우의 손을 덥석 잡은 연실이 늦었다며 뛰어간다. 선우는 헤벌쭉 웃으며 바람에 반항하지 못하는 종이 허수아비처럼 너풀너풀 이끌려 간다.

이렇게 가벼운 발걸음은 꿈속에서 하늘을 날아다닐 때 이후 처음이었다. 가을 운동회 날 오늘처럼만 몸이 움직여 준다면 6학년 형들도 이길 수 있을 것 같았다.

이끌려 가는 소년의 입은 큰 수박도 한입에 들어갈 듯 기쁨을 참지 못했다.

멀리서 박자를 맞추어 출렁이는 두 가방의 뒷모습을 지켜보던 숙희는 뭔가 대책을 세워야겠다고 다짐했다. 하지만 숙희 옆에 엎드려 있던 숙자는 도시 소녀의 과감한 행동에 감동하고 있었다.

행복했던 4주 후

마지막 수업 시간이 끝나는 종소리가 울렸다.

오늘은 4분단이 청소하는 날이라서 숙희는 선우를 감시하러 갈 수 없었다. 하지만 숙희는 꾀를 냈다.

"연실아~ 청소 끝나고 시험지 채점 좀 도와 줄려?"

"어~ 저기 그러면 나 혼자 집에 가야 하는데~."

"좀 도와줘~."

그때 선우가 연실을 안심시킨다.

"연실아~ 내가 기달려 주께."

"정말! 고마워."

"야~ 임선우! 너 집에 가서 소 풀 뜯겨야지. 안가도 되는 겨?"

"먼 소리여~ 나 그런 거 안혀."

연실이 앞에서 소 풀이나 뜯기는 모습으로 비춰지기 싫어 거짓말을 한다.

"증말여? 이랴 쩌쩌~ 하면서 소 풀 뜯던 거 너 아녀?"

"아녀! 누나여~."

선우가 누나를 팔았다.

숙희가 계속해서 선우의 거짓말을 짚고 넘어가려 하자 연실이 숙희의 부탁을 들어준다.

"숙희야~ 채점 도와줄게. 그리고 선우는 오늘 먼저 가도 돼. 그동안 가는 길 다 외웠거든."

"그려~ 선우 너는 먼저 가~."

두 소녀의 성화에 선우는 교실 밖으로 나갔다.

아이들의 청소가 시작됐고 가만히 보고만 있을 수 없었던 연실이 친구들을 도와준다. 잦은 전학으로 적응하는 방법을 잘 아는 연실 이었다.

분주한 청소가 끝나고 5학년 교실에는 연실과 숙희만 남았다. 숙 희가 연실이에게 시험지 반을 건네고 채점 방법을 알려준다.

"여기 답안지 있지. 이거 보고 채점 혀~ 똥글래미 허고 가위는 알 지?"

"응. 알아."

시험지를 받아든 연실이 채점을 시작한다. 능숙하게 동그라미와 가위를 그리며 숙희보다 빠르게 채점을 해 나갔다.

숙희도 채점에서 밀리지 않으려고 평소보다 빠른 속도로 동그라 미를 그려나간다. 채점 속도는 맞추어 갔지만 연실의 동그라미는 일 정한 반면 숙희의 동그라미는 계속해서 모양이 변해갔다.

'쓱윽~ 쓱윽~ 쓱~ 쓱윽~ 쓱쓱~'

조용한 교실에 빨간 색연필 닳아가는 소리만 반복됐다.

"숙희야! 채점 다 했어. 나 이제 가도 되지?"

"벌써! 그려. 낼 봐~."

"안녕! 내일 보자~."

"근디 너 채점 해 봤나?"

"응. 조금."

"그렸구만~."

사실 조금이 아니었다. 연실이는 전에 다니던 학교에서 3~4학년 부반장을 하면서 2년 동안 채점을 했었다.

연실이 교실 문을 나가자 숙희의 채점도 끝이 났다. 숙희는 별것 아니었지만 경쟁에서 진 것 같아 분했다.

연실이 운동장으로 나왔을 때 선우는 혼자 그네를 타고 있었다.

"선우야~ 나 기다린 거야?"

"약속 혔잖여~ 같이 댕기기루~."

"와~ 나 눈물 날 것 같아."

"왜?"

"몰라~."

선우가 기다려 준 것은 연실에게 뜻밖의 선물이었다.

족히 1시간은 걸어가야 하는 하교 길을 오늘도 외롭지 않게 갈수 있었다.

연실이 그네에서 내려온 선우의 손을 잡고 얼른 교문으로 뛰어간다. 선우를 좋아하는 숙희에게 선우가 기다려 준 것을 들키고 싶지 않아서였다.

그때 숙희가 운동장으로 나와 선우와 연실이 뛰어가는 모습을 봤다.

"참네~ 기다린 겨. 쟤들 완전 자석여~."

오늘도 변함없이 피어 있는 들꽃들 사이로 선우와 연실이 들어섰다.

벌의 도움 없이도 연실이의 손을 벌써 세 번이나 잡은 선우는 평소보다 손을 깨끗이 씻었다. 언제 연실이가 손을 잡아줄 지 모르니 미리미리 준비해 두어야만 했다.

근처 숲의 나무들과 주변의 풀들이 내뿜는 향기가 답답한 연실의 가슴에 약을 발라주는 것만 같았다.

어른들의 알 수 없는 세계로 갑자기 전학을 오게 돼 무섭고 속상했지만, 왠지 선우와 이길 만 걸으면 푸른 친구들의 숨결이 가슴을 조여오던 창살들을 밀어내고 그곳에 '아무것도 필요 없어도 좋다'라는 방을 만들어 주는 것만 같았다.

하지만 선우는 연실의 속사정을 알지 못하고 얼른 집으로 가려고만 했다. 연실이 좀 더 이 길을 걷고 싶으면 선우에게 이렇게 질문하곤 했다.

"선우야! 저 꽃 이름은 뭐야?"

"저거 어제 갈켜 줬는디. 제비꽃여~."

"아~~ 제비꽃이었구나. 그럼 저 꽃은?"

"그것도 갈쳐 줬잖여~ 애기똥풀~."

"아하! 내가 머리가 별로 안 좋아. 하하~."

연실은 알고 있었지만, 집에 돌아가 봐야 답답한 방에서 책만 읽을 뿐이라 이렇게 바보처럼 선우를 괴롭혔다.

선우도 연실의 질문이 짜증나지 않았다. 하지만 선우에게는 말 못할 사정이 있었다. 연실이와 더 같이 있고 싶었지만 빨리 집에 돌아가 소를 데리고 들판으로 나가야 했기 때문이다.

그렇게 소년과 소녀는 각자의 사정을 안고 길 위에서 서성대고 있었다.

그때 등 뒤에서 발자국 소리가 들렸다.

"야~ 임선우! 일루와 봐~."

6학년 재범과 영덕이 선우를 불렀다.

"왜?"

선우가 가지 않고 물어본다.

"오라면 오라고~."

선우가 싫다며 연실을 데리고 가던 길을 가려 하자, 재범과 영덕이 달려와 선우와 연실의 앞길을 막았다.

"야~ 내 말이 말 같지 않냐!"

선우가 대꾸하지 않고 연실을 데리고 영덕이 옆으로 빠져 나간다.

그때 영덕이 '획~' 하고 뒤에서 책가방을 잡아채는 바람에 선우가 바닥에 내동댕이쳐졌다. 재범이도 연실의 가방을 잡고 앞으로 가지 못하게 했다.

연실이 놓으라며 가방을 당겨보지만 재범의 손에서 벗어날 수 없었다. 연실이 무서워하는 모습에 선우가 벌떡 일어나 재범의 멱살을 잡는다.

"왜 그려? 연실이 놔 줘~."

재범이 기가 찬다는 듯이 선우를 째려보고는 주먹으로 눈탱이를 후려갈겼다.

"아악~."

선우가 얼굴을 감싸고 털썩 주저 않았다. 처음 맞아본 주먹에 정신이 없어 지금은 연실을 생각할 겨를이 없었다.

"이 새끼가 까불고 있어! 내가 6학년 대장인거 몰러!"

재범은 아파하는 선우를 제쳐두고 연실에게 다가간다.

"니 이름이 연실이여? 나는 김재범여~ 친하게 지내자."

"이것 놔~."

"놔주면 친하게 지내는 겨! 야! 놔줘라~."

영덕이 연실의 가방을 놔버렸다.

너무 세게 버티던 연실이 앞으로 넘어지며 무릎이 돌에 부딪혀 피가 났다.

"아야~."

눈을 맞아 눈동자가 유리 파편처럼 깨져버린 선우의 눈에는 연실의 무릎 전체가 피로 뒤덮인 것처럼 보였다.

재범이 엎어져 있는 연실의 가방을 벗겨 풀숲에 던져버렸다.

"야~ 연실아! 부탁이 있는데. 가슴 한 번만 만져 봐도 되냐?"

같은 6학년보다 두 살이 많은 재범은 사춘기의 욕망에 자기 반 여자 친구들도 이런 식으로 괴롭혔다.

연실이 반항하자 재범이 영덕에게 연실을 붙잡으라고 손짓한다.

"싫어! 하지마~."

겁에 질린 연실이 두 손을 들어 저항해본다.

영덕이 발버둥치는 연실의 양 어깨를 세게 누르자, 재범이 허리를 숙여 연실의 가슴에 손을 뻗었다.

건방지게 하늘을 쳐다보고 있는 재범의 엉덩이가 선우의 얼굴 앞에서 실룩거린다.

"안돼~ 하지마~."

연실이 양손으로 가슴을 감싸 안았지만, 재범이 연실의 팔을 뒤로 꺾어 영덕에게 넘긴다.

연실이 점점 다가오는 재범을 손을 피해 몸을 이리저리 비틀어 댄다. 하지만 제압된 몸으로는 소리치는 것 말고는 아무것도 할 수 없었다.

연실의 비명은 폭력에 몸이 마비된 선우를 정신 차리게 했다.

정신을 차려 땅을 짚고 일어나려 했을 때, 선우의 얼굴 앞에 아직도 재범의 재수 없는 엉덩이가 춤을 추고 있었다.

선우가 멀쩡한 다른 눈으로 주변을 이리저리 살피더니 뭔가를 찾았다.

신작로 한 편에 논으로 들어가기 위해 낫으로 날카롭게 잘라 놓은 아카시아 나뭇가지들이 널려 있었다.

재범이 연실의 가슴에 손을 대자 무기력해진 연실이 울기 시작한다.

그때 선우가 아카시아 나뭇가지 하나를 세게 움켜 잡았다. 가지에 붙어 있는 수많은 가시가 선우의 보드라운 손을 뚫고 들어왔다.

비명소리가 날만큼 아팠지만 깨진 눈동자의 통증이 고통을 반감시켰다.

선우는 실룩거리며 연실을 능욕하는 재범의 엉덩이로 달려들었다.

"나쁜 놈아~~."

재범의 엉덩이에 가시가 잔뜩 박힌 나뭇가지를 찔러 넣었다.

날카롭게 잘린 가지 단면은 재범의 얇은 여름바지와 속옷을 뚫고 항문에 깊게 박혔다.

"으~ 뜨악~ 아악~."

재범이 비명을 지르며 앞으로 고꾸라진다.

놀란 영덕이 달려와 선우를 밀쳐내고 재범의 똥꼬에 박힌 나뭇가지를 잡아당겼다.

"아악~ 건들지 마~."

그사이 선우의 손에서도 피가 배어 나왔다.

엎드려 있던 재범이 얼굴을 일그러뜨리며 선우에게 욕을 한다.

"이 시팔놈! 너 뒤졌어. 아아~."

재범과 거리가 벌어진 틈을 타 선우가 연실에게 달려간다.

그런데 아직도 머리가 어지럽고 한쪽 눈이 보이지 않았다.

"일어나!"

겁먹은 연실의 손을 잡아 일으켜 세웠다. 그리고 무쇠점으로 무작정 뛰기 시작한다.

여느 때처럼 연실이의 손을 잡고 달리고 있었지만, 멋지지도 않았고 가슴이 뛰지도 않았다.

지금은 가슴이 뛴다기보다 두려움에 심장이 벌렁거렸다.

조금씩 선우의 손에서 배어나온 피가 옮겨가 연실의 손끝에서 떨어진다.

"저 새끼 잡어~."

재범이 영덕에게 선우를 잡아 놓으라고 소리치자, 영덕이 들개처럼 둘을 쫓는다.

연실의 뜀박질이 느려 거리가 거의 좁혀졌다. 선우가 연실의 손을 당겨보지만 상체만 끌려올 뿐 발이 말을 듣지 않았다.

그때 영덕이 다리를 걸어 선우를 넘어뜨렸다. 그 덕에 연실이도 중심을 잃고 주저앉았다.

영덕이 넘어진 선우를 올라타 '가만 있으라!'며 겁을 줄 때, 뒤에서 마을 청년회장 철수 삼촌이 경운기를 타고 털털거리며 오고 있었다.

철수 삼촌의 등장에 영덕이 선우의 몸에서 떨어진다. 그 틈에 선우는 연실의 손을 잡고 무쇠점으로 도망쳤다.

철수가 길 한가운데 쓰러져 있는 재범을 보고 경운기를 세운다.

"먼 일여? 엉뎅이 붙은 건 머여?"

"선우 저 새끼가 이걸 저한테 찔렀슈! 으으 아퍼라~."

철수가 투박한 손으로 재범의 똥꼬에 박힌 아카시아 가지를 세게 잡아 당긴다.

"아야~ 시팔! 아퍼 죽겄다고요~ 허지 말랑게!"

"머여! 안 빠지는 겨~."

상황이 좀 심각하자 철수 삼촌이 재범을 안아 경운기의 철재 짐칸에 태웠다. 영덕이도 사라진 선우를 잊고 재범이 옆에 같이 올라탔다.

짐칸을 한번 처다본 철수 삼촌이 경운기를 출발시키자, 경운기는 돌과 흙이 조화를 이룬 울퉁불퉁한 비포장도로를 요동치며 달렸다.

짐칸에 누워 있는 재범과 영덕의 몸이 들썩거리며 위아래로 튕겨졌다.

"아이고~ 나죽는다. 그냥 내려줘유~ 걸어갈 텐게~ 멈추라고유~."

재범이 철수 삼촌에게 고래고래 소리를 질러보지만, 시끄러운 경운기의 엔진 소리 때문에 철수는 잘못 이해했다.

"머라구? 아프니께 더 빨리 가라는겨~."

철수는 기어를 올려 속도를 높였다.

재범이 죽을 듯 비명을 질러댔지만 신형 경운기의 고성능 엔진 소리에 묻혀 버렸다.

차라리 기절하는게 덜 아프겠다며 철수 삼촌을 욕해보지만, 경운기의 멈추지 않는 질주는 재범을 계속해서 공중에 띄워 바닥에 던져버렸다. 그로 인해 똥꼬에 박힌 가시들은 아찔한 통증으로 대답했다.

벌침, 가시

선우와 연실이 헉헉거리며 무쇠점 어귀에 도착해 뒤를 확인해보니 재범과 영덕은 보이지 않았다.

"괜찮어?"

한숨 돌린 선우가 연실에게 물어본다.

"응~ 괜찮아~."

하지만 까진 무릎과 헝클어진 머리카락, 뽀얀 얼굴을 눈물과 먼지로 화장한 연실은 괜찮지 않았다.

언제나 좋은 비누냄새와 깨끗한 얼굴의 연실이 오늘은 타잔을 따라다니는 원숭이처럼 말이 아니었다

"어~ 손에 피가 나잖아~ 어떻게 해~."

"괜찮어~ 물로 씻으문 돼~."

"뭐가 괜찮아~ 많이 아프겠다."

선우는 대수롭지 않다는 듯 냇가로 내려가 피 묻은 손을 씻어낸다.

연실이 따라와 선우 옆에 앉았다. 맑은 물속의 물고기들이 피비린내를 맡고 선우 손으로 몰려들어 귀찮게 해 연실이 물고기를 쫓아줬다.

냇물에서 손을 뺀 선우의 양손에는 대여섯 개의 가시가 박혀 있었다.

"선우야! 너 이런 손으로 날 잡고 도망친 거야~?"

"아녀~ 걍 아무 생각 없었어~."

"감동해서 눈물 날 것 같아~."

"왜?"

"바보~."

"이~" 바보라는 소리에 선우가 깜짝 놀랐다.

'왜 바보라는 겨~.'

궁금했지만 물어보면 정말 바보가 될 것 같아 물어보지 않았다.

"손~."

“이?”

“손~~.”

“머라고?”

“저번에 벌에 쏘였을 때 벌침 뽑아 줬잖아. 이번엔 내가 선우 치료
해 줄게!”

“내가 혀도 돼는디~.”

괜찮다면서도 선우가 슬며시 손을 내밀자 연실이 덥석 선우의 손
을 잡았다.

그리고 선우가 말릴 새도 없이 가시를 하나 잡아 당차게 뽑아냈다.

“엇~ 따거라~.”

“아파? 미안해~.”

“괜찮여~ 계속혀~.”

“알았어. 빨리 뽑을 테니까 조금만 참아~.”

연실이 남은 가시를 인정사정없이 뽑기 시작했고 선우는 ‘아야’ 소
리를 내지 않으려 입술 춤을 추고 있다.

연실의 가시를 다 뽑고는 선우에게 기다리라며 풀밭으로 달려가
양손 가득 쑥을 뜯어 돌아왔다.

“조금만 기다려~ 선우에게 배운 거 내가 해줄게.”

연실이 시냇물 속에서 크기가 다른 깨끗한 조약돌 두 개를 골라
물 밖으로 꺼낸다.

큰 것을 아래에 놓고 쑥을 올린 후 작은 조약돌로 찧기 시작한다.

그렇게 몇 분이 지나 선우가 만들었던 것보다 더 많은 쑥즙이 완성됐다.

"손 이리 내~."

쭈뼛 선우가 손을 내밀었고 연실의 치료가 시작됐다.

연실이 선우의 양손에 곤죽이 된 쑥을 반반씩 올려 놓고는 자기 손으로 선우의 손을 살짝 쥔다.

누가 가르쳐 준 것도 아니지만, 그렇게 해야 피가 빨리 멈출 것 같았다.

맞잡은 손 때문에 둘의 눈이 마주쳤다.

티 없이 맑은 소년의 눈과 그 맑음을 그대로 반사하는 소녀의 눈은 순수함으로 빛난다.

"하하하~~."

둘은 어색했는지 웃기 시작한다.

"이제 안 아파?"

"어~ 안 아퍼~ 근디 무릎 괜찮여?"

"별거 아냐~ 근데 선우 눈이 자꾸 부어오른다. 어떡하지~."

"하루 자고나문 괜찮여~."

조금은 태평한 시골 소년의 대답은 연실을 안심시키지 못했다.

"병원 가봐야 하는 것 아니야!"

"저번에 헤엄치다가 바위에 머리 부딪혔는디 고약 바르고 괜찮여

졌어. 고약 바르문 돼~.”

“그래도~ 나는 걱정이야~.”

서로를 걱정하는 소년소녀의 대화가 한참일 때 냇가 옆으로 중학교에 다니는 명식이 형이 지나갔다. 다정하게 손을 잡고 있는 둘의 모습을 보고 놀려댄다.

“얼레리 꼴레리~ 선우야! 너 다시 봤다~ 이 형보다 박력있다야!”

선우와 연실이 창피해 손을 뗀다.

“명식이형 그게 아니구 내가 손을 다쳐가지고…”

“아녀~ 계속 혀~ 니 누나한테는 비밀로 할텐게~ 수고햐~.”

명식이 선우와 연실이 연애라도 하는 것처럼 말하고 사라져 버려 둘의 얼굴은 금세 빨개졌다.

여기서 이렇고 있다가는 지나가는 사람마다 명식이 형처럼 놀려댈 것 같아 선우가 먼저 일어섰다.

“연실아 이제 가자~.”

“응~.”

둘은 자리를 털고 일어나 길 안으로 들어섰다. 길가에는 파릇파릇한 어린 꽃봉오리들이 꽃을 피우려 안간힘을 쓰고 있었다.

여느 때와 다르게 소년과 소녀는 그런 꽃들이 다칠까 봐 만지지 않고 쳐다보기만 한다. 그렇게 걷다보니 어느덧 연실이 집에 도착했고, 선우가 연실에게 내일보자는 인사를 하고 무쇠점을 넘어간다.

참는 아빠

그날 저녁 선우의 집이 시끄러웠다.

재범 아버지 만수가 찾아와 선우 아버지 영길에게 난리를 피우고 있었다.

"아니 형님! 인제 워쩔규~ 우리 재범이 창자 터져 뒈지면 책임질규! 말해봐유! 지 애미 도망가고 외롭게 크는 놈한티 좋은 소린 못할 망정 똥 구녕에 막대기를 쑤셔 넣어유! 그것도 까시 박힌놈으로다가, 아주 거덜을 내버렸당게!"

"아우님~ 미안하네 그려~ 일단 내가 사과헐테니께 재범이 치료 잘 해줘~병원비는 걱정 말구~."

"그게 뭔 개 뼉다구 핥아먹는 소리유! 내가 병원비 받자고 온줄 알어유! 그놈 똥구멍 벌리면서 까시 빼는디 내맴이 얼마나 찢어진 줄 아냐구유! 아들놈 어디갔슈! 확 그냥 가시를 박아 버릴텡게!"

그때 같이 왔던 철수가 만수를 진정시킨다.

"만수형 그만혀유~ 영길 형님도 미안혀 하잖여~ 이왕 이렇게 된 거 똥구녕이나 무사하길 바래야지 별수 있슈~."

"넌 누구 편여?"

"한동네 살면서 편이 어딨슈~다 이웃사촌이지~~."

"지랄하고 자빠졌네~ 넌 빠져버려~."

"만수형~ 말이 심하잖유~ 영길이 형님 무서우니께 같이 오자고 한 건 만수 형이잔유~ 기분 참 드럽네~."

"이게 또 지랄허네~조용히 혀~."

갑자기 만수와 철수의 싸움으로 번졌다.

시끄러운 소리가 담을 넘어가자 하나둘씩 동네 사람들이 모여들기 시작했다.

영길이 만수에게 말한다.

"자네는 내가 어떻게 혔으면 하는가~ 무릎이라고 꿇으라는 겨~."

"자식이 잘못 혔으면 부모가 그렇게라도 해야쥬~ 근디 할 수 있겄슈~ 자존심 상해서 못허것쥬~."

"그려 내가 무릎 꿇는 건 어렵지 않지만 자식 놈이 저렇게 방에서 보고있는디 좋게 넘어가면 안되것나?"

"봐유~ 못 허것쥬~ 이것도 형님 업보유~ 젊어서 주먹쓰고 다녔응게 자식도 벌써 저러는거 아뉴~ 저렇게 커서 머가 되것슈. 건달이유~."

아직은 젊은 49살 영길의 자존심을 헤집는 만수였다.

영길이 화를 누르고 있지만, 계속되는 만수의 독설에 주변 사람들이 더 걱정이었다.

화를 참느라 영길의 이에서는 '뿌득' 소리가 났다. 그런 모습을 본 만수가 한술 더 떠서 속을 긁는다.

"왜유! 한 대 칠라고유~ 쳐봐유! 쳐봐유~ 금쪽같은 우리 아들 그렇게 만들어놓고 멀 잘혔다고 그렇게 쳐다봐유!"

마을 사람들이 만수를 말려보지만, 자식 때문에 눈앞에 뵈는 게 없는 만수는 멈추지 않았다.

영길이 깊게 한숨을 쉬며 집 뒤에 서 있는 도토리나무를 쳐다본다.

떡메로 수없이 두들겨 맞아 휘어져버린 저 나무처럼 자신의 젊었던 인생도 상처뿐이었는데, 다시 만수가 후벼 파냈다.

"아버지! 재범이 형이 억지로 연실이 가슴 만졌어유~ 그래서 그런 거에유!"

"들어가 있어!"

영길이 아들에게 가만히 있으라며 소리쳤다.

그때 그 말을 들은 공정한 청년회장 철수가 나선다.

"아니~ 재범이도 잘못했구만! 어린 놈이 벌써 어른 흉내나 내고! 만수형 닮아 같고 많이 밝히는가벼~."

"너 주둥아리 안 닥치냐!"

만수가 철수의 입을 손바닥으로 밀쳐 버렸다.

어느새 선우 집에 와 있었던 연실이 할아버지가 만수에게 말한다.

"만수~ 내가 한마디 혀두 되것지~ 자네 아들이 우리 손녀 한티 몹쓸 짓 한 거 그냥 넘어 갈 테니께 자네도 그만 허지~ 우리 연실이 말이 선우 아니였으면 큰일 날 뻔 했다드만~."

"아저씨 손녀가 병원에 입원한 건 아니잖유~ 그리고 장난으로 살짝 가슴에 손 댄 게 머라고!"

만수의 말에 주변이 술렁거리기 시작하더니 다들 한마디씩 한다.

"선우가 그럴만 혔구만~."

"긍게 말여! 영길이 형님이 경우 하나는 이 동네에서 최고로 밝은 사람인디, 그 아버지에 그 아들이지, 선우가 경우없는 짓 혔것어."

"만수도 여기저기서 하두 찝쩍거리고 다니께 마누라 도망간 거 아녀~."

여론이 만수에게 불리하게 돌아가자 만수가 한마디 한다.

"내가 오늘은 그만 가는디~ 어쨌든 병원비랑 나중에 보약 값은 다 챙겨줘유~ 내가 참는 줄만 알어유~."

"그려 내가 아들놈 대신 사과하네! 미안하구만~."

영길이 더 이상 소란을 원치 않아 만수에게 정중히 사과했다. 하지만 만수는 화가 다 풀리지 않아 수돗가의 애꿎은 세숫대야를 발로 걷어 차버리고는 철수를 데리고 돌아갔다.

구경거리가 없어지자 동네 사람들도 하나둘씩 집으로 돌아간다. 아직 돌아가지 않은 연실이 할아버지가 영길을 손을 꼭 잡았다.

"자네 잘 참았네~ 그리고 고마워~ 선우가 은인여~."

"뭘유~ 몸도 불편허실텐디 머허러 여기까지 오셨슈~ 늦었는디 식사라도 하고 가셔유~."

"아녀 우리 이쁜 손녀가 기다리고 있어서 언능 가봐야 혀~ 또 보세~."

"예~ 그럼 살펴 가셔유~."

남편의 수모를 조용히 지켜보면 선우 엄마가 아무렇지 않은 듯 말을 건넨다.
"여보! 씻고 식사 하세유~."
"그려~."
영길이 마당의 수돗가에서 작두 샴을 힘차게 눌러 발길질에 찌그러진 세숫대야에 물을 받는다.

선우는 방에서 조마조마 아버지의 불호령을 걱정하며 안절부절못하고 있다. 어느새 엄마가 밥상을 차려 안방으로 가지고 들어와 선우를 부른다.

"선우야! 밥 먹어~ 선미도 얼른 오고!"

할머니와 엄마, 아빠, 선우와 누나 선미가 동그란 밥상에 둘러앉았다.
먼저 할머니가 아무 말 없이 먼저 밥을 뜨셨고, 다음으로 아버지도 식사를 시작하셨다. 선우는 언제 혼날까 두려워 숟가락만 들고 있다.
다들 아버지가 언제 선우를 혼낼지 몰라 밥이 어디로 들어가는지 정신이 없었다. 그때 아버지가 가시를 발라낸 갈치 도막 하나를 선우 밥 위에 올려 놓았다. 선우가 아버지를 '스윽' 쳐다봤지만 눈길도 주지 않고 식사만 하신다.

말 대신 혼내지 않을 거라는 표시로 받은 갈치 덕분에 선우가 안심을 하고, 밥을 먹기 시작한다. 숨죽여 지켜보던 가족들은 '휴~' 한숨을 내쉬며 긴장을 풀었다.

영길은 당장 선우를 혼내고 싶었지만 자신의 화가 누그러진 다음에 하기로 하고, 오늘은 아들이 연실을 도와준 행동만 생각하기로 했다.

아들의 부어오른 눈을 애써 외면하며 말없이 밥을 먹는 영길이었지만 속상하기로 치면 만수 못지않았다.

손을 들어 어루만져주고 싶었지만 아들을 강하게 키우려 잔정을 주지 않았다.

벌써 식사를 마친 아버지가 먼저 일어나 마당으로 나간다. 그리고는 헛간에서 끊으려고 숨겨두었던 담배를 꺼내들고 집 뒤로 걸어간다.

백 년은 오래전에 넘긴 도토리나무에 걸터앉아 혼잣말을 한다.

"나무야~ 내가 서울서 내려왔을 때 열심히 살 것이고 너 허고 약속혔었지~ 그럭저럭 그렇게 산거 같어~ 그리고 자식 놈들 몸에서 담배 냄새 안 나게 허려구, 담배 끊는다고 혔지~ 그건 못 지키것네. 아들 녀석 퉁퉁 부운 눈을 보니께 내가 맞은 거 보다 더 속상혔어~

많이 속상혀~ 만수 그놈 마음도 이해가~ 그런디 젊었을 때 이야기를 끄집어 낼 때는 속상하더구만~."

영길이 담배 연기를 길게 내뿜으며 도토리나무를 쓰다듬는다.
"내가 어디 가서 이런 말 허것나~ 자네도 참 할 말이 많을 텐디, 나만 허네~~."

교실은 온통

어제의 일이 벌써 학교 전체에 퍼졌다.
선우는 학교에 오자마자 교무실에 불려가 한 시간 만에 교실로 돌아왔다. 그런데 선우의 손바닥이 얼마의 체벌로 빨개져 있었다. 한쪽 눈은 완전히 부어 시퍼렇게 멍이 든 채 감겨있는 선우에게 친구들이 몰려들었다.

영일이 선우에게 잘했다며 칭찬한다.
"잘혔어~ 그놈이 우리 누나 브라쟈도 벗겼당게~ 내가 나중에 혼내 줄라고 혔는디, 니가 혀 버렸네!"
민재도 옆에서 거든다.

"진짜 잘혔어~ 우리 이모 속옷도 그놈이 훔쳐 간 거 같어~."

여기저기서 터져 나오는 고발과 평소에 재범에게 기가 눌려 눈치만 보던 아이들이 너도나도 선우를 두둔했다.

하지만 순수한 아이들은 눈치채지 못하고 있었다. 사실 반장인 숙희는 재범의 사촌 동생이었다.

숙희의 공책 한편에는 영일과 민재의 말이 살을 더해 기록되고 있었다. 재범이 돌아오면 분명 재범이를 비난한 아이들은 숙희의 공책에 적힌 내용만큼 보복을 당할 것이었다.

그때 시끄러운 교실로 선생님이 들어오셨다.

"야~ 다들 자리에 앉어~ 오늘 참 중요한 야그를 해야것다. 임선우 일어나 봐~."

풀이 죽은 선우가 자리에서 일어났다.

"쟤가 말여~ 6학년 재범이 똥꼬에다가 겁나게 끔직헌 짓을 혔어. 아주 작살을 내버렸어~ 똥고는 똥을 싸라고 있는 것이지 막대기로 쑤시라고 있는 게 아녀~ 내가 40평생 살면서 내년에는 똥구멍에서 아카시아 꽃 피는 것도 보게 생겼당게~ 임선우 덕분에 아주 우리나라 식물계가 밝어~."

아이들은 숨죽여 웃고 있지만 선우는 선생님의 말에 고개만 숙일 뿐이다.

"근디말여~ 또 선우만 혼낼 것도 아녀~ 재범이 그놈의 자식이 연실이를~ 긍게~ 그 뭐냐? 유식한 말로 추행~ 추행을 헌겨~ 아주 드러운 짓여~."

그때 영일이 선생님에게 질문한다.

"선생님 추행이 머래유~."

"너~ 참 적당한 시간에 끼어들었다. 오늘 아주 맘에 들어~ 긍게 니가 하는 건 추태~ 재범이 그놈이 하는 건 추행~ 너는 여자애들 강제로 만지진 않잖어~ 고것이 추태고 니가 좀 더 나가서 심해진다 ~ 그럼 고것이 추행이여~ 그렇게 너도 조심혐 마~ 안 그럼 임선우가 니 똥꾜에도 꽃피게 해줄 겨~."

"으메~ 선우야~ 나는 찌르면 안돼~."

아이들이 겁먹은 영일에게 니 똥꾜에도 꽃이 필거라며 놀려댄다.

"그래서 오늘 이 선생님이 선우의 별명을 지어줄 겨~ 불상사가 발생했지만 연실이를 위기에서 구했으니께 똥꾜 검객~ 어뗘? 자~ 눈탱이가 붕어눈이 되면서까지 친구를 구한 똥꾜 검객에게 박수~."

"짝짝짝~~."

"임선우~ 다 잘혔다는 건 아녀~ 반만 잘헌거~ 그리고 혹시 다음에 이런 일이 있을 때는 까시를 하나하나 뗀 담에 찔러야하는 거~ 알겠지?"

선우는 대답이 없다.

"농담여~ 자리에 앉어~ 그리고 연실이는 며칠 쉰다니께 그렇게 알고 있어."

아이들은 긴박했던 순간을 증언해 줄 연실을 기다렸지만 연실이의 결석에 실망했다. 하지만 한 아이의 마음을 달랐다.

그동안 선우를 연실에게 빼앗긴 것 같아 속상했던 숙희는 연실이 결석을 한다고 하니 선우와 다시 가까워질 기회가 찾아온 것만 같았다.

서너 시간이 지나자 순수한 아이들은 어제의 사건을 잊고 다른 것에 관심을 가진다. 그러나 선우의 눈을 볼 때하다 다시 이야기는 재범의 똥꼬 상태로 이어졌다.

그때 숙희가 아이들에게 면박을 준다.

"야! 니네들 사람이 그렇게 다쳤는디 좀 걱정을 혀야 되는거 아녀! 재범이 오빠가 죽기라도 혔으면 하는겨!"

"야! 다들 입 다물자~ 숙희 재범이 형하고 사촌이잖여~ 쉿~~."

민재가 아이들에게 주의를 준다.

그때서야 아이들은 내부에 스파이가 있다는 것을 눈치챘다. 하지만 이미 숙희의 고자질 노트에 모든 내용이 적혀 있었다.

아이들이 재범이를 두려워하는 모습을 보니 선우도 조금씩 겁이 나기 시작했다. 재범이 퇴원을 하고 오면 분명 저번보다 더 강한 주먹이 날라 올 것이 분명했기 때문이다.

시간마다 머릿속에는 앞으로 다가올 보복이 눈덩이처럼 불어나, 있지도 않을 일에 대비책을 만들어 놓으려고 다른 일은 눈에 들어오지 않았다. 차라리 지금 맞는 게 마음이 편할 것 같았다.

"임선우! 나랑 점심 먹자~"

숙희가 도시락을 가지고 연실이 의자에 앉았다.

"나 별로 입맛 없는디~"

선우의 거절에 지켜보던 아이들은 역시 연실이 빨리 학교에 와야 선우가 기운을 차릴 거라며 수근거린다.

"챙피하게 이럴 겨~"

"아니 그게 아니구 진짜 입맛이 그려~"

선우는 이런저런 걱정으로 정말 입맛이 없었다.

"알었어. 숙자야 밖에 나가서 먹자~"

머쓱해진 숙희가 숙자와 영숙을 데리고 교실을 나간다.

민재와 영일이 선우에게 정말 먹지 않을 거면 도시락을 자기들에게 달라고 한다.

선우는 도시락을 친구들에게 넘기고 엎드려 생각에 잠긴다.

'연실이는 괜찮을까? 너무 놀래서 그러것지~ 재범이형은 나쁜 놈여~ 어뜩케 연실이 한티 그런 짓을 햐~ 학교 끝나문 빨리 연실이 보러 가야지.'

선우가 방과 후 계획을 세우는 동안 숙희도 선우를 위한 계획을 세우고 있었다.

밖에서는 여름을 알리는 매미의 울음소리가 귀를 지치게 하고 있었다.

연실에게 가는 길

수업이 끝나자마자 선우가 서둘러 교실 밖으로 나왔다. 그리고 신발장에서 신발을 챙겨 복도를 달려간다.

"뛰지 마!"

할 일 없이 교실을 염탐하러 다니던 교장 선생님의 호통 소리에 조용히 복도를 빠져나간다.

순식간에 사라진 선우를 따라잡으려고 숙희도 교실을 뛰쳐나간다.

"안녕하서유~."

숙희가 교장 선생님을 보고 깍듯이 인사를 했다.

"오냐~ 뛰지 말어~."

"예~."

숙희는 뛸 수 없게 되자 빠른 걸음으로 선우를 쫓아간다.

밖으로 나왔을 때 선우는 이미 학교 정문을 빠져나가고 있었다.

숙희가 지름길인 운동장을 가로질러 개구멍으로 빠져 나오자 코 앞에 선우의 뒷모습이 보였다.

"임선우~~."

선우가 고개를 돌려 숙희를 본다.

"왜~ 나 지금 바뻐~ 내일 봐!"

"야~ 거기 서봐! 나도 급한 일여~."

"내일 말 혀~."

선우보다 장신인 숙희가 긴 다리로 앞질러 가 선우를 가로막았다.

"왜 그려~."

"내 말 좀 듣고 가~ 지금 재범 오빠 문병 가는디 너두 같이 가자. 니가 문병가면 그려도 나중에 널 때리진 않을겨~ 내가 잘 말해 주께~."

선우가 잠시 고민에 빠졌다. 사실 재범의 안부보다는 연실이가 걱정되었다.

하지만 지금 문병을 가면 보복의 두려움에서 벗어날지 모른다는 생각에 고민을 한다.

숙희가 인내심을 가지고 대답을 기다리다가 망설이는 선우에게 결정적인 한마디를 한다.

"재범 오빠는 복숭아 간스메[1] 소리만 들으면 자다가도 벌떡 일어난당게~ 니가 하나 사가지고 가면 용서해 줄겨~."

---

1 통조림이란 뜻의 일본 외래어

복숭아 간스메는 선우도 좋아하는 것이어서 왠지 공감 가는 말이었다.

"나 돈이 없는디~."

"걱정 마~ 내가 빌려주께. 자~여기."

숙희가 오천 원을 꺼내 선우에게 내민다. 숙희에게도 오천 원은 큰돈이었지만 선우의 반대쪽 눈까지 쑥개떡처럼 망가질 걸 보고 싶지 않았다.

"이렇게 많이~ 나 갚을 돈 없어!"

"나중에 갚어~."

"내년에도 못 갚을 것 같은디~."

숙희는 자신의 속마음을 알아차리지 못하는 선우가 답답했다.

"나중에 니가 어른되면 갚으라고. 됐지?"

"그려도 좀 그런다~."

숙희가 끝이 보이지 않게 망설이는 선우의 손을 잡고 달리기 시작한다.

"빨리 정류장으로 가자~ 버스 놓치것어."

선우의 대답도 듣지 않고 숙희가 멋대로 선우를 재범에게 끌고 간다.

때마침 읍내로 나가는 버스가 저 앞에 지나가고 있었다.

버스 기사 아저씨가 멀리서 달려오는 선우와 숙희를 보고 잠깐 멈추는 듯하더니 다시 출발한다.

"멈춰 유~~."

숙희가 버스에 대고 소리쳤다.

장난기가 발동한 버스기사가 가다 서다를 반복하자, 아이들은 버스를 놓치지 않으려고 더 빨리 달음질을 한다.

버스 안에 타고 있던 아저씨들이 왜 그러냐며 한마디 한다.

"차가 찜빠 난겨~ 엊저녁에 먹은 거 다 넘어오것네~."

"아니유~ 이 동네 달리기 선수 하나 만들어 볼라구유~ 허허허~."

그때서야 승객들이 밖을 내다봐 선우와 숙희가 뛰어오는 것을 발견했다.

"여자애가 선수여? 남자애는 못 뛰는 디~."

"뛰다보면 늘 것 쥬~."

"그만 혀~ 저러다가 자빠지것어~."

"그려~돌도 많은 디~."

어른들의 걱정에 기사가 버스를 멈췄다.

그리고 헉헉거리며 버스에 도착한 아이들에게 문을 열어준다.

"읍내까지 얼마에유~ 하아~."

숙희가 버스기사에게 요금을 물어본다.

"50원여~."

"여기 유~."

선우 몫까지 100원을 내고 버스에 올랐다.

자리를 찾아 앉으려 했지만 빈자리가 보이지 않는다. 그때 뻘뻘 땀을 흘리는 아이들을 본 뽀글뽀글 파마머리 아주머니가 둘을 부른다.

"야들아~ 일루 와봐~."

둘은 아주머니 앞으로 다가갔다.

"덥지~ 가방 일루 주고 여기서 바람 좀 쐐~."

아주머니는 아이들의 가방을 받고는 창문을 활짝 열어 준다. 그러자 창문으로 오염되지 않은 시원한 공기가 들어와 아이들의 땀을 씻어 내줬다.

바람에 숙희의 긴 머리카락이 선우의 볼을 스쳐간다. 선우가 고개를 돌려 숙희를 보니 숙희는 작년보다 더 예뻐진 것 같았다.

까맣게 그을린 피부를 빼고는 연실이에게 뒤지는 것이 없었다. 하지만 오랜 시간 익숙해진 숙희에게는 가족 같은 감정이 들었다. 그런데 오늘은 숙희가 평소와 다르게 보였다.

연실이 덥석 손을 잡은 때처럼 숙희가 선우의 손을 잡고 뛰는 바람에 비슷한 감정이 일어나 버렸다. 그리고 보면 가끔 6학년 형들이 5학년 중에 숙희가 제일 예쁘다고 말하곤 했었다.

계속해서 창문을 타고 들어오는 바람에 둘의 옷자락이 펄럭거리며 부딪힌다. 그 소리에 살짝 키가 큰 숙희가 선우를 내려다보다가 눈이 마주쳤다.

선우의 맑은 눈을 좋아했던 숙희가 순간 당황해 머리를 돌려 밖을 본다. 그렇게 좀 전까지 씩씩하던 숙희가 말이 없어졌다. 특별히 할 말이 없던 선우도 뻣뻣하게 버스를 타고 읍내로 향하고 있다.

화려한 운전으로 비틀비틀 고개를 넘고 강을 넘은 버스가 읍내에 도착해 아이들을 병원 앞에 내려줬다.

"선우야 일단 복숭아 간스메 산 다음에 재범 오빠 병실로 가자."

"어~."

둘은 병원 근처 구멍가게로 들어갔다. 아이들이 가게 안에서 두리번거리자 가게 주인아줌마가 애들을 부른다.

"야들아 머 사러 온 겨?"

"복숭아 간쓰메유~."

"그려. 여깄다."

"하나만 살건디유~."

숙희가 한 박스를 내미는 아줌마에게 너무 많다고 했다.

"하나씩은 안 팔어~."

아이들이 잠시 머뭇거리다가 밖으로 나간다.

"야들아~ 멈춰 봐."

그리고는 아줌마가 방으로 들어가 복숭아 간스메 하나를 들고 나왔다.

"여기 특별히 파는 겨~."

숙희가 통조림을 받아들자 선우가 오천 원을 내민다.

주인아줌마는 두 배를 가격을 받고 적은 거스름돈을 돌려주었다.

가게에서 나온 숙희와 선우가 병원으로 들어가 재범의 병실을 물어본다. 3층 303호실에 입원해 있다는 말을 듣고 천천히 계단으로 올라간다.

"선우야~ 재범 오빠 만나면 무조건 미안하다고 혀~ 뭐라고 막말혀도 그냥 그렇게 혀. 오빠가 단순해서 미안하다고 허문 더 이상 막하진 않을 겨~."

"그려~ 근디 좀 겁난다."

"내가 있잖여. 우리 아빠가 이모부네 쌀도 주고 돈도 꿔주고 해서나 한티 함부로 못 혀~."

"알었어~."

하지만 숙희의 말에도 안심은 되지 않고 심장만 두근거렸다.

숙희가 병실 문을 열고 빼꼼 쳐다봤을 때, 창가자리 침대에서 재범이 만화책을 보며 킬킬대고 있었다.

숙희가 문을 열고 다른 환자들에게 인사를 한다.

"안녕하서유~."

하지만 선우가 문 뒤에 숨어 버티자 숙희가 선우의 손을 '확' 잡아당긴다.

"괜찮여~ 들어와~."

선우가 힘센 숙희의 손에 버둥거리며 병실 안으로 끌려간다. 재범이 숙희를 보고 인사를 하다 뒤에 숨은 선우를 봤다.

"왔냐! 어~ 너 이 새끼~."

숙희 손에 이끌려오는 선우를 보니 똥꼬가 더 아파와 화를 냈다.

재범의 반응에 선우가 다가가려다 그 자리에 멈춰버렸다.

"오빠~ 선우가 사과하러 온 겨~ 그러지 마~."

재범이 당장 일어나 줘 패주고 싶었지만 욱신거리는 똥꼬 때문에 그럴 수 없었다. 그리고 오전에 선우 아버지가 병실에 오셔서 용돈과 재범이 좋아하는 복숭아 통조림, 만화책을 사 주시며 선우와 잘 지냈으면 좋겠다고 신신당부를 하고 가셨기 때문에 화를 참고 있다.

사실 병원비 외에 큰 용돈을 챙긴 재범은 자기가 대장부라도 된 것처럼 선우를 괴롭히지 않겠다고 선우 아버지와 약속을 했다.

"임선우! 안 때릴 텐게 일루 와 봐~."

재범을 믿지 못해 가지 않으려는 선우를 숙희가 잡아당긴다. 그리고는 선우에게 복숭아 통조림을 건네주라며 눈짓한다.

선우가 떨리는 손으로 통조림을 내민다.

"여기~."

재범이 통조림을 낚아채고는 다른 손으로 선우의 손을 있는 힘껏 쥐어버린다. 선우는 손이 터져 버릴 것 같았지만 꾹 참는다.

재범은 선우가 고통을 느끼고 봐달라고 하면 조금 속이 풀릴 것 같았는데, 버티는 모습에 다시 화가 났다.

보다 못한 숙희가 재범을 협박한다.

"오빠 지난번 일 우리 아빠 한티 이를까?"

그 말을 듣고서야 재범이 얼른 선우의 손을 놓아줬다. 선우 역시도 마지막까지 아픈 척하지 않았다.

자기가 재범을 병원에 입원시킨 건 맞지만 재범이 연실이를 괴롭힌 것에 대한 벌이라고 생각했다.

"오빠 언제 퇴원혀~."

"담주면 퇴원해두 되다던디~."

"그려~ 다행이다. 선우가 할 말 있다는디~."

숙희가 선우의 옆구리를 찌른다.

조금 전까지만 해도 사과를 하려고 했지만 재범이 손을 꽉 쥐는 바람에 마음이 바뀌었다.

숙희가 빨리 하라며 계속 밀어댄다.

선우가 고집을 부리자 숙희가 귓속말을 한다.

'사과하고 빨리 가자~.'

그 말을 들은 선우가 더 이상 이곳에 있고 싶지 않아 입을 연다.

"미안혀~."

"머라고? 안들리는 디~."

"미안허다고~."

"오빠 됐지~ 선우도 많이 미안해 혔어. 그니께 화 풀어. 우리는 언능 버스타러 가야것다. 담주에 봐~."

숙희는 재범이 뭐라고 할 새도 없이 선우를 데리고 병실 밖으로 나왔다.

병원을 나온 둘은 서둘러 버스 정류장으로 향한다.

사람들이 동네로 들어가는 마지막 버스를 먼저 타려고 질서 없이 서로를 밀쳐대고 있었다. 선우와 숙희도 어른들 사이에 끼어보려 했지만 어림없었다. 다 타기를 기다렸다가 마지막에 타는 수밖에 없었다.

사람이 꽉 차 버스가 출발하려 할 때, 남은 몇몇 사람들과 선우, 숙희가 틈도 보이지 않는 버스에 올라탄다. 어른들 사이에서 이리저리 밀리며 선우와 숙희가 멀리 떨어졌다. 숙희가 선우 쪽으로 가보려 했지만, 콩나물시루처럼 사람들로 가득 차 한 발짝도 움직일 수가 없었다. 돌아오는 길에 선우에게 할 말이 산만큼 많았는데 아무 말도 할 수 없게 돼버렸다.

"휴~."

숙희가 길게 한숨을 내쉬며 어른의 허리통에 가려져 잘 보이지 않는 선우 뒤통수만 쳐다본다.

버스는 소녀의 마음도 모르고 흥겹게 비포장도로를 달리고 있었다.

다시 산 넘고 강 건너 40여 분 후 숙희와 선우가 버스에서 내렸다.

"숙희야~ 오늘 고마웠어~ 낼 보자~."

"저기 나 할 말 있는디~."

"먼디?"

"너 나 허구 좀 친하게 지내면 않되남?"

"지금두 친하잖여~."

"그게 아니고~ 저기~."

숙희가 쑥스러워 말을 못하자 답답한 선우가 물어본다.

"저기 머?"

"그니께~ 이~ 연실이허고 있을 때처럼 나 허구도 좀 웃고~ 그러자구~."

"지금도 그러고 있잖여~."

선우의 성의 없는 대답에 숙희는 조금씩 짜증이 나기 시작했다.

"아니라구!! 연실이 벌 쏘였을 때는 쑥도 발라주고 그렸잖여~ 그리고 꽃 이름도 알려주고. 나도 꽃 이름 모르는 거 많다구~."

"근디~ 연실이 쑥 발라준 건 어떻게 안겨? 꽃 이름 알려 준거는?"

숙희는 그동안 몰래 선우와 연실을 염탐한 것을 들키자 얼굴이 화끈 달아올랐다.

"몰러! 이 바보야~."

숙희는 더 이상 추궁당하기 싫어 선우에게 바보라고 소리치고는 반대 방향으로 뛰어갔다.

갑자기 바보가 되어버린 선우는 당황스러웠다.

"내가 머 잘못했나? 근디 왜 바보랴~."

사라져가는 숙희를 뒤로하고 선우는 연실이 집으로 향한다.

숙희가 뜀박질을 멈추고 혹시나 하는 마음에 뒤돌아 본다. 하지만 선우는 빠르게 시야에서 사라져가고 있었다.

"너무하는 거 아녀~ 여자가 화내고 가면 달래준다고 하드만 선우

쟤는 남자도 아녀~ 완전 어린이여."

아쉬움이 많은 숙희는 선우의 뒷모습을 보며 혼잣말을 했다.

"그려도 다시 짝꿍하고 싶은디~ 넌 그렇지 않은 가벼~."

선우가 덜컹거리는 책가방을 움켜잡고 연실이 집으로 달려간다. 책가방 속 빈 도시락 통 안에서 같이 짝을 맞추어 뛰는 숟가락과 젓가락 소리가 요란하다.

여름 날씨에 얼마 뛰지 않았는데도 땀이 흘러내렸다.

개망초 길을 지나 어제 피 묻은 손을 닦았던 냇가에 도착해 땀을 닦으려 쭈그려 앉았다. 그리고는 두 손에 물을 담아 세수를 한다.

멍이 든 왼쪽 눈에 손이 닿을 때마다 찌릿찌릿 통증이 전해졌다. 하지만 연실이에게 땀범벅의 얼굴을 보여주기 싫어 고통을 참고 계속 얼굴을 닦았다.

세수를 끝내고 맑은 물에 얼굴을 비추어 봤을 때, 퉁퉁 부은 눈은 마치 영화에 나오는 외계인 같았다.

못난이가 된 얼굴을 보고 화가 치밀어 올라 수면을 세게 쳐 물거울을 없애버렸다.

"이런 꼴로 연실이 한티 가도 될라나? 무섭다고 허것지~."

거친 세수로 윗옷의 앞자락이 다 젖어 찰싹 몸에 달라붙었다.

시퍼렇게 멍든 눈과 마른 몸에 들러붙은 옷이 선우의 몰골을 더 처량하게 만들었다.

더 늦기 전에 자리를 털고 일어나 다시 연실이 집으로 뛰기 시작한다.

연실이와 같이 걸을 때는 금방 무쇠점에 도착했었는데, 지금은 뛰어가면서도 그때보다 두 배는 멀게 느껴졌다.

혼자 가야하는 지겨운 길을 뛰고 또 뛰다보니 연실이의 집에 도착했다. 낮은 돌담 밑에는 호박들이 경쟁이라도 하듯 돌로 쌓은 벽을 타고 위로 뻗쳐 나가고 있었다.

선우가 싸리대문 앞에서 집안을 살펴본다. 연실이를 부를까도 했지만 닫혀 있는 대문이 들어오지 말라고 하는 것 같아 망설여졌다. 그동안 한 번도 닫혀 있지 않았던 문이 앞길을 막고 있는 건 어린 소년에게 조용한 압박이었다.

두 바퀴째 담을 따라 걸으며 집안을 꼼꼼히 살펴보지만 아무런 인기척이 없어 사람 소리가 날 때까지 기다리기로 했다.

"선우야~ 거기서 머 하냐?"

아버지 영길이 선우를 부르자, 깜짝 놀라 뒤돌아 본다.

"아무것도 안혀유~."

아버지 영길은 선우가 연실을 보려고 서성거리는 걸 알고 연실이가 집에 없다고 말해준다.

"연실이, 할아버지 허고 아래 사과밭으로 마실 가드라~."

"그려유~ 지는 지금 집에 갈라고 했어유~."

"그려~ 그럼 가자~."

아버지 영길이 늦었으니 어서가자며 아들을 데리고 집으로 향한다.

"근디 오늘 왜 이렇게 늦은 겨?"

"숙희허고 병원 갔다 왔어유~ 재범이형 입원한 디유~."

"잘했다~."

"예~."

짧은 대화를 끝으로 아버지와 아들은 말없이 30여 분을 걸어 집에 도착했다. 대문으로 들어서는 부자를 엄마가 반겨 준다.

"같이 와유~."

"저~ 앞에서 만났어."

"선우는 왜 늦은 겨?"

"병원 갔다 왔어유~."

"얼른 씻어라~ 저녁 먹게."

"예."

대답을 하고 방으로 들어가려는 선우 앞에 아버지가 말없이 곱게 접은 편지를 내민다. 선우가 받아들어 곧장 펼쳐보려다 방으로 들어가 버렸다.

사실은 아버지가 낮에 연실이 집에 들렀을 때 선우에게 전해달라며 연실이에게 받은 편지였다. 가방을 벗어던지고 바닥에 앉아 편지를 펼쳐본다.

선우에게

어제는 정말 고마웠어. 선우가 아니었다면 그 오빠가 나한테 더 나쁜 짓을 했을 거야.

사람들이 선우가 좀 심했다고 하지만 선우는 나에게 백마 탄 왕자님 같았어.

그래서 누가 뭐래도 선우는 잘못이 없는 것 같아.

눈은 좀 어때? 많이 아파? 어제 선우 눈을 보고 나서 걱정 많이 했어.

빨리 나았으면 좋겠다.

이곳에 처음 전학을 왔을 때는 걱정을 많이 했었어.

그런데 선우랑 짝이 되니까 그런 마음이 다 사라져 버리더라.

오늘은 어제 일 때문에 학교에 가지 못했어.

아마 며칠 더 쉬어야 할 것 같아.

조금만 기다려~ 학교에서 볼게.

짧은 편지를 읽은 선우가 고민에 빠졌다.

"백마가 머지? 왕자가 멀 탄겨?"

그때 누나 선미가 벌컥 문을 열고 방으로 들어오자, 선우가 편지를 가랑이 사이로 숨겼다.

"야! 밥먹으랴~ 근디 뭐 숨기냐?"

"뭘 숨겨."

"숨긴 것 같은디."

"아니라고~ 근디 누나! 백마가 머여?"

"백마! 흰 말이지~ 왜?"

"아녀~ 그냥 궁금혀서."

"시끄럽고 밥이나 먹어. 엄마 저녁에 부녀회 모임 있댜~ 늦으면 니가 설거지 혀야 돼."

"알었어~ 금방 나가~."

선미가 방을 나가고 선우는 숨겼던 편지를 꺼내 몰랐던 부분을 다시 읽는다.

'선우는 나에게 백마 탄 왕자님 같았어.'

"부끄럽게 말을 탄 왕자랴~ 그냥 우주왕자 히맨이라고 혀두 되는 디~."

백마 탄 왕자가 어떻게 생겼는지 모르지만 왕자라는 말이 멋진 의미라는 것쯤은 알 수 있었다.

칭찬에 기분이 좋아진 선우가 멍든 눈을 만지며 한마디 한다.

"이정도 멍은 괜찮여. 연실이 왕자가 됐자녀~."

건넛방에서 선우를 부르는 소리가 들린다.

"선우야~ 밥 식어~."

"예~."

연실의 편지를 다시 접어 아무도 볼 수 없게 장판 깊숙이 숨겼다.

답장은 이렇게…

저녁 식사를 마친 선우가 방으로 들어와 네모난 상을 펼친다.

일단 공부할 책을 꺼냈다. 잠시 밖을 살펴보고는 장판 밑에 숨겨 둔 편지를 꺼내 누가 볼까 책 아래에 묻어 두고 조심스럽게 다시 읽어간다.

"음~ 편지를 받았으면 답장을 혀야 하는 디 어떻게 허지~ 쓸라니께 겁나게 부끄럽네~."

선우가 마음을 다잡고 편지를 써보려 한다, 그런데 마땅히 편지를 쓸 만한 멋진 종이가 보이지 않았다.

"어떻게 허지~."

방 구석구석을 찾아봐도 연실의 편지지처럼 예쁜 종이가 보이지 않았다.

그나마 색깔이 있는 거라고는 수업시간에 쓰던 종이접기용 색종이뿐이었다.

"이걸로 쓰면 연실이도 색종이란 걸 알 텐디~."

하지만 별수 없어 색종이에 편지를 써본다. 역시 색종이의 컬러 때문에 연필의 희미한 글자가 보이지 않았다.

"이씨~ 이럼 안돼는디~."

성질이 나 색종이를 구기고는 뒤로 벌렁 눕는다. 그때 머릿속을 스치며 누나가 라디오에 사연을 보낼 때 쓰는 편지지가 생각났다. 벌떡 일어나 마루를 뛰어 누나 방문을 활짝 연다.

"누나!"

"아! 깜짝아~ 그렇게 막 들어오문 어떡혀~."

선미는 같은 반 명식이에게 줄 러브레터를 쓰고 있었다. 그런데 갑자기 동생이 들이닥쳐 글자를 틀리고 말았다.

한 대 쥐어박으려고 폼을 잡자 선우가 얼른 뒤로 가서 아버지에게 하던 등 안마를 누나에게 해준다.

"톡톡톡~톡톡톡~."

작은 고사리 손이었지만 손이 매워 제법 시원했다.

"얼라~ 왜그려~."

선미가 동생의 갑작스런 친절에 불안해 한다.

"가만 있어 봐~."

선우가 계속해서 안마를 한다. 안마를 할 때마다 손의 진동이 얼굴에 전달 되어 멍든 눈이 욱신거렸지만 편지지를 얻기 위해서는 멈출 수가 없었다.

손이 보이지 않을 정도의 속도로 5분 동안 안마를 하고 있을 때 누나의 탄성이 터져 나왔다.

"아~ 시원혀~ 어~ 시원한 것~ 머가 필요한거~ 그만혀두 돼."

선우가 너무 열심히 한 덕에 숨을 헐떡거렸다.

"편지지~ 좀~."

"편지지! 안마 5분 더 혀~ 세상에 꽁짜는 없어~."

"알었어~."

선우가 다시 힘을 내 안마를 시작한다.

누나의 '어 시원혀~' 소리가 계속 될수록 선우의 팔은 점점 무거워
졌다.

"누나! 5분 지났어."

"야~ 한 장이면 되지?"

"아니 두 장 줘~."

"그럼 5분 더 혀~."

선미가 안마에 취해 동생을 혹사시키려 한다.

"한 장만 줘~."

아무래도 뭔가 억울한 것 같아 선우는 한 장으로 거래를 마쳤다.

편지지를 받은 선우가 방으로 돌아와 상에 앉았다. 그런데 막상
편지를 쓰려니 안마의 후유증으로 손이 덜덜 떨렸다.

"일단 다른 데다가 쓰고 옮겨야 것다."

공책의 맨 뒷면을 펼쳐 자신의 마음을 담은 글을 쓰기 시작했다.

연실이에게

편지는 잘 받었다.

니가 나 한티 왕자님이라고 허서 너무 그렸지만, 내가 앞으로 너의 백마 탄 왕자님이 되기 위해 노력 할 거다.

그리고 너는 나의 공주님이…

계속 써 내려가다 스스로 편지 내용이 부끄러워 공책을 덮는다.

"아~ 챙피혀~ 아~ 부끄러라~ 이런 거 못쓰것다~."

마음과 다르게 딱딱한 말투로 쓰고 있지만 스스로를 왕자라고 말한 것이 창피해 혼자 안절부절이다.

소년의 부끄러운 편지는 엄마가 그만 자라고 할 때까지 계속됐다.

"선우야~ 이제 자야지! 늦었다~."

"예~."

모두가 잠들려할 때쯤 황구가 달을 보고 늑대처럼 울부짖었다. 할머니가 재수 없다며 누렁이를 야단친다.

"저놈 새끼가 재수 없게 울고 지랄이여~ 한 대 맞을 터~."

그래도 황구가 계속 울자 할머니가 마당으로 나와 지팡이로 황구의 머리를 한번 내리쳤다.

"허지 말라니께 그려~."

"깽~."

소리를 내고 황구가 개집으로 들어가버려 이제 다들 잠을 잘 수 있게 됐다.

하지만 선우는 그때까지 촛불을 켜고 연실에게 줄 편지를 쓰고 있었다.

'너의 백 마탄 왕자님이 되기 위해…'

태풍은 우산을

연실이 학교를 오지 않은 지 3일째다.

선생님 말씀에 내일을 온다고 하니 선우는 꾹 참고 내일까지 기다리기로 했다.

학교를 오가며 연실이 집에 들르고 싶었지만 그 사건 이후 혹시나 하는 마음에 엄마가 무쇠점까지 마중을 나와 그럴 수 없었다.

선생님이 종례시간에 한마디 한다.

"자~ 갑자기 태풍이 와서 오늘 아침부터 비가 많이 와~ 그러니께 조심허서 돌아가고~ 그리고 우산 없는 사람?"

영일이 손을 든다.

"저유~."

"너는 막 뛰어 가~ 비 사이로 막 뛰면 되는 거~."

아이들이 깔깔대고 웃어댄다.

선생님의 종례가 끝나고 아이들이 하나둘씩 교실을 빠져나간다. 숙희와 선우도 교실을 나서기 위해 일어선다.

그날 이후 서먹해진 선우와 숙희는 지금까지 서로 눈치만 보고 말을 섞지 못하고 있었다.

선우에게 바보라고 말한 숙희는 미안해 먼저 말을 못했고, 숙희가 자기에게 왜 화가 났는지 알지 못하는 선우도 말 걸기가 쉽지 않았다.

선우가 앞서 복도로 나갔고 그 뒤를 숙희가 따라간다.

아무래도 숙희와 화해를 해야 할 거 같아 걸음을 멈추었을 때 몇 발작 뒤에 있던 숙희도 그 자리에 멈춰 섰다.

침묵의 복도에 창문을 때리는 비 소리만 요란하게 들린다.

선우가 뒤를 돌아보려 고개를 반쯤 돌리다가 그만둔다. 지금은 숙희가 말한 바보처럼 어색한 것이 편한 것 같았다.

만약 아직도 숙희가 화가 나있어 다시 바보라고 말한다면 숙희가 미워질 것 같아 그냥 가기로 한다.

걸음을 멈추고 잠시 기대했던 숙희는 선우가 그냥 가버리자 고개를 푹 숙였다.

'내가 바보라고 혀서 아직도 화가 많이 난거~ 머라고 혀야 화가 풀

릴지 모르것어~ 내 잘못여~.'

숙희는 자책하며 선우가 복도를 빠져 나갈 때가지 기다리고 있었다.

교실 밖은 강풍과 함께 폭우를 몰고 온 태풍의 위세가 대단했고, 하교 길 학생들의 우산은 대부분 뒤집혀 버려 비로부터 아이들을 막아주지 못했다.

우산이 없는 영일이는 그런 친구들을 보며 웃어댄다.

"야~ 나처럼 비 사이로 뛰면 돼는거~ 하하하!"

선우의 우산도 뒤집혀 허연 우산살을 보였다.

학생들은 책가방을 앞으로 메고 가방에 비가 스며드는 것을 막으려 뒤집힌 우산으로 덮어본다.

선우도 어차피 우산이 비를 막지 못해 우산을 접고 비를 맞기로 한다.

다른 친구들처럼 가방을 앞으로 메고 뛰어간다.

운동장에도 꽤 많은 비가 고여 아이들의 발목까지 차 있었다.

하지만 위험한 하교 길에는 어느 선생님도 나와 있지 않았다.

아이들이 도로에 나왔을 때 평소에 비포장도로에서 보이던 움푹 파인 곳들이 웅덩이로 변해있었다.

"선우야~ 내일 봐~."

민재와 영일이 인사를 하고 집으로 뛰어간다.

"이~ 잘 가~."

선우도 손을 들어 잘 가라고 대답해줬다. 뒤에서 인사는 그만하고 빨리 집에 가라며 강풍이 선우를 밀쳐댔다. 하지만 걸을 때마다 조금 큰 신발에서 물이 뿜어져 나오며 벗겨지려해 빨리 걸을 수 없었다.

엄지발가락에 힘을 줘 벗겨지려는 신발을 이끌고 앞으로 전진한다.

바람의 방향이 수시로 바뀌며 굵은 빗방울로 얼굴을 때리다가 갑자기 뒤통수를 공격한다.

"선우야 같이 가~."

고인돌까지 가는 길이 같은 순자가 선우를 불렀다.

"어~ 그려~."

선우가 순자를 기다려준다. 이 비에도 순자는 분홍색 우비를 입고 있어 가방과 몸은 젖지 않았다.

"선우 너 다 젖은 겨?"

순자가 들고 있던 검은 봉지에서 파란색 우비를 꺼냈다.

"이거 입어~."

순자가 선우에게 우비를 건넸지만 거절한다.

"괜찮어~ 이미 다 젖었어~ 근디 그건 누구거여~."

"이~ 아침에 오빠가 우비가 찢어졌다고 그냥 학교 가버러서 내가 가져온 겨~ 근디 옆구리만 좀 터져서 입을 만 할겨~ 걍 입어~."

"아녀~ 다 젖어서 가릴디도 없어~."

충청도 특유의 일단 거절하고 보는 습관이 어린 선우에게도 배어 있어 순자의 친절한 마음까지 거절당하고 있었다.

"가방에 책 다 젖으면 어쩔라구 그려~."

"뭐 젖으면 말리면 되지~."

그때 책 속에 숨겨두었던 편지가 생각났다.

'맞어. 연실이 한티 쓴 편지, 젖으면 안되는디~.'

하지만 이미 거절을 해 다시 달라고 할 수 없는 소심한 마음 때문에 그냥 걷기 시작한다.

"안 돼~ 책 물에 불어다가 말리문 엄청 커져서 불편하다니께~ 그냥 햐~."

다시 한 번 부탁하는 순자 덕분에 못이기는 척 우비를 받아든다.

"그럴라나~ 그럼 내일 돌려 주께~ 고마워~."

얼른 가방을 뒤로 메고 우비를 입는다.

젖은 몸에 우비가 척척 달라붙어 불편했지만 더 이상 가방 안으로 빗물이 들어가지 않아 편지가 안전해진 것에 만족했다.

몇 번의 부탁으로 우비를 입혀 선우가 더 이상 젖지 않게 되자 순자가 방긋 웃는다.

분홍, 파랑우비를 입은 두 친구는 '첨벙첨벙' 물바다가 된 도로를 가르며 걸어간다.

"선우야~ 근디 숙희허고는 왜 그저 그런겨?"

"아무러치도 않은디~."

"니들 며칠 동안 아무 말도 없어서 물어 보는거?"

"숙희가 나한티 머 화난 거 같어~."

"머 땜이?"

"나두 몰러~."

선우가 모른다고 하니 더 이상 물어볼 수 없어 화제를 돌린다.

"내일 연실이 온다니께 선우는 좋것다."

순자가 선우를 떠본다.

"그저 그렇지 머~."

선우는 속마음을 들키지 않으려 최대한 무관심한 척 말했다.

"증말여? 나 너 허고 연실이허고 이것저것 허는 거 봤는디~."

선우가 거짓말을 하자 순자가 부끄러운 목격담을 꺼냈다.

선우는 당황해 안 해도 될 말까지 한다.

"그게 야녀! 연실이가 벌 쏘여서 침 뺀다고 잡은 거구, 저번에는 다리가 아프다고 해서 아주 쬐끔 업어준 거~."

순자의 눈썹이 위아래로 들썩거린다.

"업어두 준겨~ 작년에 나랑 운동회 준비헌다고 할 때는 손도 안 잡을라고 나뭇가지 줬으면서 너무허네~ 선우 너 실망여!"

별것도 아닌 일에 순자가 삐치자 선우가 다시 변명을 한다.

"그거는 나만 그런게 아니라 다 그렸잖여! 그리고 너도 다리 아프면 내가 업어 주것지!"

"왜 업어 준댜? 지팽이나 하나주면 되것네~ 연실이나 업어줘~."

왠지 서운함을 느낀 순자가 선우의 말을 비꼬았다.

"그리고 연실이는 너보다 가볍잖여~."

철없는 소년이 숙녀에게 하지 말아야 할 말을 해버렸다.

"머라구? 내가 뚱뚱하다는겨! 연실이도 마른건 아녀~."

좀 전까지 천사 같았던 순자가 갑자기 버럭 화를 냈다.

"아닌디~ 연실이는 날씬헌디!"

순자에게 마지막 일격을 가해버렸다.

"야! 니가 내 몸무게 알어? 모르면서 머가 무겁다는겨!"

"신체검사 할 때 봤잖여~ 그때 너는 50키로 나는 38키로~."

순자가 어이가 없어 선우를 노려본다.

"임선우! 그때는 내가 며칠 똥을 못 싸서 그런겨!"

순자가 말도 안 되는 핑계를 댔다.

"연실이는 33킬로랴~ 봐! 훨씬 가볍지~ 그리고 똥이 10키로까지 나가진 않을 겨~."

순자는 얼굴이 화끈 달아올랐다.

"넌 증말로 바보여~."

순자가 선우에게 바보라고 소리치고는 물고기처럼 불어난 물을 헤치고 사라졌다.

"왜 다들 나한티 바보라는 겨~ 순자야! 나는 바보 아녀!"

하지만 순자는 대꾸도 없이 가버렸다.

숙희와 순자에게 연달아 바보라는 말을 들었지만 선우는 왜 자기를 바보라고 하는지 이해할 수 없었다.

어느덧 무쇠점을 넘어 동네로 들어가는 나무다리가 도착했다. 그런데 냇물이 높아져 나무다리 위에까지 흘러넘치고 있었다.

"선우야~ 기달려~ 엄마가 가께~"

마중 나온 엄마가 물이 무릎까지 차오른 다리를 건너 선우에게 오고 있었다.

"엄마~ 그냥 내가 가면되유~"

"가만 있어~ 물살이 쎄단 말여~"

엄마는 선우를 멈춰 세우고 조심조심 다리를 건넜다.

"자~ 엄마 손 꼭 잡고 따러 와~"

"예~"

엄마와 아들이 한발 한발 걸음을 맞추며 앞으로 나아간다.

"첨벙!"

선우가 미끄러지며 엄마를 놓치는 바람에 물에 빠져 버렸다.

놀란 엄마가 허우적대는 아들을 얼른 일으켜 세웠다.

"괜찮여? 거 봐~ 위험하다니께~"

"그냥 흙탕물 좀 먹었어유~"

선우가 벌떡 일어나 양손으로 엄마 팔에 매달린다.

10여 미터의 나무다리가 오늘은 기차처럼 길게 느껴졌다. 그렇게 엄마와 아들의 발걸음은 달팽이처럼 느릿느릿 별로 진척이 없어 보였지만, 어느새 무사히 건너편에 발을 디뎠다.

"엄마~ 쬐금 심장이 벌렁거렸어유~."

"그려~ 이제 괜찮지?"

사실 엄마도 미끄러질까 내심 초조했었다.

"가방 이리 줘~."

엄마가 물에 젖어 무거워 보이는 가방을 달라며 선우의 우비를 벗겨준다.

"엄마~ 연실이 할아버지네 괜찮을까유?"

"그러게 말이다~ 지대가 낮아서 괜찮을라나~ 그만 비가 끄쳐야 하는디~."

"멍멍멍~."

그때 목줄이 풀린 황구가 선우와 엄마를 마중 나왔다.

"황구야~ 어떻게 온 겨~."

갑작스런 황구의 등장이 반가운 선우가 쭈그려 앉아 황구와 얼굴을 비벼댄다.

황구도 걸쭉한 침으로 선우의 얼굴을 세수시키며 반가워한다.

"얼른 가자~ 비 더 맞으문 감기 걸려~."

"네~ 가자 황구야~."

선우의 말을 알아듣고 황구가 물장구를 치며 달려간다.

그런데 저만치 먼저 달려가던 황구는 느릿느릿 걸어오는 선우가 맘에 들지 않아 달려와 물벼락을 준다.

"허지마~."

하지만 황구는 선우가 재밌어하는 줄 알고 앞에서 첨벙첨벙 뛰어 댄다. 그만하라며 도망가는 선우 뒤를 황구가 바짝 쫓는다. 뒤에서는 아들이 넘어질까 봐 엄마의 걱정소리가 들린다.

"바닥이 안보여서 넘어져~."

하지만 신난 황구가 선우 옆을 뛰며 자꾸만 엉덩이로 다리를 밀어 댔다.

엄마와 집에 오는 동안에도 하늘은 구멍이 난 것처럼 계속해서 폭우를 퍼붓고 있었다.

20여 분 후 집에 도착했을 때 아버지가 외양간의 누렁이를 옮기고 있었다.

"아버지 누렁이 어디가유?"

"비가 새서 헛간으로 옮기는겨~ 그리고 황구 묶어 놔~."

"예~."

간만의 짧은 자유를 만끽한 황구가 묶이지 않으려고 이리저리 도망 다닌다.

"황구~ 일루 오라구!"

말을 듣지 않는 황구 때문에 선우는 슬슬 화가 나기 시작했다. 하지만 지금 묶이면 언제 다시 풀려날지 모르는 황구는 대문 앞에 서서 도망갈지 아니면 선우의 말을 들을지 망설인다.

결국 황구는 도망치기로 마음 먹고 슬슬 엉덩이를 대문 밖으로 빼며 선우의 눈치를 살폈다.

그때 엄마가 부엌문을 열고 나오신다.

"황구야~ 이리 와~."

엄마의 손에서 통통한 멸치 세 마리가 황구를 유혹하고 있었다.

선우의 말을 무시하던 황구가 엄마에게 달려간다.

엄마는 능숙하게 거리를 맞추어 멸치를 한 마리씩 놓아 주며 황구를 개집까지 데리고 갔다.

멸치 세 마리의 유혹을 이기지 못해 다시 줄에 묶인 황구가 몇 번 줄을 당겨본다. 하지만 이미 늦은 걸 알고 비를 피해 개집으로 들어갔다.

마루에서 황구의 체포 장면을 지켜보던 선우도 방으로 들어가 젖은 옷을 갈아입었다. 그리고 먼저 가방에서 책을 꺼내 상태를 확인한다. 다행히 가장자리만 젖었을 뿐 속을 괜찮았다. 잘만 말리면 조금 두꺼워 질뿐 쓰는 대는 아무렇지도 않을 것 같았다.

그중에서 가장 중요한 연실이에게 쓴 답장은 거짓말처럼 물 한 방울 묻지 않았다. 소중한 편지를 장판아래 잘 숨겨두고는 창호지로 된 방문을 열어 비를 구경한다.

어느새 마당까지 물이 차 황구의 밥그릇이 둥둥 떠다녔다. 그걸 본 선우가 장난감 중에 가장 힘이 센 히맨을 들고 마당으로 나간다. 아버지가 벗어놓은 하얀 고무신 하나를 들어 물이 가득한 마당에 배처럼 띄우고 히맨을 태웠다.

고무신 배에 올라탄 히맨이 비바람과 싸우느라 휘청거리며 선우와 점점 멀어졌다.

힘겨워하는 히맨을 본 선우가 가짜로 연기를 한다.

"가지마~ 가면 안돼~ 위험햐~."

하지만 히맨과 고무신 배는 어느새 대문까지 밀려났다.

장난감과 아버지 고무신이 정말로 위험해지자 맨발로 달려간다. 하지만 히맨은 비바람을 이겨내지 못하고 고무신과 함께 끝내 마당 밖으로 사라졌다.

다급해진 선우가 대문 밖으로 뛰어나갔다.

지대가 높은 선우 집 마당에서 흘러넘치는 물이 히맨과 고무신을 벌써 개울의 소용돌이 속으로 처박아버려 흔적도 없이 사라져버렸다.

"안돼~."

아버지의 고무신과 천하무적인줄 알았던 히맨이 사라져 버려 넋 놓고 개울만 쳐다본다.

그때 누나 선미가 학교에서 돌아오다 대문 앞에 멍하니 서 있는 동생을 발견했다.

"야! 임선우 비 맞으면서 머하냐?"

"그게 말여~ 누나 어쩐댜~."

"멀?"

"내가 아버지 고무신으로 장난하다가 개울로 떠내려 갔는디~."

"멀 어쩌긴~ 뒤지게 맞으문 되지!"

선미가 제일 듣기 싫은 대답을 했다.

"나 도망갈거~."

아버지에게 맞을 거란 말에 선우가 비속으로 도망쳐 버려 당황한 선미가 선우를 쫓아간다.

"야~ 뒤지게 때리진 않을거~ 걍 몇 대 맞것지!"

"더 무셔~."

선우가 멈추지 않고 도망가자 선미가 앞질러 가로 막았다.

"어두워 지는디 어딜 간다는겨~ 내가 아버지 한티 잘 말할 테니게. 가자."

"아버지가 때릴라고 허문 대신 맞아 줄겨?"

선우의 질문에 선미가 잠시 망설인다.

"그건 너무하는거 아녀! 니 일은 니가 책임져야지!"

"거봐~ 도망갈려~."

다시 도망치려고 선미를 밀쳤지만, 선미가 선우의 뒷목을 낚아채 버렸다.

"야~ 진정혀 봐~ 그럼 내가 안 맞게 해줄 테니게 등 안마 30분. 어떠?"

선우 표 등 안마의 시원함을 잊지 못한 선미가 거래를 하려고 한다.

"진짜여? 30분만 하믄 되는 거지?"

"그려~ 긍게 집으로 가자~."

"근디 어뜨게 날 구해줄겨?"

"간딴혀~ 낼 내가 새 고무신 사오면 돼~."

"누난 천재여~."

선우가 누나의 해결에 감탄한다.

"인제 알았냐~ 이따가 저녁 먹고 안마 30분여~ 알었지!"

"그려~ 31분 해주께~ 히히."

금세 걱정이 사라진 선우가 누나와 함께 집으로 들어간다.

그사이 마당에 고인물이 황구 집 입구까지 차올라 엄마가 황구를 토방 기둥에 묶어 놓았다. 처마 끝자락 토방에서도 태풍에 모습이 변한 우산들이 한데 뭉쳐 비를 피하고 있었다.

아침부터 쏟아진 폭우는 해가 지면서 더욱 세차게 퍼붓고 있었다.

"선우야 밥 먹자~."

하지만 폭우소리에 엄마의 밥 먹으라는 부름까지 묻혀 버렸다.

텔레비전에는 충남에 기상관측사상 가장 많은 비가 내리고 있다고 난리였다.

어린 선우가 볼 때 기자들은 걱정을 하는 건지 신이 난 건지 헛갈렸다.

왜냐하면 기자들은 터져나간 제방 앞에서도 침수된 주택 앞에서도 걱정스런 표정보다는 뭔가 더 피해가 커져라 하는 것처럼 보였다.

그렇게 가족들은 저녁을 먹으면서도 모두 뉴스에 시선을 빼앗겼다.
어른들은 태풍이 어떤 피해를 가져올까 걱정했고 선우와 선미는 내일 학교에 어떻게 가야할지 고민했다.
물론 선우는 이대로 비가 더 와 학교에 가지 않기를 바랐다.

선우의 바람 때문인지 뉴스 앵커는 오늘밤 더 많은 비가 내릴 거라며 피해가 없도록 안전을 당부했다.

식사가 끝나고 엄마가 상을 내어갈 때 할머니의 고자질이 시작됐다.
"선우, 너 애비 고무신 갖고 까불다가 잃어 먹었지? 어쩔겨!"
할머니는 가끔 손자를 사랑하지 않는 것 같았다.
숨겨도 될 일을 굳이 말해 손주들을 혼나게 했기 때문이다. 하지만 엄마는 할머니의 고자질을 들어도 모른 척 해야만 했다. 한 마디라도 했다가는 친정에서 가정교육을 제대로 못 받았다며 성화를 대기 때문이었다.

할머니 말이 끝나고 잠시 정적이 흘렀다.

아버지의 반응에 따라 오늘 저녁 분위기가 결정되기 때문이었다.

쪽문으로 상을 내가는 엄마도 엄마를 도와주는 선미도 방문을 열고 나가려는 선우도 모두 얼어버렸다.

오직 한 사람 할머니만이 여유롭게 박하사탕을 오물오물 거리셨다.

"임선우!"

아버지의 굵은 목소리에 긴장한 선우가 고개를 돌리며 대답한다.

"예!"

"태풍 지나가문 누렁이 풀, 한 시간 더 뜯겨야 혀~ 고무신 값만큼 누렁이가 먹을 때까지~."

"예~."

아버지와 선우의 원만한 거래성공으로 모두들 안도하며 각자 하던 일을 계속한다.

다행히 그렇게 또 다른 폭풍을 조용히 잠재웠다.

홍수가 집어삼킨 것들

새벽부터 어른들의 부산스러운 소리에 선우도 잠에서 깼다.

마루에서는 동네 아저씨들이 일찍부터 아버지 영길과 심각한 표정으로 이야기를 나누고 있었다.

"형님~ 지금 다 물바다여유~ 논밭이 구분이 안 된 당게유~ 올 농사 끝나 버렸슈~."

옆집 옥자 아버지 정수아저씨가 흥분해 선우 아버지에게 한탄한다.

"우리 논은 아예 둑이 이사갔슈~."

태수 아저씨도 미치겠다며 하소연한다.

"그러게 말여~ 하늘이 하는 걸 말릴 수도 없고! 앉거나~ 막걸리나 한잔들 혀~ 선미야~ 여기 술상 좀 내와~."

아버지가 엄마를 부른다.

정수와 태수는 손사래를 치며 귀찮게 그러지 말라고 한다.

"아뉴~ 형수님 피곤하게~ 갠찮유~."

"아침부터 빈속에 돌아 다녔을 건디 얼른 앉어~."

정수와 태수가 서로 눈치를 보고 머뭇거리자 영길이 이웃동생들 손을 잡아 마루에 앉힌다.

"갠찮은디~ 형님 그럼 딱 한 잔만이유~."

"그려 술도 별로 없어~ 허허~."

그사이 엄마는 곤로 불에 급하게 돼지고기를 볶는다.

잠시 후 비 오는 날에 제격인 김이 모락모락 나는 빨간 돼지 두루치기와 막걸리가 나왔다.

영길이 동생들에게 한 잔씩 따라준다.

태수가 공손히 영길에게도 한잔 따르려고 하자 영길이 거절한다.

"나는 좀 있다가 상순이 아저씨 집에 가봐야 혀~."

"형님 거기 못가유! 다리까지 물이 넘쳐갖고 어림두 없슈~."

정수도 끼어든다.

"맞어유~ 벌써 이장네로 피혔겄쥬~ 손녀허구~ 이름이 뭐더라?"

"연실이여~."

"그류 연실이! 선우때미 갸두 동네서 유명인 됐슈~ 하하하~."

"빨리 그짝 동네도 전화 들어와야 하는디~ 그래도 우리 동네는 많이 발전 한규. 전화두 들어오구~ 허허~."

아저씨들은 좀 전의 태풍 피해를 막걸리 한사발로 잠시 잊어버리고 '허허' 웃고 있었다.

그런 모습을 보며 선우는 어른들이 가끔 술이 약이라는 말을 알 것 같았다.

술자리가 끝나기를 기다리며 오줌을 참고 있었지만 30분이 지났는데도 아저씨들은 자꾸 술잔을 채워갔다.

금방이라도 오줌을 쌀 것 같아 방문을 벌컥 열고 뛰쳐나간다.

"안녕하셔유~."

선우가 아저씨들에게 얼른 인사를 하고는 뒤뜰로 달려간다.

지퍼를 내리고 밤새 참았던 오줌을 시원하게 누자 저절로 미소가 피어올랐다. 소변을 다 보고 부르르 몸서리를 치며 지퍼를 올렸다.

볼일을 마치고 방으로 돌아가려는 선우를 태수아저씨가 부른다.

"선우야~ 일루 와봐!"

"예~."

"눈은 아직 다 안 나은겨~ 싸움을 헐 때는 딴거 없어 눈탱이허구 부랄만 차면 끝이여~ 안 그려유 형님? 니 아버지허구 아저씨는 한 번도 맞고 다닌 적이 없어. 니 아버지 별명이 한방여~ 한방치면 다 나가 떨어졌어~."

태수가 선우의 눈을 보자 속상했는지 싸움을 가르쳐 주려고 솥 뚜껑만한 손으로 선우에게 주먹 쥐는 법을 가르쳐 줬다.

"태수~ 애 앞에서 그만혀~."

아버지 영길이 태수를 말린다.

"죄송혀유~."

조금 취해 주책을 보인 태수가 민망했는지 자리를 털고 일어난다.

"형님~ 이제 일어나야 것슈~ 마누라가 찾고 댕기는거 아닌가 몰라유~."

정수도 마지막 잔을 비운 뒤 삽자루를 들고 일어선다.

아저씨들은 돌아가며 다시 걱정이 시작됐다.

"올해 농사 완전히 절단났어~."

후배들이 돌아간 후 영길도 간단히 아침을 먹고 나갈 차비를 한다.

엄마가 아버지에게 꼭 가야하냐며 말려본다.

"선미 아빠~ 길도 다 없어졌다는디 어쩔라구유~."

"걱정 말어~ 그리고 상순이 아저씨 중풍으로 몸이 불편하잖여~

어턱굴로 넘어가면 괜찮을겨~."

"나도 같이 가유~."

"위험헌디 어딜갈라구 그려! 집에 있어!"

영길은 만일을 위해 긴 밧줄을 어깨에 메고 대문을 나섰다.

얼마 후 물바다가 된 길을 따라 영길이 무쇠점으로 가는 나무다
리에 도착했다. 하지만 다리는 보이지 않고 부러진 나뭇가지들만 걸
쳐있어 그곳이 다리인줄 알 뿐이었다.

'역시 여기는 무리여~.' 영길이 건너갈 수 없게 되자 포기하고 상류
의 어턱굴로 향한다.

검은 색 장화는 이미 물로 가득 차 무겁기만 했고, 세차게 쏟아지
는 폭우는 영길의 우비를 뚫고 들어올 것만 같았다.

빗속을 20여분 걸어 어턱굴에 도착했다. 아래쪽을 내려다보니 온
통 황토색 흙탕물이 논밭을 뒤덮어 강을 이루고 있었다.

영길이 어턱굴 위로 올라서 건너갈 수 있는지 주변을 살펴본다.

아랫마을과 윗마을을 가로지르는 야산 정상에 자리 잡은 어턱굴
은 폭 20여 미터 깊이 3미터 정도의 작은 돌산이었다.

양끝에는 갈고리처럼 뾰쪽하게 기둥이 솟아 있었고 밑으로는 사
람이 크게 아래턱을 내밀고 있는 것처럼 보여 어턱굴이라고 불렀다.
하지만 여기도 어른 허리만치 물이 넘쳐흐르고 있었다.

"아저씨!"

반대쪽에서 다급하게 영길을 부르는 소리가 들렸다.

"아저씨! 저 연실이에요!"

폭우에 온몸이 다 젖어버린 연실이 선우 아버지를 부르고 있었다.

"그려 연실아! 할아버지는?"

"저 밑에 계세요!"

"왜 이장 집으로 안 간거?"

혹시나 하고 와 본 영길이 벌써 이장 집으로 피해 있어야 할 연실이 나타나자 놀라 물어 봤다.

"길이 끊어져서 갈 수 없었어요!"

"기다려 봐~."

영길이 가져온 밧줄을 솟아 있는 돌기둥에 단단히 묶어 줄을 조인다. 하지만 '픽!' 소리와 함께 돌기둥이 두동강 나버려 영길이 뒤로 벌렁 넘어졌다. 다행히 작은 나무들이 영길을 받아주어 다치진 않았다.

"연실아! 한 30분만 기다려라! 사람들 데려 올 테니게!"

"네!"

연실을 안심시킨 영길이 한시바삐 집으로 돌아갔고, 연실이도 힘겹게 올라오시는 할아버지를 부축하려 아래로 내려갔다.

영길이 급한 마음에 비탈길을 미끄러지며 내려온다. 서두르지 않으면 위쪽 산에서 모여드는 토사와 빗물이 연실이와 연실이 할아버지인 상옥 아저씨를 쓸어 갈지도 모를 일이었다. 발걸음을 늦추는 물이 가득 찬 장화를 벗어버리고는 맨발로 뛰어간다.

집에 도착했을 때 후배 태수와 정수가 농기구를 들고 영길을 기다리고 있었다.

"형님 오셨슈! 아랫마을은 어떠유?"

"물이 넘쳐서 나도 못 봤어. 그것보다 태수는 굵은 말뚝허고 밧줄 좀 가지고 날 따라와! 정수 자네는 우리 누렁이 끌고 오고!"

정수가 무슨 일이냐며 영길에게 물어본다.

"형님 이 비에 소는 머 할라구유?"

"상옥이 아저씨하고 손녀가 어턱굴에서 못 넘어 와~"

"진짜유~ 이 미친놈의 비가 뭔 일 낼 줄 알았어~"

정수가 비를 원망하며 헛간에 있는 누렁이에게 달려간다.

그사이 영길과 태수가 말뚝과 밧줄을 챙겨 먼저 출발했다.

그런데 문제가 생겼다.

누렁이가 비를 맞지 않으려 꿈쩍도 하지 않았다.

정수가 세게 고삐 당겨보고 엉덩이를 때려봤지만 몸만 비틀 뿐 밖으로 나가려 하지 않는다.

"이놈의 소가 왜이려~ 빨리 나오라니께!"

낑낑대는 정수 아저씨를 보다 못한 선우가 헛간으로 들어간다.

"아저씨 제가 해볼께유!"

"이? 너라고 별수 있것어~."

정수가 고삐를 선우에게 넘기자 평소에 풀을 뜯기러 갈 때처럼 누렁이의 귓불을 쓰다듬으며 간지럼을 태운다.

"이랴~ 쩌쩌쩌~."

선우의 구령에 맞추어 꼼짝도 않던 누렁이가 움직이기 시작했다.

"얼라~ 저놈이 사람가리네!"

어린이 앞에서 체면이 서지 않은 정수가 누렁이의 엉덩이를 '찰싹' 때렸다.

누렁이가 주인을 알아보니 정수는 할 수 없이 선우를 앞세워 어턱굴로 가야만 했다.

아들이 걱정되는 선우 엄마도 따라 나선다. 남편이 보면 화를 내겠지만, 자식의 안전이 먼저였다.

가는 길에 논밭 피해 상황을 확인하러 나온 마을 사람들이 하나 둘씩 누렁이 뒤에 붙어, 상옥 아저씨를 구하는데 힘이 돼 주겠다며 따라나선다.

어느새 누렁이 뒤에는 20여 명이 넘는 사람들이 긴 줄을 만들었다.

어턱굴에 먼저 도착한 영길과 태수가 연실이를 안심시킨다.

"연실아~ 금방 넘어 갈테니께 기달려~."

연실이 알았다며 할아버지를 부축해 돌기둥 옆에 서 있었다.

태수가 바닥에 나무 말뚝을 고정시키려 메질을 해보지만 사방이 돌이라 조금도 박히지 않았다.

"태수야 물이 너무 빨리 불어나서 정수 못 기다리것다. 급한 대로 부러진 기둥에 임시로 밧줄 걸고 니가 꽉 잡고 있어!"

"아뉴~ 형님. 제가 넘어 갈게유~."

"안돼~ 자네 아직 술 안 깼잖은가~ 내가 넘어 가는게 맞어!"

"다 깼슈~."

태수가 영길을 대신해 넘어가려 거짓말을 했지만 아직 얼굴에 남아있는 취기가 영길의 눈에 보였다.

"잔말 말고~ 줄 잡어!"

영길이 조금 남아 있는 돌기둥에 줄을 감아 태수에게 넘긴다.

그리고는 여러 개의 나무 말뚝을 등에 진 뒤 한손에 메를 들어 어턱굴 아래로 뛰어들었다.

막상 어턱굴 밑으로 내려오니 생각보다 유속이 빨라 걷기가 쉽지 않았다.

몇 걸음 앞으로 나아가 말뚝 하나를 뽑아 바닥에 고정시키고는 메를 들어 내리친다.

다행히 말뚝이 조금씩 박혀 들어갔다.

오랜 세월 쓸려온 흙이 쌓여 있어 가능했지만 그리 오래 버틸 것 같지 않았다.

말뚝 하나를 다 박고 밧줄을 말뚝에 감아 놓고 다시 앞으로 나아가 말뚝을 바닥에 고정시킨다.

거센 물살에 저항하며 여섯 개의 말뚝을 고정시킨 영길도 점점 지쳐갔다. 그렇게 20여 분, 반대쪽에 도착한 영길이 바위에 올라가 한숨을 돌린다.

"아저씨~ 괜찮으셔유?"

"아이고~ 자네 여길 넘어온 겨!"

"예~."

얼마나 힘이 들었는지 영길의 몸에서 하얀 연기가 뿜어져 나왔다. 잠시 숨을 돌리며 아랫마을을 봤을 때 집들은 하나도 보이지 않고 온통 흙탕물로 가득 채워진 호수만이 보였다.

"아저씨~ 아랫마을이 어찌된거에유?"

놀란 영길이 상옥아저씨에게 물어봤다.

"새벽에 덕림 저수지가 무너져 버린겨! 우리도 간신히 피했구만~."

"다른 사람들은 유?"

"몰라~ 나도 우리 손녀 깨워서 나온게 전부여~."

영길과 상옥아저씨는 물에 잠긴 아랫마을을 허탈하게 바라보고 있었다.

그런데 곧 어턱굴도 통째로 삼킬 것처럼 터져나간 저수지 둑이 점점 크게 입을 벌리고 있었다.

반대쪽에서 태수가 영길을 부른다.

"형님! 누렁이 허고 동네 사람들 왔어유~ 얼른 넘어 오셔유!"

마을사람들이 태수가 잡고 있던 밧줄을 넘겨 받아 당기고 있었다.

태수는 남은 밧줄에 말뚝을 묶어 영길에게 던진다.

"형님 피해서유!"

줄을 매단 말뚝이 영길 옆으로 떨어지자 줄을 풀어 연실의 허리에 고정시켰다. 반대쪽에서는 연실에게 연결된 밧줄을 누렁이 뿔에감았다.

"연실아! 겁먹지 말고 아저씨 등에 매달려 와야 혀~."

영길이 자식을 대하듯 연실이를 안심시킨다.

"네~ 아저씨!"

그리고는 상옥아저씨에게 잠시만 기다리라며 연실을 업고 아래로내려간다.

"연실이 데려다놓고 바로 올게유!"

"그려~ 부탁허네!"

물이 이젠 영길의 가슴까지 차올라 바닥에 고정시켜 놓은 말뚝이잘 보이지 않았다.

물속으로 손을 넣어 더듬으며 말뚝과 밧줄을 찾아 조금씩 앞으로 나아간다.

반대편에서는 선우와 아내, 마을 사람들이 조마조마하게 영길과 연실을 지켜보고 있었다.

중간에 다다랐을 때 물속에서 말뚝하나가 쑥하고 튀어 올랐다.

비로 물렁해진 바닥이 말뚝을 토해내 버려 영길이 잡고있던 팽팽했던 줄이 순간 느슨해져버렸다.

중심을 잃은 영길이 연실을 말뚝에 올려 놓고 미끄러져 물속으로 사라져버렸다.

"워메 어쩐댜!"

사람들이 놀라 소리쳤다.

밧줄에 매달린 연실이 말뚝을 밟고 위태롭게 서 있을 때, 연실의 다리를 잡고 영길이 물밖으로 빠져나왔다.

"살았다! 살았어~."

사람들이 박수치며 기뻐한다.

"태수야! 연실이 줄 당겨라!"

태수가 선우를 시켜 누렁이를 움직여 줄을 팽팽하게 당긴다. 영길도 연실이를 목마 태워 말뚝에 고정된 줄을 잡아당기며 앞으로 나아간다. 그에 맞추어 바위 위에서는 적절히 연실에게 매달린 줄을 당겨 영길을 도와주고 있었다.

마침내 영길이 연실이와 함께 무사히 바위 언덕 아래에 도착했다.

"태수야~ 연실이 받어!"

"연실아 일루 손 뻗어~."

태수가 얼른 연실이의 양손을 낚아채 바위 위로 들어 올리고 서
야 사람들이 "휴~"하고 안심했다.

이제야 긴장이 풀린 연실이도 참았던 눈물을 흘렸다.

"태수야! 밧줄 줘~"

"형님~ 이번에는 제가 갈게유! 형님 지쳤슈~."

"안돼~ 물이 자네 키보다 높이 차올라서 못 가~."

그때 태수가 영길과 키가 비슷한 정수를 쳐다보며 영길 형님 대신
가라고 눈짓한다.

하지만 좀 전의 위험한 상황을 보고 정수는 못 본 척 엄한 누렁이
엉덩이만 만지작거렸다.

정수가 외면하자 태수가 다시 영길에게 자기가 가겠다고 승질을
부린다.

"형님! 내가 간다니께유~ 형님 지쳐서 안돼유~."

"깊어서 자네 키로는 안 된다고 허잖여~."

태수가 지친 영길이 위험해질까 봐 화를 낸다.

"형님 왜 똥고집을 피워유~ 빨리 올라와유! 내가 갈 테니게!"

태수가 답답한 마음에 생전처음 영길에게 소리쳤다.

영길도 그런 태수의 마음을 알고 있었지만 물밑 바닥 사정을 잘
알지 못하는 태수는 자신보다 더 위험해 도저히 보낼 수가 없었다.

"어이~ 민태수!"

영길이 단호하게 태수를 부른다.

"예!"

"이 형 안 쓸려 나가게 꽉 잡어~ 나중에 막걸리 한잔 살테니께!"

태수는 더 이상 영길을 말리지 못하고 밧줄을 건네줬지만, 쉽게 영길의 손을 놓지 못했다. 그리고 영길의 가슴에 여분의 줄을 묶어 주며 한마디 한다.

"형님! 막걸리는 제가 사유!"

영길이 미소 지으며 술은 형이 사는 거라 말하고는 다시 건너편으로 넘어간다.

혼자라서 그런대로 속도를 붙여 나아갔지만 영길도 내심 걱정이었다.

이번에는 중풍으로 다리를 저는 상옥이 아저씨와 같이 와야 하기 때문에 보통일이 아니었다.

세차게 내리는 비는 영길의 머리카락도 다른 사람들의 머리카락도 차분하게 만들었지만, 지금 상황은 더욱 위험 속으로 끌고 가고 있었다.

멀어져가는 아버지가 무사히 돌아오길 선우와 엄마가 두 손 모아 빌고 있다.

"아저씨 일루 오세유~."

영길이 상옥 아저씨의 가슴에 줄을 묶고 더 이상 조여지지 않게 매듭을 만든다.

"자네 괜찮은가?"

"걱정 마셔유! 어려서부터 봐 오셨잖아유! 저 힘 좋은거!"

영길이 상옥 아저씨를 안심시켰다.

"그렇긴 혀두~."

하지만 상옥 아저씨는 위에서 사납게 밀려오는 물살을 보며 걱정이다.

"자~ 가유!"

영길이 상옥 아저씨를 들쳐 업고 출발한다. 연실이 보다 두 배는 더 무거운 상옥아저씨를 업고 물에 잠긴 바닥을 더듬거리며 앞으로 나아간다.

발을 디딜 때마다 미끄러지지 않으려 더욱 집중하는 모습에 지켜보는 사람들까지 덩달아 긴장했다.

벌써 두 사람의 얼굴만 보일정도로 물이 불어나 있었다.

한 걸음 한 걸음 아슬아슬 중간을 넘어서자 마을사람들이 이제 됐다며 마음을 놓는다.

조금만 더 오면 태수가 영길의 손을 잡을 수 있을 것 같았다.

그때 정수가 소리친다.

"형님 뒤 유!"

영길과 사람들이 일제히 뒤를 돌아보자 태풍에 뽑힌 나무 전봇대가 바로 뒤에서 떠내려 오고 있었다.

"태수야 땡겨!"

영길이 상옥 아저씨와 자신의 몸에 묶여 있는 줄을 당기라며 태수에게 소리쳤다.

"다들 땡겨유!"

태수의 말에 사람들이 일제히 밧줄을 당겼다.

하지만 나무전봇대가 삽시간에 두 사람을 물속으로 메다꽂아버리고 아래로 떠내려갔다.

바위에서는 사람들이 줄을 놓치지 않으려고 안간힘을 쓴다.

뒤에서 구경하던 사람들도 달려들어 일제히 줄을 잡아당기자 곧바로 두 개의 줄이 딸려왔다.

하지만 전봇대와 부딪혀 끊어진 한 개의 줄이 힘없이 스르륵 딸려오는 바람에 사람들이 뒤로 나뒹굴었다.

남은 줄을 당기고 있을 때 물 속에서 사람이 떠올랐다.

"계속 땡겨유!"

끌려 올라오는 사람은 연실이 할아버지였다.

물을 먹어 쿨럭거리는 상옥 아저씨를 끌어 올리고 사람들은 가슴을 쓸어내렸다.

하지만 그것도 잠시 영길이 물속으로 사라져 버려 모두들 다시 넋을 잃고 물속을 바라본다.

태수가 밧줄을 집어 들고 영길이 떠나려 간 하류 쪽으로 달려간다.

"형님~ 영길 형님!"

선우는 꿈을 꾸는 것 같았다.

"엄마~ 지금 뭔 일이에유~ 내가 꿈꾸는 거지유~."

"선우야~."

엄마는 선우를 안고 주저 앉아버렸다.

안타까운 마음에 동네 사람들이 선우 엄마를 안심시키려 한다.

"선미 엄마~ 괜찮을 겨. 지금 사람들이 선미 아빠 찾으러 달려 갔으니께 일단 진정하고 기다려 보자구~."

하지만 하류로 갈수록 물살은 더욱 사나워졌다.

"형님! 영길 형님!"

태수가 영길을 찾아 미친 듯이 달려가며 수면 위로 뭐라도 보이는 것이 없는지 찾고 있다. 곧바로 정수와 후배들이 뒤따라왔다.

"준식아! 너는 친구들 허고 빨리 저쪽으로 가서 영길이 형님 찾아봐. 정수는 나 허고 이쪽으로 가자!"

"예!"

후배들도 영길을 찾기 위해 분주하게 흩어졌다.

태수와 정수가 정신없이 아래로 내달렸다.

"저기다!"

정수가 뭔가를 발견하고 소리 쳤다.

"태수야~ 저기 영길 형님 아녀!"

그곳은 무쇠점으로 가는 나무다리가 물에 잠겨 있던 곳으로 영길이 한쪽 팔만 드러낸 채 몸은 물속의 다리 난간에 걸쳐 있었다.

태수와 정수가 다급히 달려가 나무다리 근처에 도착했지만 어디가 어딘지 분간이 가지 않아 영길을 구하러 갈 수가 없었다.

영길이 당장이라도 떠내려갈 것 같아 태수가 정수에게 줄을 건넨다.

"정수야 ! 내가 영길 형님 데리고 나올 텐게, 이 줄 꼭 잡고 있어야 한다."

"야~ 준식이허구 애들 기달려! 너도 위험햐~"

"영길 형님 언제 떠내려갈지 모르는디 누굴 기다려! 너나 나나 형님 아녔으면 사람 구실 혔것냐! 꼭 잡어~"

태수가 가슴 팍에 줄을 묶고 나무다리가 있었을 법한 곳을 더듬어 찾아본다.

"됐다!"

영길이 걸쳐 있는 위치를 가늠해 물속에 잠긴 다리를 찾았다. 하지만 키가 작은 태수는 까치발을 해야만 겨우 숨을 쉴 수 있었다.

"형님~ 기다려유!"

태수가 간신히 앞으로 나아간다.

밧줄을 잡고 있는 정수는 목이 터져라 후배들을 부른다.

"준식아! 영태야!"

하지만 폭우는 정수의 외침을 집어 삼켰다. 마침내 태수가 다리에 걸쳐있던 영길을 붙잡았다.

"형님!"

영길을 안아 물 밖으로 올려 보려하지만 바닥에 발이 닿지 않아 어림없었다.

"아 씹팔! 나는 왜 이렇게 작은겨~"

태수가 너무 힘을 주다 그만 발이 떠 중심을 잃었다.

"어푸~ 어푸~ 정수야~ 줄 땡겨! 어푸~"

중심을 잃은 태수가 영길을 붙잡은 채로 떠내려가고 있었다.

"태수야! 안 땡겨져!"

정수가 이를 악물고 당겨보지만, 두 사람의 무게에 물살이 밀어대는 힘을 정수 혼자서 도저히 감당할 수 없었다.

"끄악~"

정수 손에서 점점 밧줄이 쓸려나갔고 정수가 좌우로 휘청거리며 앞으로 딸려 나간다.

"태수야~ 못 버티것어! 영길 형님 그냥 놔~"

"헛소리 말어! 어푸~"

"으아악~"

밧줄의 마찰에 정수의 손바닥 가죽이 벗겨지며 피가 배어 나오고 있었다.

이제 단 몇 초도 버틸 수 없는 정수 입장에서는 태수가 빨리 선택을 해야만 했다.

"태수야~~."

"주루룩~ 죽~."

정수의 손에서 밧줄이 살을 파내며 빠져나간다.

"놔 버리라고~~ 태수야!"

정수의 마지막 외침과 함께 밧줄이 손에서 빠져나갔다.

피 묻은 밧줄과 함께 무섭게 살아 숨쉬는 뻘건 흙탕물 속으로 태수와 영길이 사라져 버렸다.

그때서야 후배들이 달려왔다.

"정수형~ 어떻게 된규!"

정수가 서럽게 울며 소리친다.

"시팔~ 다 떠내려 갔어~ 태수도 영길 형님도~."

살아있는 생명체처럼 거칠게 꿈틀대는 물살을 보며 후배들이 망연자실 서 있을 뿐이었다.

수색

정수와 후배들이 무기력하게 멍하니 서 있을 때 위쪽에서 선우와 엄마 그리고 마을 사람들이 내려왔다.

"어떻게 됐어유? 선미 아빠는유?"

선우 엄마가 허겁지겁 달려와 물어본다.

"죄송혀유~ 형수님. 다 저 아래로 떠내려 갔슈~."

정수가 고개를 들지 못한 채 대답했다.

"그런데 왜 이러구 있어유! 빨리 찾아봐야지!"

선우엄마가 멍하니 앉아있지 말고 정신 차리라며 정수를 나무랐다.

"맞어! 지금 땅바닥에 궁뎅이 붙이고 있을 때가 아녀~."

사람들도 더 늦기 전에 찾아보자며 아래로 향했다.

선우 엄마와 사람들이 영길과 태수를 부르며 아래쪽으로 사라졌고, 정수와 선우, 연실이와 할아버지만 남았다.

선우가 정수와 연실을 번갈아 가며 쳐다본다. 하지만 두 사람은 선우와 눈을 맞추지 못하고 시선이 땅으로 떨어졌다.

안절부절 못하던 선우가 '아버지!'를 부르며 아래로 뛰어가려 하자 정수가 선우의 팔을 잡았다.

"위험햐~."

"놔유! 아버지 찾아야쥬~."

"니가 가면 방해여~."

정수가 선우까지 위험해질까 봐 팔을 꼭 잡고 놓아 주지 않는다.

"놓라구유!"

선우가 '확' 팔을 잡아 빼고는 아버지를 찾아 나선다.

연실이도 말리고 싶었지만 아무 말도 할 수 없었다. 그저 할아버지의 손을 꼭 잡고 아저씨들이 무사하기만 바랄 뿐이다.

눈앞에서 두 번이나 선배와 친구가 물속으로 빨려 들어가는 것을 본 정수도 제정신이 아니었다.

아래에선 영길과 태수를 찾는 목소리가 비를 뚫고 사방으로 퍼져 나갔다.

얼마 후 소식을 듣고 마을 사람 대부분이 나와 두 사람을 찾기 시작했다.

집에서 물고기 그물망을 가져온 사람은 흙탕물에 그물을 던져댔다.

한쪽에서는 길고 굵은 대나무 수십 개를 배어 촘촘히 엮은 다음 더 아래쪽으로 내려가 물속에 박아 넣었다.

하지만 물살 때문에 십여 명이 잡고 있어야 겨우 버티고 서 있을 수 있었다.

모두 한마음이 되어 정신없이 찾아보지만 아쉽게도 아무런 흔적도 보이질 않았다.

한 시간이 지나자 사람들의 움직임이 둔해졌고, 여기저기에서 목이 쉰 소리가 들렸다.

지쳐가는 사람들이 슬슬 두 사람의 죽음에 대해 생각하기 시작한다.

하지만 가족을 보면 쉽게 멈출 수 없어 찾아봤던 곳을 다시 살펴본다.

잠시 한숨 돌리려는 아저씨들이 우산 속으로 피해 붙지 않는 담뱃불을 붙여가며 초조한 뿌연 연기만 내뿜고 있다.

그때 선우가 소리치며 사람들에게 뛰어온다.

"저 아래유! 저기 있어유~~."

모두 단번에 알아듣고 선우를 쫓아 뛰기 시작한다.

우산 속 사람들도 피우던 담배를 집어 던지고 내달린다.

"선우야~ 어디까지 가는겨!"

준식 아저씨가 물어본다.

"더 밑에유~."

"그려!"

준식은 나뭇가지에 신발이 벗겨진 줄도 모르고 선우를 따라 달렸다.

빗속에 가을 운동회라도 벌어진 것처럼 모두들 정신없이 뛰어 내려간다.

"저기유!"

선우가 죽은 지 얼마 안 된 고사목을 가리켰다.

물속에 3분의 2가 잠겨 있는 고사목가지에 뭔가 매달려 있었다.

"태수형이다!"

준식이 금방이라도 부러질 것 같은 죽은 나뭇가지에 위태롭게 걸쳐 있는 태수를 발견했다.

하나둘씩 사람들이 도착해 어떡해야 하냐고 발만 동동 구르고 있을 때 준식이 밧줄을 몸에 묶고 사람들에게 넘긴다.

"내가 갈 테니께 이 줄 잡아유~."

사람들이 말릴 사이도 없이 물에 뛰어들었다.

빠른 속도로 떠내려가던 준식이 방향을 잘못 잡아 고사목을 지나쳐버렸다.

준식이 사람들에게 줄을 당기라며 손짓한다.

젊은 장정 10여 명이 일제히 밧줄을 당기자 준식이 물을 거슬러 올라 고사목을 잡았다.

그리고 축 늘어져 있는 태수에게 다가가 상태를 살핀다.

운 좋게 태수 몸에 묶였던 밧줄이 바닥 어딘가에 걸리며 고사목 가지에 매달려 있었다.

"줄 던져유!"

준식이 물밖에 있는 사람들에게 여분의 밧줄을 던지라고 소리치자, 정수가 마른 나무토막에 밧줄을 묶어 준식에게 던졌다.

하지만 근처에 떨어진 나무토막이 거센 물살에 다른 곳으로 흘러가 버려 다시 꺼내 준식에게 던진다.

이번엔 떠내려 오는 나무토막을 준식이 제대로 잡았다.

나무에 묶인 밧줄을 풀어 태수의 몸에 단단히 고정시키고 태수의 몸에 묶여 있는 다른 밧줄을 풀어보려고 안간힘을 쓴다. 하지만 매듭이 너무 강하게 조여 있어 쉽게 풀어지지 않았다.

"이럴 줄 알았으면 낫이라도 가지고 오는건디!"

준식이 혼자말을 하며 계속 매듭을 푼다.

"찌직~."

태수가 걸쳐있던 나뭇가지가 부려져 나가기 시작했다.

"안 되겠다. 시간이 없어~."

그리고는 사람들에게 자신을 줄을 먼저 당기라고 소리친다.

"일단 나부터 땡겨유!"

힘센 장정들이 줄을 당기자 준식이 순식간에 물을 거슬러 밖으로 나왔다.

물 밖으로 나온 준식에게 주변에서 한마디씩 한다.

"장혀~ 수고했네~."

"그것보다 빨리 태수형 땡겨유~ 근디 몸에 묶인 다른 밧줄 풀라고 혀듀 안돼데유!"

"괜찮을 거~ 여기 장정이 저렇게 많은디 어떻게든 돼겠지!"

이장이 준식을 안심시키자 준식도 뒤로 가 밧줄을 잡았다.

"자~ 밧줄 하나가 바닥에 걸려 있댜~ 그렇게 조심해서 땡기자고~."

이장의 말과 함께 모두 한 몸이 돼 박자를 맞추며 줄을 당긴다.

고사목의 나뭇가지도 '뚝' 하고 부러지며 태수와 함께 딸려오는 바

람에 태수가 가라앉지 않고 물위에 떠서 끌려오고 있었다. 당기던
사람들은 확실히 준식을 끌어당길 때보다 긴장했다.

왜냐하면 물속에 걸려있는 것이 생각보다 큰 바위라면 태수를 당
기는 줄이 언제 끊어질 지 모르기 때문에 모두 신중하게 힘을 써야
만 했다.

선우도 준식아저씨 뒤에 붙어 힘이 될까하고 줄을 당겨본다.

"하나 둘! 하나 둘! 하나 둘!"

태수와 큰 나뭇가지 그리고 물속의 바위까지 순조롭게 끌려오고
있었다.

"거의 다 됐어~ 하나 둘! 하나 둘!"

이장이 힘을 내라며 열심히 구령을 붙였다.

잠시 후 태수와 나뭇가지가 물 밖으로 나왔다. 준식이 뛰어가 태
수의 가슴에 귀를 가져다 대자 모두 숨죽이며 기다린다.

"뛰어유~ 살아있슈~."

"와~ 다행여! 하늘이 도왔구만!"

마을 사람들 모두 기뻐했지만, 선우와 선우 엄마는 그렇지 못했다.

잠시 흥분했던 사람들이 선우를 보고 기쁨을 감춘다.

"저기 누구 낫 없슈~."

준식이 태수 몸에 묶여 있는 밧줄을 끊어 주려 낫을 찾았다. 하지
만 다른 농기구는 다 있었는데 낫은 보이지 않았다.

"그냥 물속에 있는 거 댕겨서 풀어유. 그래야 빨리 태수형 옮기쥬~."

준식의 말에 사람들은 그게 낫겠다며 밧줄을 당겨 물속에 잠겨있
는 바위를 끌어당긴다.

생각보다 바위가 작았는지 젊은 청년들 손에 쑥쑥 딸려왔다.

"여보!"

선우 엄마가 놀라 쓰러졌다.

"쑤욱~."

하고 물속에서 올라온 것은 영길이었다.

영길의 모습을 본 사람들이 안타까운 마음에 탄식한다.

"어찌 된겨!"

"이게 먼 일이랴!"

준식과 후배들이 영길을 물 밖으로 들어냈을 때 영길의 양손에는
밧줄이 단단히 감겨 있었다.

"아버지~."

선우가 달려가 어비지를 흔들어 깨워본다.

남편의 기가 막힌 모습에 선우 엄마는 혼절해 버렸다.

"아버지~ 일어나유~."

선우는 아버지가 꽉 잡고 놓지 않는 밧줄을 풀어보려 애를 쓴다.

"이제 이거 놓고 빨리 일어나유!"

하지만 아버지는 아무말이 없다.

"그만 이것 놓고 눈 떠유~ 왜 눈감고 있어유~."

선우가 울부짖어도 영길은 아들을 알아보지 못한 체 계속 줄만 잡고 있다.

선우가 펄쩍펄쩍 뛰며 정성껏 안마 하던 손으로 아버지를 흔들어 깨워보지만, 굳어버린 영길의 몸만 힘들게 할 뿐이었다.

지금은 아무도 어린 소년의 슬픔에 간섭할 수 없었다.

아들의 손을 잡아줄 수 없는 영길의 마음이었는지 비바람은 더욱 세차게 불어왔다.

우산의 쓰고 있던 사람들 역시도 소년에게 미안했는지 아니면 눈물을 감추려는지 멀리 우산을 던져 버렸다.

준식도 더 이상 보지 못하고 뒤로 돌아 서버렸다.

여기저기 눈시울을 붉히는 사람들의 흐느낌은 더욱 세차게 내린 빗소리 덕분에 묻혀갔다.

눈물을 흘리지 않는 사람은 조용히 잠들어 있는 영길뿐이었다.

지나간 자리

악몽 같은 이틀이 지났다.

태풍은 떠나갔고 하늘은 원망스럽게도 너무나 맑았다.

쑥대밭이 된 논과 밭, 물에 잠겼던 집들은 토사로 범벅이었다. 물은 빠르게 빠져나갔고 농작물 대부분은 쓰러져 가지런히 누워 있었다.

한쪽에선 면사무소 직원들이 군인들의 지원을 받아 끊어진 주요 도로와 반쯤은 떨어져 나간 저수지를 막고 있었다.

텔레비전에서는 이번 비로 백억 이상의 재산 피해와 2,000여 명의 이재민, 7명의 사망자가 나왔다고 떠들어댔다.

넓은 학교 운동장은 물자수송을 위한 헬기 이착륙장으로 변해, 당장 필요한 생필품과 굶고 있는 동물들에게 줄 사료를 공수해 왔다.

철없는 아이들은 헬기를 구경하느라 시간 가는 줄도 모르고 있었지만, 어른들은 군인들을 도와 복구 작업을 하느라 정신이 없었다.

그와 다르게 아랫마을 몇몇 집과 선우네 집은 조용히 상을 치르고 있었다.

평소 같으면 북적거렸겠지만, 태풍이 만들어 놓은 바보짓을 처리하느라 낮에는 거의 사람들이 없었다.

조용한 분위기는 모두에게 시간을 더디 가게 했다.

선우네 집은 며칠째 엄마와 몸에 맞지 않는 헐렁한 상복을 입은 선미, 선우가 아버지를 부르며 슬퍼하고 있다.

부녀회 아주머니들이 선우 엄마에게 식사하라며 음식을 가져다주지만 기력이 없어 넘기지 못했다.

선우 할머니는 가슴이 미어지는지 온종일 긴 한숨만 쉬어대며 복장이 터지겠다는 말뿐이었다.

연실이와 할아버지도 영길의 죽음에 충격을 받아 아무것도 먹지 못한 채 마당 한편에 서 있었다.

눈치 없는 매미만 집 뒤 도토리나무에 달라붙어 쉬지 않고 울어댔다.

어느덧 저녁때가 되어 태풍 피해 복구를 나갔던 사람들이 일을 마치고 하나둘씩 상갓집에 모여들었다.

서너 명씩 짝을 이루어 환하게 웃고 있는 영길의 영정에 절을 하고 상주와 인사를 나눈다.

상주와 인사를 마친 문상객들이 마당에 준비된 식사를 하며 영길의 안타까운 죽음에 대해 말들이 많다.

"참 아까운 사람이 갔어~"

"그러게 말여~ 영길이 세 목숨 구한 겨~"

"맞어. 대신 간 거지~"

조금씩 취가 오른 사람들의 입에서 쓸데없는 말들이 쏟아졌다.

그런 말이 들릴 때마다 한쪽 자리를 지키고 있던 연실과 할아버지의 마음속에 무거운 진흙이 쌓여가는 것만 같았다.

"근디 영길 형님이 죽으면서까지 밧줄을 잡고 있었다는 디 그게 사실여? 그 덕에 태수가 살았다고 하더만~."

사고 현장에 없었던 다른 마을 사람들이 뭐라도 듣고 싶어 물어 봤다.

"그렸지~ 얼마나 꼭 잡고 있었던지 몇이 붙어서 풀어 볼라고 혀두 안됐댜~."

"살어서도 힘이 장사더니 죽어서도 그렸구만~."

"장사면 머혀~ 저기 누워 있는디~ 쓸데없는 겨~."

옆 마을에서 온 경주가 다 부질없다며 한마디 했다.

"말이 좀 싸가지 없다 너~."

몸을 추스른 태수가 대문으로 들어오며 중학교 동창 경주에게 경고했다.

"태수 왔냐~ 그게 아니구. 나도 영길 형님 저리 된 거 서운 혀서 그러지."

"너 경우 있게 마시다가라~ 형님 시끄러운 거 싫어하니께."

"그려~"

경주가 태수의 말에 알았다며 연신 고개를 끄덕였다.

"초상집은 좀 시끄러워야 하는겨~ 영길 형님이 마지막 대접한다는 디 시끌벅적하게 먹고 가야 형님도 기뻐하지!"

만수가 태수의 말에 뭣도 모른다는 듯 끼어들었다.

"만수야~ 니 말도 맞는디~ 호상도 아니고 좀 자제혀라~."

태수가 친구 만수에게 조금 조용하라고 한다.

"만수 형 말이 맞는겨~ 태수 형 맘은 알것는디~ 형이 분위기 망치는 거 아녀~."

만수의 콤비 철수가 취해 만수를 두둔하자 태수가 철수를 한번 째려보고는 한숨을 쉰다.

그리고는 영길의 영정 앞으로가 절을 올리는 중에 목이 메여 혼잣말을 한다.

'형님 그냥 같이 가지 그랬슈~.'

하지만 사진 속 영길을 언제나처럼 환하게 웃으며 태수를 맞아주고 있었다.

잠시 후 절을 마친 태수가 상주석에 서 있는 선우와 선우 작은 아버지에게 절을 하고 선우 손을 꼭 잡는다.

"선우야~ 미안허다~ 아저씨가 많이 미안혀~."

태수는 더 이상 말을 잇지 못한 채 그저 선우의 손만 잡고 쉽게 놓지 못했다.

어느 정도 문상이 끝나자 작은아버지가 선우에게 가서 조금 쉬라며 엄마에게 보낸다.

엄마 옆에 앉은 선우는 겨우 멈췄던 눈물이 다시 쏟아질 것 같아 엄마를 처다보지 않았다.

그런 아들이 안쓰러운 엄마는 말없이 선우의 머리만 쓰다듬는다.

선우가 잠시 생각에 잠긴다.

오전에 학교 친구들과 선생님이 다녀갔었는데 정신이 없어서 누가 왔었는지 기억이 나질 않았다. 다만 몇몇 얼굴은 그렇게 슬퍼하지 않는 것 같았다.

그때 구석에 할아버지와 앉아있는 연실이 눈에 들어왔다. 밥은 먹었냐고 물어보고 싶었지만, 누워 있는 아버지가 누군가 때문에 식사를 못하신다고 생각하니 그럴 수 없었다. 연실이도 몇 번 선우를 쳐다봤지만 선우는 모른 척 일부러 고개를 돌려버렸다.

"내가 머! 왜 지랄여~."

만취한 만수가 태수의 멱살을 잡고 소리쳤다.

"그런 소리 헐 꺼면 가!"

태수가 멱살을 잡은 만수의 손을 떼어내며 말했다.

"내가 틀린 말 혔냐! 뭔가 업보가 있으니께 이렇게 됐다고 헌게 틀린 말은 아니자녀~."

"그만 혀라! 아가리 부서지고 싶지 않으문~."

"씨팔 뭔디 명령여~ 내가 아직도 니 가방모찐[2] 줄 알어!"

점점 언성이 높아지자 사람들이 만수와 태수를 말린다.

하지만 만수는 계속 입을 놀려 댔다.

"책 좀 읽어 임마~ 불교 책 봐 봐. 다 원인과 결과가 있는거~."

---

2 책가방을 들고 다니는 부하를 속되게 이르는 말

듣다 못한 태수가 큰 손으로 만수의 콧잔등을 내리쳤다.

"픽~."

만수가 잠시 조용해지는가 싶더니 양쪽 구멍에서 코피가 줄줄 흘러내렸다.

"이~ 코피! 이 새끼 학교 다닐 때도 이유 없이 패더니~ 더 때려봐~ 때려보라구!"

만수가 태수에게 달려들자 싸움이 커지는 것을 막으려 사람들이 만수를 붙잡았다.

"오늘 나 말리지 말어! 저놈 끝장 낼겨! 씨팔~ 병풍 뒤에서 같이 향내 맡을 뻔 한 놈이 어서 주먹질여!"

말리던 사람들도 장소에 맞지 않는 쓸데없는 소리를 계속해대는 만수의 말이 거슬렀었는지 더 이상 말리지 않고 슬슬 자리를 떠난다.

"나는 그만 가야것구만~."

"나두 가야 것어~ 아들 군대서 휴가 온다고 혀서."

사람들이 빠지고 태수와 둘만 남은 만수가 태수를 말려줄 사람들이 없어진걸 알고는 당황했다.

"꼭 이 자리서 그런 말 혀야 되냐~ 가족들 다 듣는디서!"

화가 풀리지 안은 태수가 만수를 잡아끌고 대문 밖으로 나간다.

"시팔~ 또 때릴라고! 지서에 신고할 겨~."

"그려~ 신고라도 혀라~ 그려야 좀 살 것 같으니께~."

호리호리한 만수가 다부진 태수에게 질질 끌려 대문 밖으로 나갔다.

그 뒤를 철수가 쫓아가며 한마디 한다.

"태수형~ 만수형 신고한다면 진짜 한당게~ 그러다가 큰일 나~ 큰 집 간당게~."

잠시 후 만수의 발악하는 소리가 담을 넘어 들어왔다.

"너 때기만 혀봐! 바로 콩밥 먹일 테니께~ 법 무서운 거 몰러~."

하지만 눈에 시뻘건 안광을 뿜은 태수가 바늘하나 들어가지 않을 만큼 꽉 주먹을 쥐었다.

"그려~ 나랑 죽자!"

좀 전까지 깡을 부리던 만수가 이성을 잃어가는 태수를 보고 잔 뜩 겁을 먹었다.

"태수야~ 내가 잘못했어~ 그 손으로 맞으면 나 죽어~."

"경찰 불러 이 새끼야~."

"아녀! 경찰 안 불러~ 친구끼리 왜 이려~."

헛소리 그만하라며 태수가 주먹을 들어 올리자 맞지도 않은 만수 가 사람 살리라며 상가 집을 시끄럽게 한다.

옆에 있던 철수는 겁이나 태수의 몸에 손도 못대고 소리만 지른다.

"여봐유~ 만수형 죽어유~ 사람 살려유~."

사람들은 평소에도 입이 싼 만수의 못된 버릇을 이참에 고쳤으면 하고 아무도 대꾸하지 않았다.

그때 안에서 듣고 있던 선우와 엄마가 태수 아저씨를 말리려 밖으로 나왔다.

"수미 아빠~ 참아유~."

"형수님~."

흥분했던 태수가 선우 엄마와 눈을 질끈 감고 있는 만수를 번갈아 가며 본다.

그리고 만수를 바닥에 내팽겨 치고는 선우 엄마에게 말한다.

"죄송혀유 형수님~ 저만 살아 있어서~."

"아녀유~ 들어가셔유~."

태수는 슬픈 사람들의 부탁을 거절하지 못하고 만수와 철수를 내팽겨 치고 집안으로 들어갔다.

그때 연실과 할아버지가 집에 돌아가려 밖으로 나오다가 선우와 마주쳤다.

연실이 용기를 내어 선우의 손을 잡았지만 선우가 '획~' 손을 빼버렸다.

차갑게 대하는 선우의 반응에 연실이 그 자리에 멈춰버렸다.

'선우는 내가 미운거야~ 우리 때문에 아빠가 돌아가셨으니까. 그래도 미워하지 마~.'

굳어버린 연실을 할아버지가 토닥이며 집으로 향한다.

연실은 선우의 마음이 점점 멀어져 버릴 것만 같아 가슴이 답답해졌다.

친구의 아픈 마음을 위로해 줄 수 없는 연실은 무겁게 '털썩털썩~' 땅을 밟는다.

고개를 돌려 선우를 보면 혹시 봐줄까 쳐다보려다가 오늘은 더 이상 마음이 상하고 싶지 않아 꾹 참았다.

48일이 지나고

태풍 피해의 복구도 점점 마무리되어갔다.

끊어진 도로와 다리의 복구공사는 거의 마무리되었고 하천의 준설 작업도 며칠이면 끝이 난다.

선우 집의 불행한 일은 불과 40여 일 만에 마을에서 흔적도 없이 묻혀가고 있었다. 가끔 태수 아저씨가 와서 도와줄 건 없는지 묻곤 하는 것이 전부였다.

오늘도 선우가 학교에서 돌아와 자기도 모르게 아버지를 불렀다.

"아버지 학교 다녀 왔어유~"

그리고는 안방 문을 열어본다. 아직도 안방에 앉아 아버지가 항상 하시던 말이 들려오는 것만 같았다.

'학교 잘 댕겨 왔지~ 별일 없으면 누렁이 풀 좀 뜯기고 와~.'

누렁이는 외양간에 있는데 아버지는 저 너머 선산에 계셨다.

가방을 내려놓고 늘 하던 대로 말 잘 듣는 누렁이를 끌고 싱싱한 풀이 널린 들판으로 나간다.

가는 도중에 엄마가 감자밭 김을 매시는 것이 보였다.

슬픔을 잊으려 엄마는 요즘 하루 종일 밭에 사셨고 때론 공짜로 남의 집 일도 하셨다.

"엄마! 누렁이허고 냇가 갔다와유~."

"그려~ 물 조심하고~."

"예~."

늘 그렇듯 누렁이가 앞장서고 선우가 뒤를 따른다.

가는 동안 동네 아저씨들에게 인사하느라 연신 고개를 꾸벅거린다.

예의 바르게 어른들에게 인사하는 사이 어느덧 냇가에 도착했다. 냇가 여기저기에는 아직도 태풍의 흔적이 남아있었다.

긴 줄을 정리해 누렁이 목에 걸어 편하게 풀을 먹도록 하고는 뜨거운 태양을 피해 소나무 아래에 자리를 잡았다.

들고 나온 숙제꺼리를 꺼내 펼쳐보지만, 오늘도 이유 없이 눈물이 흘렀다.

"안 보이잖여~."

두 손으로 눈물을 닦고 있을 때 뒤에서 누군가 선우를 불렀다.

"선우야~."

"어~ 숙희야~ 집에 안 간겨?"

눈물을 들키지 않으려 앉은 채로 대답했다.

"이~ 너 기다렸지!"

"왜?"

숙희는 요즘 자기 맘대로 선우를 집에까지 바래다준다. 선우가 괜
찮다고 해도 방학할 때까지만 그러겠다고 해 말릴 수 없었다. 그런
숙희가 집에 가지 않고 누렁이와 선우를 기다리고 있었다. 앉으라는
말도 없는데 숙희는 자연스럽게 선우 옆에 앉는다.

"이게 먹어. 삼촌이 사우디 갔다 오면서 사온 아라비아 과자여~."

"됐어~ 입맛 없어."

선우가 눈물을 정리하려 고개를 돌렸다.

"또 운겨~이제 그만혀~ 니가 계속 그러면 하늘에 계신 아저씨도
맘이 안 좋을 겨~."

그사이 달콤한 냄새를 맡은 파리들이 몰려와 과자를 빨아먹고 있
었다.

숙희가 '휙휙' 파리를 쫓으며 선우에게 과자를 내민다.

"팔이 힘들다는디~."

숙희의 협박에 과자를 받아들고만 있다.

선우가 기운이 날까 하고 가져온 사막의 신기한 과자는 별 효과가
없어 보였다.

"인제 집에 가~ 좀 있으면 어두워져~."

"괜찮여~ 아직 해질라면 두 시간은 있어야댜~."

숙희 때문에 맘대로 울지도 못하는 선우는 숙희가 그만 돌아가 줬으면 했지만, 그런 맘도 모르고 숙희는 선우를 위로하려고 열심히 노력 중이다.

그때 숙희가 가방에서 뭔가를 주섬주섬 꺼내 쓰고는 선우를 불렀다.

"임 선우! 나 봐 봐~."

숙희가 레이벤 선글라스를 쓰고 장난감 권총을 꺼내 폼을 잡았다.

"어뗘? 스파이 같어!"

"아니~ 도둑 놈 같어~."

"하하하~ 그래도 다행이네 간첩이라고 할 줄 알았는디!"

선우가 피식 웃으면 한마디 한다.

"간첩 같기도 허다~."

친구의 미소를 보고 신이 난 숙희가 벌떡 일어나 간첩 흉내를 낸다.

선우가 창피하니 그만하라고 숙희를 말리지만, 오랜만에 보는 선우의 웃는 모습에 들 떠 연필을 꺼내 담배 피우는 시늉까지 한다.

"그만 혀~ 애들이 담배 피면 안 돼!"

"그건 그려~."

연필을 입에서 뗀 숙희가 선글라스를 벗어 선우에게 씌웠다.

"왜 이려~."

"가만 있어봐~ 인제 울 때 이것 쓰고 울어. 그럼 안 챙피할 겨~ 아무엇도 안 보이니께."

선글라스를 벗으려던 선우가 그대로 내버려둔다. 바보같이 숙희
가 또 선우를 울렸다.

하지만 옆에서 선우의 눈물을 봐야하는 숙희의 마음 또한 울고
있었다. 그때 누렁이가 사라진 것을 눈치 챈 숙희가 선우를 부른다.

"선우야~ 누렁이가 없는디!"

"얼라! 진짜로 없네."

자리에서 일어난 선우와 숙희가 누렁이를 찾아 냇가로 뛰어간다.

"저기 있다! 저기~"

"어디?"

선우가 안 보인다고 하자 숙희가 어두운 선글라스를 벗으라고 한다.

"그거 벗어야지~"

선우가 선글라스를 벗어 손에 든다.

"이제 보여?"

"이~ 보여."

누렁이는 아래쪽에서 한가롭게 자기 할 일을 하고 있었다.

선글라스를 벗은 선우는 아버지 일도 이처럼 벗으면 사라지는 어
둠 같았으면 했다. 하지만 안경 하나로 해결될 수 없는 일이었다.

저 멀리에서는 연실이 겁이 나 다가가지 못하고 둘을 지켜보는 있

었다.

"선우는 숙희 옆에서는 웃는구나~."

이런저런 마음이 연실에게 일어났다. 미안한 마음과 자신의 자리에서 선우를 위로하는 숙희 때문에 화도 났다.

"나는 아직 미안하다는 말도 못했는데. 숙희 니가 거기 있으면 어떡해."

48일 전

선우가 삼일 상을 치르고 학교에 등교하기 전날 반에서는 세로로 한 줄씩 자리 이동이 있었다.

2학기가 되어야 바꾸곤 했는데 선생님의 배려였는지 조금 일찍 짝꿍을 바꿨다.

연실은 민재와 짝이 되었고 선우의 옆자리는 숙자가 앉게 되었다.

다음날 선우가 학교에 등교했을 때 아이들은 특별히 위로해줄 방법을 몰라 평소처럼 선우를 대했다. 선우도 그게 편해 억지로 대꾸하곤 했다.

짝꿍이 바뀐 연실은 언제 선우에게 미안한 마음을 전해야 할까 하고 조심스레 지켜봤지만, 일부러 시선을 피하는 선우에게 가까이

다가갈 수 없었다.

그리고 숙희가 쉬는 시간마다 지난 수업에 빠진 선우를 위해 공부를 가르쳐 주느라 더 틈이 보이질 않았다.

선우는 숙희의 말이 아무것도 귀에 들어오지 않았지만, 거짓으로 알아듣는 척했다. 그래야만 빨리 이 동급생 선생님의 귀찮은 가르침이 끝날 것 같았다.

게다가 애도의 시간을 갖기에 너무 짧은 3일을 끝내고 바로 수업을 듣는 것은 잠든 사람에게 사진을 보여주는 것처럼 아무것도 기억나지 않았다.

언제 아버지의 그리움이 끝날지 모르겠지만 마음 같아서는 당분간 학교에 나오고 싶지 않았다.

그런 마음을 알지 못하는 숙희는 점심시간만 되면 얼른 선우 옆으로 와 같이 점심 먹을 준비를 했다. 그럴 때마다 친구들이 숙희를 놀려댔다.

"최숙희! 너 선우 좋아하냐?"

"그게 아니라 선우가 지금 힘들자녀~"

"에이~ 그게 아닌 것 같은디~ 얼레리 꼴레리 여~."

"맘대로 생각혀~ 난 신경 안 쓰께!"

"오~ 선우랑 숙희랑 얼레리 꼴레리~."

영일이 좋은 건수를 잡았다며 숙희를 약 올렸다.

"그만혀~."

선우가 듣기 싫다며 영일을 말렸다.

"어~ 미안혀~."

우울한 선우의 얼굴을 보고 영일이 머쓱해 멈췄다. 하지만 그것도 잠시뿐, 뒤로 가 친구들과 숙희에 대해 수군거린다.

친구들이 그러거나 말거나 숙희는 선우의 수호신처럼 매일 옆에 붙어 귀찮게 했다. 게다가 집과는 정반대인 선우의 하굣길을 바라다 준다며 매일 따라왔다.

그 길 위에는 숙자와 연실도 함께였다. 당연히 숙자는 숙희와 선우 옆에서 걸었고 연실은 눈치를 보며 저만치 뒤에서 따라왔다.

숙희와 숙자의 염탐 장소였던 이 길이 이제 선우와 연실에게는 어색한 망초꽃길이 되었다.

숙희가 무리에 끼워줄까도 했지만, 소문에 선우 아버지 죽음이 연실이네가 원인이라고 들어 당분간은 이렇게 셋이 가기로 했다.

그때 숙자가 연실을 불렀다.

"연실아~ 같이 가자!"

숙희와 선우가 동시에 놀란다.

숙희는 창피를 무릅쓰고 이제 겨우 선우와 친해졌는데, 갑자기 연실이 끼어든다면 지금까지 노력이 물거품이 될 것 같아 걱정됐다.

선우 역시 그날이후 연실과 점점 거리를 두고 있었는데 갑자기 옆에 선다면 불편해 발걸음이 떨어질 것 같지 않았다.

"숙자, 니 머라는 거여~ 선우 불편해 하잖어~."

숙희가 숙자를 째려봤다.

숙희 말을 들은 연실이 다가오려다가 움찔하며 그 자리에 멈춰 섰다. 선우도 아무 말이 없어 그것으로 숙희 말에 동의 한 게 돼 버렸다.

잠시 분란을 일으킨 숙자는 조용히 두 친구의 뒤를 따랐고 연실은 아이들이 사라질 때까지 그 자리에 멈춰서 있었다.

그런 식으로 하루 이틀이 지나고나니 자연스럽게 연실은 혼자 집에 가게 되었다.

그렇게 48일이 지난 오늘 연실은 선우에게 꼭 할 말이 있었다.

그동안 숙희가 선우를 바라다 주고나면 몰래 냇가에서 선우가 누렁이와 있는 모습을 보곤 했는데 오늘은 숙희가 늦게까지 함께 있었다.

준비한 편지를 전해 주려했지만 아무래도 숙희가 갈 때까지 기다려야 할 것 같았다.

'어쩌지 오늘 선우에게 꼭 전해줘야 하는데.'

연실이 편지를 손에 들고 숙희가 빨리 집에 돌아가기를 바랐지만 숙희는 그럴 마음이 없는 것 같았다.

선우에게 전해주려는 편지에는 연실의 진심 어린 사과와 새 주소가 적혀 있었다.

연실은 한참을 기다리다 숙희와 함께 있는 선우에게 다가갈 용기가 나지 않아 발길을 돌렸다.

그때서야 숙희가 안심한다.

사실 숙희는 연실이 뒤에서 자기들을 지켜보고 있는 걸 진즉에 눈치 채고 평소보다 더 크게 웃고 떠들었다.

숙희는 나름대로 이런 행동들이 선우를 위하는 것이라고 생각했다.

연실이와 가까워지면 선우는 그날의 악몽과 한걸음 더 가까워 질 거라 생각해 연실을 경계했다.

어느덧 해가 집으로 돌아가려 하자 숙희도 누렁이와 선우에게 인사를 하고 집으로 돌아간다.

오늘도 뭔가 뿌듯한 일을 한 것 같아 기쁜 표정으로 집에 가는 길에 연실을 만났다.

어색한 둘은 서로 인사를 할까 말까 망설인다.

"안녕~."

연실이 먼저 작은 목소리로 숙희에게 인사를 했다.

"이~ 안녕~."

숙희도 어색하게 대답을 했다.

짧은 인사를 뒤로하고 숙희가 연실을 지나쳐 걸어간다.

"숙희야~ 선우는 좀 어때?"

숙희가 고개만 돌려 대답한다.

"많이 힘들어 혀. 아버지가 그렇게 됐는디 얼마나 힘들었어~"

"그렇구나~그럼 이것 좀 대신 전해줄 수 있어?"

"그게 뭔디?"

숙희의 몸이 연실을 향한다.

"편지야~ 전해줄 수 있어?"

"내가 보면 어쩔라구~"

"그러지 않을 거야. 넌 좋은 반장이잖아~"

"그거하구는 별 상관이 없는디~"

연실이 숙희를 좋게 말해보지만, 숙희는 그런 말을 받아들이고 싶지 않았다.

"전해 주지 않겠다는 거야?"

"니가 낼 직접 전해줘~ 지금 선우 맘도 잘 모르는디 안 받으면 나만 곤란하니께."

숙희는 중간에서 편지 배달부가 되고 싶지 않았다.

"안 받아도 괜찮아. 그냥 전해줘."

"아무래도 안 될 것 같아. 낼 보자."

연실이 잡을 사이도 없이 숙희가 가버렸다.

그리고 반대쪽에서는 누렁이가 선우를 데리고 집으로 돌아가고 있었다.

메아리만

다음날 1교시 시작을 알리는 종이 울리고, 담임 선생님이 씁쓸한 표정으로 들어오셨다.

"자~ 다들 조용히 햐. 오늘 참 안타까운 소식이 있다. 짧은 시간 동안 우리 반 친구였던 연실이가 오늘 다시 서울로 전학을 가게 됐다. 집안 사정으로 어쩔 수 없이 가는 거니께 선생님도 참 마음이 그렇다. 박연실~ 앞으로 나와서 친구들 한티 인사하고 교무실로 가. 아버지 기다리신다."

연실이 교탁으로 나와 인사를 한다.

"그동안 고마웠어."

연실이 짧은 인사를 마치고 가방을 챙겨 교실 밖으로 나갔다.

아이들이 갑작스런 연실의 전학에 어리둥절해 할 때, 영일이 어디서 주워들었는지 한마디 한다.

"연실이 아버지하고 엄마가 이혼혔댜. 그리고 연실이 아버지가 수원에서 벽돌공장을 크게 시작 혔는디 돈을 엄청나게 번댜!"

선생님이 영일을 말린다.

"얌마! 쓸데없는 소리 그만허고 책 펴~ 너는 참 아쉬운 게 많은 놈여~."

"머가 아쉬운디요?"

"다 아쉬워~."

아이들이 키득거린다.

"그리고 선우는 1교시 끝나고 올 거~ 오늘 아버지 49제 탈상이라 좀 늦는댜. 나는 교무실 금방 댕겨올테니께 반장 오늘 배울디 일어나서 읽어라."

선생님이 교실을 떠나고 아이들은 웅성거린다.

숙희는 친구들을 조용히 시키고 교과서를 읽어 내려갔다.

교무실에서는 교장 선생님과 연실, 연실이 아버지가 앉아 마지막 인사를 나누고 있었고 그 옆에는 담임선생님이 다소곳이 서 있다.

오늘도 교장 선생님의 일장연설이 시작됐다.

"연실이 같은 우수한 학생이 벌써 떠난다니 참 아쉽네유~ 친구들의 모범이 되는 학생이었는데 우리학교의 큰 손실여유~ 역사와 전통이 깊은 송화 국민학교를 떠나는 것은 아쉽지만 여기서 배운 지혜와 슬기로 앞으로도 훌륭한 학생이 되어야 한다. 알것지 연실아~."

교장 선생님 이외에는 아무도 즐겁지 않은 연설이 계속되었다.

연실이 아버지는 연신 교장의 말에 끄덕거리며 동의해 줬지만, 옆에 서 있던 담임선생님은 속으로 다짐했다.

'내가 교장이 되문 절대 저렇게 수다쟁이가 되진 않을 겨!'

하지만 연실은 오늘만큼은 교장 선생님의 수다가 더 길어졌으면 했다. 그러면 선우를 보고 마지막 인사와 함께 마음을 담은 편지를 전해줄 수 있을 것 같아서였다.

처음 온 그날처럼 교장 선생님의 일장연설이 시간을 삼키듯 계속되길 바랐지만 연실 아버지의 작은 선물로 연설은 끝이 났고 떠나야만 했다.

교무실을 나온 연실이 아버지를 따라 운동장으로 나왔을 때 새로 산 아버지의 검정색 세단이 번쩍거리며 연실을 기다리고 있었다.

아버지가 차에 올라 시동을 걸었지만, 이곳에서의 마지막을 눈에 담으려는 연실이 주위를 둘러본다.

"연실아~ 빨리 타! 할아버지 모시고 가려면 서둘러야 돼."

연실은 대답 없이 차에 올랐다. 왠지 마음이 먹먹해 눈물이 날 것 같았지만 울지 않았다. 울면 다시는 이곳에 못 올 것 같아서였다.

흙먼지를 날리며 연실을 태운 멋진 세단이 운동장을 빠져나갔다.

선우 집에서는 49제 탈상을 끝낸 가족들이 안방에 둘러앉아 있었다.

아버지 죽음의 원인이 궁금했던 선우가 엄마에게 물어본다.

"엄마~ 연실이네 땜에 아버지 돌아가신거 맞아유?"

엄마는 긴 한숨을 쉬시고는 차분하게 선우에게 말한다.

"아녀~ 사람들이 그렇게 말해도 믿지 마~ 아버지는 천사 대신 사람들을 구한겨~ 그래서 선우도 선미도 엄마도 연실이를 미워하면 안 돼. 그럼 아버지가 날개를 못 달아서 천국에 못가서. 그저 운 나쁜 사고였어. 그니께 아무도 미워하면 안 되는 겨."

남편이 세상을 떠난 직접적인 원인이 연실이네 때문인 것이 맞기는 하지만 아들을 증오 속에서 살게 할 순 없었다.

말을 마친 엄마가 선우에게 편지를 전해준다.

"니가 재범이허고 안 좋은 일 생겼을 때 아버지가 너한테 주라고 쓰신거. 나중에 읽어봐~"

엄마의 말이 끝나자 선미가 학교에 가려고 일어났다. 선우도 아버지의 편지를 받아들고 학교 갈 준비를 한다.

가방을 메고 집밖으로 나오면서 엄마의 말이 생각났다.

'그것은 사고였지 연실이 만들어낸 악몽은 아니었다고.'

엄마의 말을 듣고 연실에 대한 미움이 조금씩 사라진 선우는 학교에 가자마자 연실이에게 어떤 말을 해야 할지 고민 중이다.

연실이에게 먼저 손을 내밀면 천사가 된 아버지도 하늘에서 기뻐하실 것 같았다.

조금은 가벼운 마음으로 논길을 따라 개울을 넘어 연실이과 친구들이 기다리는 학교로 향했다.

걷다보니 호주머니에 넣어두었던 아버지의 편지가 튀어나와 자꾸 손에 스쳤다. 주위를 살펴보고 아무도 없는 고인돌로 향했다.

뭔가 비밀스런 편지라도 되는 것처럼 조심스럽게 고인돌 뒤에 숨에 편지를 읽기 시작한다.

우리 아들에게

착한 선우가 그런 행동을 해 아버지는 많이 놀랐다.

사람을 해치는 건 뭐든지 좋지 않단다.

엄마를 닮아 순하기만 한 줄 알았는데 아버지가 너에게 그런 화를 물려준 것 같아서 마음이 아프구나.

계속해서 읽어 내려가려했지만 눈물이 나서 편지를 읽을 수가 없었다. 편지의 글씨들이 마치 아버지의 목소리를 담아 들려주는 것만 같았다. 쭈그려 앉아 울고 있는 선우 무릎에 방아깨비가 놀러와 손을 비벼대고 있었다.

“저리 가~.”

손으로 밀어내자 이번에는 어깨에 올라 앉는다.

얼마동안 손을 이리저리 휘저으며 날쌘 곤충을 밀쳐내자 그때서야 방아깨비는 수풀 속으로 사라졌다.

어린 소년의 눈물을 보고 싶지 않았던 방아깨비가 선우의 눈물을 멈추게 했다. 잠시 후 편지의 마지막을 읽어 내려간다.

그리고 누구도 미워하지 마라.

미워하면 두려움이 커져서 너를 작은 사람으로 만들어 버린단다.

웃음도 없어지고 화를 품은 들개처럼 사람들을 보게 돼 외롭게 만들 거란다.

그러니 미워하지 말고 그런 사람들을 어두운 밤이라고 생각해라.

밝은 전등불만 켜면 사라지고 아침이오면 도망가는 겁쟁이라고.

캄캄한 밤은 매일 찾아오지만 때가 되면 스스로 모습을 감추어 결국 우리아들에게 오래 머물지 못하고 사라져 버릴 거란다.

아버지도 그렇게 살려고 노력중이고 우리 아들도 꼭 좋은 사람이 될 거라 믿는다.

선우 장래희망이 첩보원이라고 들었다.

주변에서 비웃어도 기죽지 말아라.

꿈을 누가 정해주면 그저 먹고 사는 일이 되지만 우리아들 스스로 정한 꿈은 멋진 꽃을 피울 거란다.

아버지가 뒤에서 응원 할 테니 선우도 장래희망 이루도록 해라.

이제는 만날 수없는 아버지의 편지는 유언장이 돼 버렸다. 전부 이해할 수는 없었지만 느낌으로 알 것 같았다.

아버지의 말씀처럼 아무도 미워하지 않겠다고 다짐하고 학교로 향한다.

연실이 떠나고 20분 후 선우가 학교에 도착했다.

학교에 오면서 아버지의 편지와 엄마의 이야기로 이러저런 생각을 정리한 선우는 더 이상 연실이를 미워하지 않기로 결심했다.

게다가 계속 연실이를 미워하는 마음을 품으면 나중에 꿈속에서 천사가 된 아버지에게 혼날 것 같았기 때문이었다.

교실에 들어선 선우가 친구들에게 인사를 한다.

"안녕~."

친구들도 한층 밝아진 선우에게 반갑게 인사를 한다.

선우가 연실을 찾아 교실을 둘러봤지만 보이지 않았다.

"민재야~ 연실이는?"

"그게~ 연실이 전학 갔어~."

"머! 언제?"

"한 20분 전에 차다고 가던디."

선우가 믿기지 않는 소식을 듣고 교실 밖으로 뛰쳐나갔다.

운동장을 가로질러 큰길로 나와 봤지만 아무것도 보이지 않았다.

연실이가 아직 멀리가지 못했을 것 같아 읍내로 나가는 지름길인 꼬부랑 산으로 달려간다.

그때 다리를 넘은 버스가 마을로 들어섰다.

"진짜로 이 동네에서 마라톤 선수 나오겠네~ 근디 오늘은 왜 혼자랴."

버스기사가 차를 세워 뛰어가는 선우를 기억하고는 한마디 한다.

"야~ 오늘은 왜 혼자 뛰냐?"

"그냥유! 근디 이 버스 읍네 언제 나가유?"

"동네 다 돌고 한 시간 후에 나가는 디."

"예!"

별 도움이 되지 않는 버스기사에게 짧게 대답하고 다시 뛰기 시작한다.

"아무 말도 없이 전학 가는겨~ 난 할 말이 많은디~ 이제 니가 밉지 않은디."

콩닥콩닥 쉴 새 없이 뛰는 심장소리와 함께 어느덧 꼬부랑 산 고개에 도착했다.

"학학학~."

저만치 앞에서 연실이 탄 차가 읍내로 달려가는 것이 보였다.

선우가 풀린 다리로 내리막길을 달리며 연실을 부른다.

"연실아~ 기달려~ 멈춰 봐~."

소년은 노란 흙먼지를 일으키며 이리저리 꼬부라진 내리막길을 잘도 달렸다.

선우가 쫓아오는 것도 모른 채 차안에서는 연실이가 할아버지와 이야기를 나누고 있었다.

"할아버지~ 우리 또 올 거예요?"

"죽기 전에는 한번 와야지. 내 고향인디~."

"더 빨리요!"

"왜~ 전학가기 싫은겨?"

"친구한테 할 말이 있었는데 못 했어요~."

"그려? 나중에 할 수 있을겨. 걱정 마."

"정말요!"

조금 안심이 된 연실이 창문을 내려 이곳에서의 마지막 향기를 가슴에 담는다.

"아빠 풀냄새 너무 좋아요~."

"그래! 나도 냄새 좀 맡아볼까~."

연실이 아빠도 창문을 내려 사방의 초록식물들이 내보내는 시원한 향기를 깊이 들어 마셨다.

상쾌한 공기를 가득담은 검정 세단이 연실이 가족과 함께 새로운 출발을 위해 힘차게 달려간다.

하지만 할아버지는 혼잣말을 하신다.

'근디 무슨 낯으로 올수 있을지~.'

선우가 산에서 내려와 비포장도로에 들어섰다. 연실에게 들릴까 하고 소리쳐본다.

"어디가~ 줄게 있단 말여!"

검정 세단은 먼지로 대답하며 점점 멀어져간다.

"연실아~ 할 말이 있다니께!"

더 크게 불러 보지만, 입안엔 더운 여름공기만 가득 찰 뿐이었다.

검정 세단이 더 멀어지기 전에 연실에게 썼던 편지를 펼친다.

"여기 이게 내 맘여~~."

그리고는 고래고래 소리를 지르며 편지를 읽어 내려간다.

"내가 앞으로 너의 백마 탄 왕자님이 되기 위해 노력할거다. 그리고 니가 나의 공주님이 되어 준다면 앞으로 아무도 연실이를 괴롭히지 못하게 나 임 선우가 지켜줄 거다. 이건 우리 둘의 비밀이다. 나는 앞으로 어떤 일이 있어도 정의의 왕자 히맨처럼 연실이를~."

더 이상 읽지 못하고 편지를 내팽겨 친다. 그리고 사라져가는 연실을 향해 외친다.

"나보고 왕자님이라면서 왜 떠나는겨~~ 너는 공주님인디!"

대답 대신 얄밉게 다정한 꾀꼬리 부부의 사랑 노래만 들렸다.

"가지 마~ 우리 아버지처럼 날개도 없잖여~~."

작은 가슴이 터져라 가지 말라고 소리 쳐봐도 돌아오는 대답은 사라져가는 먼지와 깊게 파인 바퀴자국뿐이었다.

자기 자리

잘 정돈된 공원 한편에서 꽃들이 너도나도 자신의 자랑을 늘어놓느라 정신이 없다.

벚꽃 나무 아래에는 빨간 장미와 연분홍의 나팔꽃이 피어 있었고, 그 옆에는 목련이 뽀얀 꽃을 드러내며 고고하게 서 있었다.

"오늘도 사람들이 나의 미모와 그윽한 향기를 이용해 사랑하는 사람을 꼬시려고 안달이군. 호호호~."

장미는 자만심 가득 찬 목소리로 자신만이 사람들의 사랑을 이루어 줄 수 있다며 친구들에게 우쭐댔다.

"그래? 나도 마찬가지야. 좋은 소식을 기다리는 사람들은 나의 꽃을 꺾어서 문 앞에 걸어두지 그럼 그들이 원하는 소식을 들을 수 있거든."

나팔꽃도 자신의 가치가 장미보다 낮지 않다는 것을 친구들에게 알려주고 싶었다.

장미가 나팔꽃을 인정해주며 고개를 끄덕이고 있을 때 목련이 끼어든다.

"나는 사람들의 싸구려 같은 마음을 고귀한 내 꽃으로 품위 있게 바꾸어 주지."

목련은 긴 목을 내보이며 자신의 신분이 높다는 듯 중저음의 목소리로 말했다.

그때 장미가 침묵하고 있는 벚꽃을 올려본다.

"벚꽃 너는 왜 말이 없어?"

"뭐 말이 필요해. 사람들이 내 앞을 지나갈 때 살짝 흔들어 꽃잎을 흩날려 주면 다들 정신을 못 차리는데."

"하긴 꽃비를 내려주는 건 너뿐일 거야."

꽃들은 서로를 인정하며 자신들이 얼마나 사람들에게 사랑을 받는지 열심히 자랑 중이다.

꽃들이 수다를 떠느라 정신이 없을 때 한 남자가 장미 앞으로 다가왔다.

"오늘은 용기를 내서 그녀에게 사랑을 고백할 거야. 진심을 담아 말한다면 그녀가 내 맘을 받아 줄지도 몰라."

20대 후반으로 보이는 청년이 사랑을 고백하려 빨간 장미꽃 하나를 꺾어 가슴에 품었다. 하지만 조심성 없이 장미를 꺾은 탓으로 가시에 찔린 청년의 손에서 금세 피가 배어 나왔다.

오늘도 사람들에게 사랑받는 장미가 친구들에게 인사를 한다.

"얘들아. 나는 사랑의 전령으로 가야 할 것 같아. 쉴 시간이 없다니까~ 안녕."

친구들도 장미가 청년의 사랑을 이루어 주길 바라며 작별 인사를 한다.

"잘 가~ 장미야!"

떠나가는 친구를 보며 꽃들은 장미가 멋지게 임무를 완수했을지 알 길이 없어 아쉬운 표정을 지었다.

그때 친구들의 표정을 읽은 장미가 말했다.

"걱정 마. 나중에 바람이 너희에게 좋은 소식을 전해 줄 거야."

하지만 꽃들은 남자가 장미꽃을 꺾으며 흘린 피를 보고 불길한 마음을 감출 수가 없었다.

그렇게 장미를 보내고 다시 수다를 떨고 있을 때, '뚜둑~' 소리와 함께 야무진 손의 아줌마가 구석에서 조용히 자기 일을 하고 있던 민들레 줄기를 한손가득 따버렸다.

"우욱~."

짧은 신음 소리와 함께 민들레는 몸을 웅크린다.

"민들레는 왜 하루도 편한 날이 없을까? 어제는 뿌리를 캐 가더니. 오늘은 줄기를 다 꺾어가 버리네."

목련은 계속되는 친구의 고통이 안쓰러워 한마디 했다.

하지만 민들레는 아무 말도 없었다. 조금만 기다리면 스스로 멋지게 꽃을 피울 수 있는데 사람들은 민들레를 기다려 주지 않았다.

민들레 몸에서 하얀 점액이 흘러나와 흙바닥에 떨어지는 것을 본 친구들은 일부러 화제를 돌려 장미가 어떻게 됐을지 이야기하고 있다.

그때 남녀 한 쌍이 사랑의 열기를 가득 품고 벚나무 앞으로 걸어왔다.

꽃들은 그들이 깊게 팔짱을 끼고 오는 것으로 보아 오래된 사이는 아니라고 생각했다. 커플은 벗나무 아래 멈추어 섰다. 그리고 남자가 여자에게 닭살 돋는 말을 건넨다.

"매년 벚꽃이 다시 피어나는 것처럼 너에 대한 나의 사랑도 순수하게 매일 피어 날거야~."

"오빠 앙~~."

남부끄러운 느끼한 말에 여자는 감동 한 듯 '오빠'를 부르며 손을 꼭 잡는다.

흰장미가 가소롭다는 듯 말한다.

"저 남자 일주일 전에는 다른 여자랑 오지 않았어?"

"맞아. 그때는 내가 저 남자와 그 여자를 위해 꽃비를 뿌려 줬는데."

벚꽃은 바람둥이 남자에게 호의를 베푼 것이 분하기만 했다.

그때 남자가 하얀 장미를 조심스럽게 꺾는다.

"싫어. 나 저런 놈을 위해 일하고 싶지 않아."

흰장미가 가기 싫다며 가시로 남자의 손을 찔러댔다. 하지만 남자는 능숙한 솜씨로 가시를 피해 여유롭게 장미를 꺾어 여자 손에 건넸다.

"아휴! 쌍욕 나와 진짜~."

꽃들이 일제히 화를 냈다.

그때 다시 남자의 느끼한 고백이 시작됐다.

"여기 흰장미보다 넌 언제나 맑고 순수하게 빛날 거야."

"욱~."

꽃들은 구역질을 하며 더는 볼 수 없다는 듯 눈과 귀를 막아버렸다. 그 덕분에 오늘은 더 이상 벚꽃의 꽃비 축복도 없었다.

남자를 피해 고개를 돌린 꽃들의 시선에 다시 하얀 진액을 흘리며 아파하는 민들레가 들어왔다.

매년 반복되는 일이지만 친구들은 볼 때마다 민들레가 안쓰러웠다.

"사람들은 왜 민들레를 소중하게 대하지 않는 거지?"

목련은 민들레를 대신해 사람들을 나무랐다.

"그러게 민들레가 만개해서 바람에 홀씨를 날리는걸 보고 싶은데."

벚나무도 진심으로 민들레의 웃는 얼굴을 보고 싶었다. 하지만 나팔꽃은 민들레를 나무란다.

"스스로 꾸미고 노력을 해야지. 그렇게 인생을 살아야 다른 사람들도 소중하게 대하는 거라고."

"나팔꽃아 민들레도 열심히 살았어, 꺾이고 뿌리가 뽑혀 나가도 매년 희망을 가지고 다시 일어났잖아."

목련은 민들레가 상처받을까봐 얼른 나팔꽃의 말에 거부감을 표현했다.

"날 봐~ 나도 사람들이 매일 내 나팔꽃을 따다가 문 앞에 걸어두잖아. 그래도 난 매일 포기하지 않고 더 예쁜 꽃을 피운다고."

나팔꽃은 민들레의 노력이 부족하다며 목련의 말에 동의하지 않았다.

"민들레는 꽃 피울 기회조차 없잖아. 너 너무한 거 아니야."

목련이 언성을 높이자 흰장미가 끼어든다.

"그만해. 우리가 이런다고 민들레 인생이 바뀌는 것도 아니잖아."

약간 우유부단한 벚나무는 말싸움에 말려들고 싶지 않아 침묵을 지킨다. 그때 숲을 헤치고 달려온 바람이 벚나무 어깨에 앉았다.

"좋은 소식이야. 빨간 장미가 임무를 완수했어."

"휴~."

모두들 안도의 한숨을 쉬자 바람이 이야기를 이어간다.

"긴장한 남자가 얼마나 장미를 세게 움켜쥐었는지 여자에게 장미를 줄 때, 손바닥에 가시가 박혀 피가 흘렀어. 그걸 본 여자는 남자의 손을 어루만지며 고백을 받아주더군."

벚나무가 고백을 직접보지 못해 아쉬워하며 말한다.

"내 앞에서 고백했으면 내가 멋지게 꽃비를 내려 줬을 텐데."

"나도 축복의 나팔을 불어 줬을 거야."

그때 바람의 눈에 진액을 흘리며 아파하는 민들레가 보였다.

"민들레야. 괜찮아?"

민들레는 긴 한숨을 쉰다. 그리고 참았던 말을 꺼낸다.

"응. 난 괜찮아. 나팔꽃 말이 맞아. 더 열심히 살지 않아서 그래. 하지만 어떻게 더 열심히 살아야 하지. 나의 뿌리와 꽃. 내 몸 전부는 사람들을 치료하는데 쓰여. 내가 어릴수록 약효가 좋다고 해서 만개하기도 전에 나를 꺾어 버린다구."

참을 만큼 참은 민들레는 그동안의 속상함을 이야기했다.

"만약 내가 없었다면 사람들은 너희들을 약으로 썼을지도 몰라. 매년 마지막 힘을 다해 한 알의 씨앗을 떨어뜨려 오늘까지 왔어. 나는 어떻게 더 열심히 살아야 하지? 나팔꽃아 대답해줄래?"

민들레는 나팔꽃을 원망하지 않는다. 정말 답을 원할 뿐이었다.

"너를 더 아름답게 꾸며보라고 그럼 사람들도 너를 소중하게 대할 거야."

나팔꽃이 좀 더 노력을 하라고한다.

"나는 민들레야. 나는 장미처럼 아름다워 질수도 벚꽃처럼 황홀할 수도 없어. 나는 꽃인 거야? 아닌 거야?"

나팔꽃은 잠시 머뭇거리다 대답했다.

"그건 나도 모르지. 너의 꽃을 제대로 본적이 없으니. 그만하자 그냥 너의 팔자라고 생각해."

옆에서 조용히 지켜보던 벚꽃이 거든다.

"그래 민들레야, 그만해. 언젠가 너도 꽃을 피울 때가 있겠지."

"나의 부러진 손과 뽑혀 나가 얼마 남지 않은 뿌리로 이렇게 살아왔다고. 나는 사람들이 싫어. 내가 정신을 차리기도 전에 나를 분해해 먼지로 만들어 버릴 것만 같애."

민들레가 숨겨왔던 두려움을 이야기하자 아무도 대답하지 못하고 다른 곳만 바라볼 뿐이었다.

"미안해. 내가 괜한 투정 부려서. 좀 억울한 것 같아서 그랬어."

민들레의 하소연을 들은 목련이 나름 현실적인 조언을 해준다.

"알아. 니가 힘들다는 것. 그런데 너도 사람들에게 도움을 주잖아. 그러니까 약간의 아픔은 운명이라고 받아들이면 마음이 편하지 않을까?"

목련의 충고는 민들레의 마음을 더 닫게 만들었다. 왜냐하면 친구들에게 보여지는 약간의 아픔은 민들레에게 몸이 찢어지는 고통이었기 때문이다.

스스로 겪어보지 않은 고통을 쉽게 이야기하는 친구들 앞에서 민들레가 점점 마음을 닫아가는 것은 어쩌면 당연한 일이었는지 모른다.

"바람아. 올해 내가 남긴 마지막 홀씨를 아무도 닿지 않는 곳에 데려다 줘. 아주 높게 구름 너머로, 누구도 내가 꽃피우는 것을 방해하지 못하게."

갑작스런 민들레의 부탁에 바람은 잠시 생각하더니 말을 꺼낸다.

"민들레가 원한다면 그렇게 해줄게. 하지만 여기 있는 장미, 목련, 벚나무, 나팔꽃은 너의 가족이나 다름 없잖아? 여기가 그립지 않을까?"

"그래 가족이나 다름없지. 그 가족 같은 존재가 나를 걱정하는 척
하지만 정작 나의 꽃과 뿌리를 사람들이 가져가면 자신들은 안도의
한숨을 쉬더라. 그들은 그저 고귀하게 자신들의 모습을 간직하고
사랑받기를 원해."

민들레는 자신의 희생으로 다른 꽃들이 건강하게 꽃을 피웠다고
생각했다.

"민들레야! 니가 지금 그런 말을 하는 것은 우리를 의지해서 그
래. 나는 내 인생을 충실히 살아 왔어."

고고하던 목련은 민들레의 말에 기분이 상해 자신이 그 누구의
도움 없이 혼자의 힘으로 지금까지 살아왔다고 언성을 높여 말했
다. 하지만 작년에 태풍으로 목련나무 줄기에 상처가 났을 때 민들
레가 자신의 줄기 하나를 꺾어 목련을 치료해 주었던 것을 까맣게
잊고 있었다.

목구멍까지 올라오는 이런저런 이야기를 참아 삼키는 민들레였
다. 뿐만 아니라 장미가 병에 걸려 잎이 다 떨어졌을 때도 민들레는
자신의 잎으로 장미의 벌거숭이가 된 몸을 감싸주었다.

모두들 민들레에게 신세를 지었지만 누구하나 인정하려 들지 않
는다.

만약 민들레의 희생을 인정한다면 그들은 자신들이 위선자임을 인
정하게 되는 것이었다. 언제나 민들레에게 충고의 말만 할뿐 정작 민

들레가 아프거나 고열에 사경을 헤맬 때는 모른 척 하기 일쑤였다.

게다가 꽃들은 모두 핑계를 가지고 있었다. 벚나무는 예쁜 벚꽃을 피우기 위해 모든 정성을 자신에게 쏟아 붓기에도 시간이 모자라 민들레가 아플 때 도와 줄 수 없었다고 했다.

또 나팔꽃은 이렇게 말했다.

"나는 매일 새로운 꽃을 피워 즐거운 소식을 준비해야 하기 때문에 나 하나만으로도 벅차."

목련도 핑계가 있다.

목련은 자신의 품위를 유지하기 위해 움직인 하나하나가 얼마나 소중하고 조심스러운지 없는 시간이라도 만들고 싶다고 이야기했다.

장미는 이렇게 말했다.

"나는 가시가 있어서 도와 줄 수가 없어."

이렇게 핑계거리가 많은 친구들에게 민들레는 지금까지 어떤 의지도 부탁도 하지 않았다.

'꽃들은 왜 받은 것에 대해 쉽게 잊어버릴까?'

민들레가 혼잣말을 한다.

그리고 하얗게 흘러내리는 자신의 진액을 보며 생각한다.

'이젠 기진맥진이야. 모든 것이 귀찮아 그냥 쉬고 싶다.'

다른 꽃들에게 즐거운 시간이 지나고 어느덧 밤이 됐다. 모두들 피곤했는지 늘어지게 잠을 자고 있었다.

하지만 한쪽 구석에서는 떨어져나간 줄기의 상처를 어루만지며 민들레가 마지막 남은 꽃 봉우리를 깊숙이 감추고 있었다.

민들레가 꿈틀대는 자신의 꽃 봉우리에게 말한다.

"숨어 있어 아직은 나오면 안돼."

이제 절망할 법도 한데 민들레는 아직 포기하지 않았다.

"언젠가는 이 고통이 멈추고 오늘을 생각하며 가볍게 웃을 날이 올 거야."

아픈 몸과 마음으로 스스로를 위로해 보려는 민들레가 안쓰럽기만 하다.

민들레의 힘겨운 밤이 지나고 어느덧 새벽이 찾아왔다.

꽃들은 온전한 몸을 이용해 아침 햇살과 이슬로 식사준비를 하느라 정신이 없다.

벚나무는 가볍게 몸을 떨어 이슬로 먼지를 씻어낸다.

"아~ 상쾌하다."

그리고 장미와 다른 꽃들도 꽃단장을 하느라 분주하다.

장미는 머금은 이슬과 햇살의 조화로 더욱 정열적인 빨간 장미꽃을 피웠다.

나팔꽃은 꽃 안에 모인 이슬로 아침 양치질을 하기 위해 부르르 몸을 떤다. 그리고 고개를 숙여 양칫물을 버렸다.

"입안을 헹구어야 멋진 목소리가 나온다구. 아~ 아~."

나팔꽃은 누가 듣거나 말거나 수다스럽게 혼잣말을 해댔다.

친구들이 꽃단장을 하느라 분주했지만 민들레는 치장할 꽃도 목욕할 잎도 없었다. 단지 하나 남은 꽃 봉우리를 줄기사이로 숨기고 있을 뿐이었다.

따뜻한 아침 햇살이 비추자 숨어있어야 할 꽃봉오리가 눈치 없이 고개를 들어 해를 쳐다본다.

아직은 때가 아니라고 생각한 민들레는 꽃 봉우리에게 숨으라고 말려보지만, 해를 좋아하는 것이 본능인 꽃이 해를 피해 숨는 것은 불가능했다.

잠시 후 꽃봉오리가 활짝 웃으며 꽃을 피웠다. 하지만 민들레는 불안했다. 언제 사람이 달려와서 마지막 꽃잎을 따 갈지 알 수 없기 때문이었다.

옆에서 지켜보던 친구들은 민들레의 꽃을 화제 삼아 이야기를 나눈다.

"역시 민들레는 대단해. 아무리 꺾여도 다시 일어나잖아."

장미의 말에 나팔꽃도 맞장구를 쳤다.

"맞아. 우리의 생명력은 상대도 안돼."

마음속에서 우러나오는 말인지 모르겠지만, 민들레는 장미와 나팔꽃의 칭찬이 마음에 들지 않았다.

밤새 아픔에 신음했건만 모른 척했던 그들이 해대는 말은 진실성이 없어 보였다.

민들레는 마지막 꽃봉오리가 피어오르자 소리쳤다.

"바람아. 내 홀씨를 저 하늘 높이 날려 줘. 누구의 손에도 닿지 않는 곳으로."

민들레의 부탁에 나무들 사이에서 자고 있던 바람이 큰 파도처럼 일렁이며 일어났다.

그리고는 민들레에게 물어본다.

"어디까지 올려줄까?"

"구름과 해 사이까지."

"알았어. 간다."

마음의 준비를 끝낸 민들레가 간절한 마음을 홀씨에 담았다.

그리고 바람이 세게 일어 민들레홀씨를 하늘 높이 올렸다. 가벼운 솜털 같은 홀씨가 공중에서 하나둘씩 흩어지며 아침햇살과 함께 허공에 그림을 그리고 사라져갔다. 바람은 그중 민들레의 마음이 담긴 홀씨 하나를 태워 구름 위에 올려 놓았다.

"여기면 됐어?"

바람은 민들레가 만족해하는지 궁금했다.

"응. 홀가분해 하지만 뭔가 섭섭하기도 하네."

"친구들에게 전할 말은 없어? 갑자기 떠나서 다들 놀라는 것 같았어."

"아무 말도 안 할래."

"그래. 그럼 안녕."

"고마워."

바람이 떠나고 구름 위에 혼자앉아 내려다보는 세상은 너무 평화로워 보였다.

이제 구름이 어떤 꽃들이 살고 있는 곳으로 홀씨를 데려다 줄지 조금은 기대가 되었다.

하지만 민들레는 알지 못했다. 민들레가 있어야 할 곳은 화려한 장미 옆도 기품 있는 목련나무 옆도 아닌 척박한 들판이었다.

어쩌면 처음부터 맞지 않는 장소에서 화려한 꽃을 피우려고 했던 것이 민들레의 고통의 시작이었을지 모른다.

구름이 어느 곳에 홀씨를 내려 줄지 모르지만 세상에서 제일 볼품없는 땅이 민들레가 자유롭게 꽃을 피우기에 적당한 곳이었다.

눈 그리고 아이

뜨거웠던 월드컵 열기도 사라져버린 2002년 12월 29일. 한겨울 눈 덮인 깊은 산의 소나무 머리에 수북이 눈이 쌓여 간다.

그가 안정을 찾기 위해 깊게 숨을 들이마시며 주위를 둘러본다. 겨울 산의 무서움을 모르는 것은 아니지만 오늘만큼은 산을 얕잡아 본 것 같았다.

해발 1,600미터의 눈 덮인 산에서 혼자 길을 잃어버려 갈피를 잡지 못하고 있었다. 그가 시계를 봐 시간을 확인했을 때 시곗바늘은 오후 3시를 향해 가고 있었다.

"도대체 내려가는 길이 어디야? 눈은 멈추지도 않네."

아침부터 내린 눈은 세상의 모든 흔적을 지우듯 그의 주변을 온통 하얗게 만들어갔다. 이제는 눈이 점점 강하게 내려 5미터 앞조차 보이지 않았고 산은 점점 어두워져만 갔다.

아무것도 보이지 않는 공기조차 얼어버린 겨울 산의 적막에 약간 겁이 나기 시작했다. 그는 나침반과 지도를 가지고 있었지만, 그것도 날씨가 멀쩡한 날에나 이용가치가 있었다. 전문 산악인이 아닌 그에게 폭설은 한밤 운전 중에 전조등이 고장 난 자동차를 운전하는 것처럼 갈피를 잡지 못하게 했다.

머리와 어깨에 쌓인 눈을 털어내고 사람들이 지나갔을 흔적을 찾아보지만, 동물의 발자국조차 보이지 않았다. 하지만 더 늦기 전에 방향을 정해야만 했다.

"그래. 나무들이 적은 곳으로 내려가자. 사람들이 많이 다닌 길은 아무래도 나무가 자라지 못했을 거야."

조금은 듬성듬성 서 있는 나무 사이로 길을 정해 내려가기 시작한다. 그러나 푹푹 빠지는 눈이 발걸음을 더디게 했다.

그의 직감이 맞았는지 얼마 후 넓은 길이 나왔다. 자신감이 붙은 그가 등산스틱을 힘차게 내려찍으며 빠른 걸음으로 아래로 향한다.

불안했던 마음이 조금씩 사라지자, 누구의 방해도 없이 고요한 설경을 구경할 여유가 생겼다.

눈조차 소리 없이 내리는 설산의 경치는 한 번도 경험해보지 못한 적막한 평온함을 주었다.

보통 때라면 단체등산객의 노랫소리나 수다를 열려있는 귀로 들어야 하는 고통을 참아야 했겠지만, 위험과 맞바꾼 자발적 적막은 왠지 마음에 들었다.

누군가의 걸쭉한 막걸리 냄새, 중년의 진한 향수와 화장품 냄새, 예의 없이 아무 데서나 뀌어대는 노인들의 방귀와 흡연은 깔끔한 성격의 그에게 높은 산을 오르는 것보다 더한 고통으로 다가오곤 했었다.

하지만 지금 이 순간은 오직 자신의 땀 냄새와 숨소리만이 설산의 고요를 깨는 방해물일 뿐이었다. 그렇게 산의 주인공이 눈에서 그로 바뀌어 가는 순간이었다.

누구의 방해 없이 평온을 즐기며 아래로 향하고 있을 때, 뒤에서

'푸욱, 푸우욱~' 소리를 내며 한 무리의 멧돼지 가족이 산 아래로 내려오고 있었다.

적막을 깨는 야생의 거친 숨소리를 들은 그가 깜짝 놀라 숨을 곳을 찾아본다. 그리고 바로 옆에 골이 나 있는 눈밭 사이로 뛰어들었다.

'산에서 멧돼지를 만나면 뼈까지 먹혀서 흔적도 찾을 수 없다던데.'

고개를 들어 빼꼼 멧돼지를 봤을 때 빛나는 안광과 거대한 덩치의 당당함이 그의 몸을 경직시켰다.

멧돼지의 거침없는 진격에 숨소리조차 죽이고 살포시 눈밭에 엎드린다. 그런데 야생의 생동감 넘치는 산의 주민은 예상과 달리 그가 누워 있는 쪽으로 다가오고 있었다. 눈을 밟는 멧돼지 무리의 소리가 커질수록 그는 몸을 바닥에 더 가깝게 밀착시켰다. 군대에서 배운 은폐술로 몸을 숨기고 눈을 입에 넣어 숨 쉴 때마다 내뱉는 인간 특유의 냄새를 얼려버렸다.

계속해서 숨죽이고 설산 주민의 기척을 주시하고 있을 때 산의 주민은 일정한 간격으로 줄을 지어 그의 옆을 지나가고 있었다.

하필이면 그가 멧돼지 통행로 바로 옆에 숨는 실수를 저질러 버렸다. 노련한 어미 멧돼지가 곁눈질로 그를 보았지만 모른 척 지나간다.

멧돼지의 행렬이 끝나갈 때쯤, 끝에서 따라가던 새끼 한 마리가 코를 벌렁거리며 그의 몸에서 뿜어져 나오는 꼬릿한 수증기 냄새를 맡고 다가왔다. 그는 죽은 것처럼 엎드려 새끼 멧돼지를 주시한다. 하지만 호기심 많은 새끼 멧돼지는 뿌연 연기가 피어오르는 그의 머리 냄새를 맡아대기 시작한다.

벌름거리며 품어대는 멧돼지의 콧바람에 그의 심장 소리가 귀까지 울려 왔다. 조용히 지나가기를 바랐는데 새끼 멧돼지가 일을 벌이고 있었다.

'야. 그냥 가~.'

마음속으로 무리와 함께 떠나기를 바라보지만, 새끼멧돼지가 '우물우물' 그의 머리카락을 씹어 먹기 시작한다. 이제 정수리의 머리카락까지 멧돼지의 입 속으로 빨려 들어가고 있었다.

"뚜둑~."

머리카락 끊어지는 소리에 놀란 그가 벌떡 일어나 소리를 질렀다.

"워어~이 씨~."

새끼 멧돼지가 깜짝 놀라 뒤로 벌렁 쓰러지더니 '쾌왝 쾌왝' 대며 무리를 불렀다.

비명을 들은 어미 멧돼지가 살기가득한 눈으로 그에게 달려오고 있었지만, '어어~ 어쩌지!' 하며 순간 어디로 가야 할지 발걸음이 떨어지지 않았다.

놀란 새끼 멧돼지는 이미 무리 쪽으로 도망쳐 숨어 버렸다. 그러나 어미 멧돼지는 멈추지 않고 그에게 달려들었다.

순간 텔레비전에서 보았던 멧돼지 퇴치 방법이 생각난 그가 배낭

옆에 매달려 있던 자동 접이 우산을 꺼내 얼른 펼친다.

'팡!' 우산이 펼쳐지자 그가 우산 안으로 몸을 숨긴다.

'픽!' 어미 멧돼지가 그대로 우산을 들이받아 그가 뒤로 벌렁 나가 떨어졌다.

정보는 정보일 뿐 실전에서는 별 쓸모가 없었다.

배낭을 멘 상태로 하늘을 향해 누워버린 그가 일어나려 바둥거렸다. 하지만 몸을 일으켜 세울 사이도 없이 송곳니를 앞세운 어미 멧돼지가 그를 들이받아 바닥에 짓이기기 시작했다.

'뚝!' 소리와 함께 어른 집게손가락보다 커 보이는 송곳니가 점퍼를 뚫어버렸다. 아마 조금만 깊었다면 살을 파고들었을 것이다.

숨 돌릴 틈도 없이 멧돼지가 그의 가슴을 뭉개며 얼굴 쪽으로 송곳니를 밀고 올라오고 있었다.

'퍽퍽!' 급한 마음에 주먹으로 멧돼지의 얼굴을 사정없이 때려보지만, 주먹만 튕겨 나올 뿐 야생동물의 살기만 돋우었다. 두꺼운 점퍼가 간신히 얼굴을 막아주고 있었지만, 그것도 몇 초뿐이었다.

지금도 새끼를 헤치려는 줄 안 어미 멧돼지가 살기 가득한 앞발질로 거치게 밀며 올라오고 있다.

당황한 그가 힘겹게 멧돼지 턱을 밀쳐내고 있을 때 가방에서 '툭' 하고 휴대용 전기 충격기가 떨어졌다.

'살았다'고 생각하고는 얼른 팔을 뻗어 전기 충격기를 낚아챘다. 그리고 "꺼져!"라고 소리치며 전기 충격기를 멧돼지 얼굴에 대고 눌러 버렸다.

멧돼지가 몸을 부르르 떨며 전기 충격기를 멀리 튕겨낸다. 그와 동시에 그의 몸도 부르르 떨렸다.

물기 가득한 전기 충격기를 맨손으로 잡아 멧돼지뿐만 아니라 그의 몸에도 높은 전압이 그대로 전달됐다. 하지만 그 정도 충격으로 멧돼지는 쓰러지지 않았다. 대신 깜짝 놀라 그에게서 떨어져 나무 사이로 달아났다. 멀리서 지켜보던 무리도 일제히 어미 멧돼지를 따라 산 아래로 쏜살같이 사라져 버렸다.

부르르 떨던 그도 휘청거리며 몸을 일으켜 세운다. 아직도 입안이 얼얼하고 다리가 후들거렸다.

전기 충격의 여운도 있었지만, 그보다는 목숨을 건 야생동물의 공격을 받은 직후라 떨리는 몸은 좀처럼 진정되지 않았다.

덜덜거리는 손으로 물을 꺼내 한 모금 마시고는 몸 상태를 확인해 본다. 다행히 겉옷이 조금 찢어졌을 뿐 몸에는 별 이상이 없었다.

찢어진 구멍에서 하얀 오리털이 날리지만 내리는 눈에 붙잡혀 멀리 가지 못했다.

그사이 겨울 산에는 벌써 어둠이 내려오고 있었다.

"아~ 죽다 살았네! 내가 뭘 잘못했다고 달려들어."

살아난 것이 고마웠지만 자신을 공격한 멧돼지가 도망가다 바위에 머리라도 부딪혀 기절해 버렸으면 좋겠다고 생각했다.

산짐승과의 혈투 동안 얼마나 시간이 흘렀는지 휴대폰을 꺼내 확인해 본다.

"벌써 4시가 넘었네. 어디가 길이야!"

주위를 둘러봐도 거기가 거기 같았다.

그렇지만 계속 서성거릴 수만은 없었다. 눈 오는 겨울 산에서 장비도 없이 비박 하는 것은 곧 임종을 앞둔 노인들을 추월해가는 것과 같았다.

"그래. 멧돼지가 간 길을 따라가 보자."

야생동물의 통행로를 따라가는 것은 상당히 위험하지만 길을 헤매는 것보다는 안전할 것 같았다.

몸을 추슬러 멧돼지 무리가 뭉개 놓은 눈길을 따라 한참을 내려간다. 어찌 됐든 아래로 향하고 있으니 산을 빠져나갈 희망이 보이는 것 같았다.

그렇게 30여 분을 내려왔을 때 갑자기 멧돼지들의 흔적이 사라져 버렸다. 그가 야생동물의 속도를 따라잡지 못한 탓에 내리는 눈이 발자국을 지워버렸다.

"어디로 가야 하는 거야? 그리고 이 지긋지긋한 눈은 제발 좀 멈춰라!"

멧돼지의 안내가 끝나버리자 다시 갈피를 잡지 못하게 됐다. 하지만 빠르게 어두워지는 겨울 산속에서 더 이상 시간을 버릴 수는 없었다.

그때 희미하게 등산객을 위해 세워둔 이정표가 보였다. 이정표 쪽으로 달려가 현재 위치를 확인한다.

"그래 사람이 죽으라는 법은 없어~"

이정표가 가리키는 방향으로 성큼성큼 걸어간다.

한참을 내려가니 산 중턱이 있는 눈물바위가 보였다.

"휴~ 눈물 바위다. 이제 반은 내려온 거네!"

그가 눈물바위에 손을 짚고는 마음의 여유를 찾는다.

그가 한숨 돌리고 있을 때 눈물바위에 쓰여 있는 바위에 대한 전설이 눈에 들어왔다.

옛날 정권이 바뀌자 역적으로 몰려 왕을 피해 산속에 들어온 양반가의 어미와 자매가 있었다.

어느 날 작은 딸이 열이 펄펄 끓고 사경을 헤매자 어미는 위험을 무릅쓰고 산을 내려가 약을 구해오기로 하고 딸들에게 한마디 일러두었다.

"이 바위는 나무에 가려져 웬만하면 사람들이 찾을 수 없으니 이곳에 올라가 있거라. 내가 오면 요 아래쯤에서 너희를 부를 것이니

내려와도 좋다. 만약 관군에게 잡혀 오지 못해도 너희는 나를 찾아 마을로 내려오지 말고 여기서 어미를 기다려야만 한다."

어미의 말을 들은 언니는 동생을 안고 바위에서 기다렸지만, 엄마는 오지 않았고 이틀 후 병이 악화된 동생은 세상을 떠났다.

동생에게 병을 얻어 쇠약해진 언니도 열이 나 사경을 헤맸다.

하지만 곧 어미가 올 거라고 믿고 몇 날을 기다리다 언니 또한 죽었는데 혹시 어미가 자신을 찾지 못할까 봐. 저고리를 나무에 걸어 바람에 나부끼도록 했다.

얼마 후 어미가 약을 구해 바위에 다다라 딸들을 불렀으나 대답은 없고 큰딸의 저고리만 춤을 추고 있었다.

불길한 징조임을 알고 바위 위로 올라갔을 때 큰딸이 앉은 채로 작은딸을 안고 죽어 있었다.

불쌍한 큰딸을 편안하게 눕혀주려 했으나 굳은 몸은 펴지지 않은 채 동생을 안고 놓지 않았다.

어미는 자매를 안고 울기 시작했는데 그 울음은 사흘 밤낮 동안 멈추지 않았다.

너무 서러운 통곡에 모든 동물이 바위에 모여 같이 울었으며 호랑이조차 눈물을 보였다고 한다.

게다가 어느 동물도 시신을 훼손하지 않았다고 전해진다.

밤마다 울려 퍼지는 사람과 동물들의 통곡 소리를 괴상하게 여긴 사람들이 관아에 알려 왕의 귀에까지 들어가자, 왕은 국사를 보는 도사를 시켜 연유를 알아보게 했다.

도사가 도착해 바위를 보고는 탄식하며 한마디 했다고 한다.

"바위마저 울었구나!"

그리고는 어미와 자매의 시신을 바위 옆에 묻어 주고는 바위에 '석루(石淚)'라고 새겼다고 한다.

그 후 산에서 맹수를 만나도 이 바위 가까이만 오면 맹수들이 꼬리를 내리고 돌아갔다고 한다.

그가 잠시 쉬면서 눈물바위의 전설을 다 읽고 나자, 사람들의 통행이 잦은 낮에 봤을 때는 아무렇지도 않던 것이 지금은 바위 위에서 누가 쳐다보는 것만 같아 머리카락이 쭈뼛 섰다.

눈물바위에 오래 머무는 것은 또 다른 위험인 것 같아 얼른 길을 찾아 아래로 내려간다.

점점 빛을 삼켜버리는 설산은 잠을 청하듯 더욱 고요해져만 갔다. 괜히 눈물바위 전설을 읽어버린 그는 이제 자신의 발소리에도 깜짝 놀랐다.

그렇게 한참을 걷고 또 걸었을 때 뭔가 잘못되어 가고 있다는 것을 눈치챘다. 왜냐하면 좀 전에 자기가 만들어 놓은 발자국 위를 또 걷고 있었기 때문이었다.

"아무래도 같은 길을 빙빙 도는 것 같은데!"

극도로 민감해진 그의 몸은 작은 소리만 나도 '홱'하고 고개를 돌렸다. 게다가 바위의 전설을 읽은 후부터 흐르는 식은땀은 멈추지 않았다.

정신을 다잡아 가지고 있던 등산용 스틱을 서 있는 자리에 세게 꽂아 기준점을 만들었다.

"이번에는 저쪽 길로 내려가 보자!"

그가 두려움을 떨쳐내려 큰소리로 외쳤다.

"아! 이쪽 길로 가면 되겠지!"

힘을 내 다시 걷기 시작할 때 고라니 한 마리가 그의 앞으로 뛰어 왔다. 고라니도 길을 잃어버렸는지 아니면 잃어버린 짝을 찾고 있는 것인지 껑충껑충 눈밭을 뚫느라 힘들어한다.

그가 제자리에 멈추자 고라니도 방향을 틀어 다른 쪽으로 뛰어갔다.

"휴~ 놀라라. 그래 뭐 산에 짐승 말고 뭐가 있겠어."

그는 이 산에는 살아있는 짐승 말고는 어떤 것도 있어선 안 된다고 스스로를 위로했다.

하지만 두 번을 놀란 그의 심장은 쉽게 진정되지 않았고 쉬지 않고 내리는 눈 또한 그의 발걸음을 점점 늦추어갔다.

'푹~ 푹~'

어느새 무릎까지 쌓인 눈밭을 힘겹게 걸으며 정확히 예측한 일기예보를 탓한다.

"젠장! 기상예보가 어쩐 일로 맞는 거야. 내려 갈 수는 있겠지."

사실 그는 어제 일기예보를 들었다. 오늘 눈이 내린다는 것과 등산을 통제할 수 있다는 것까지, 그래서 아무 통제도 없는 새벽 일찍 산행을 시작했다. 과거의 어떤 사건으로 뒤틀려버린 그의 성격은 자신이 하고 싶은 것은 태풍이 불어도 바다에서 수영해야 하는 막무가내로 변해버렸다.

"아휴~ 발 시려. 등산화 다 젖었네. 이 잠바 고어텍스라고 해서 샀는데, 방수도 안 되고. 배도 고프고. 아~ 정말 죽겠네!"

그는 젖어버린 옷과 등산화로 점점 체력이 떨어져 가고 있었다.

추운 겨울에 체온까지 떨어지면 위험했기 때문에 배낭에서 여벌로 가져온 등산복을 꺼내 갈아입는다.

옷을 벗자 온몸에서 피로의 흔적들이 하얗게 피어올랐다. 그의 맨살에 차가운 눈이 떨어졌지만 달궈진 몸이 순식간에 흔적도 없이 녹여버렸다.

젖은 옷을 갈아입자 가벼워진 몸은 조금 기운이 났다. 덜어진 땀의 무게만큼 공포에서 벗어난 것 같았다.

희망을 품고 잠 들어가는 산을 자신의 땀 냄새와 숨소리로 깨우며 다시 하행을 시작한다. 하지만 입김에 마스크가 얼어붙어 숨이 잘 쉬어지지 않았다. 게다가 쓸데없이 긴 속눈썹에 얼음알갱이가 맺

혀 더욱 시야를 가렸다.

산이 아직 완전히 어두워지지는 않았지만 하얀 눈 때문에 사물의 분간이 쉽지 않아 랜턴을 꺼내 위치를 확인한다.

그렇게 한 시간을 걸었을 때 그는 앞에 나타난 것을 보고 등골이 오싹했다. 바로 자신이 꽂아 두었던 등산 스틱이 반쯤 눈에 덮여 있는 것이었다.

"뭐야! 저거 내 스틱이잖아!"

'사악~' 살갗에 소름이 돋았다. 주위를 둘러보자 뭔가에 홀린 듯 또다시 같은 자리를 맴돌고 있었던 것이었다.

이제 계속 내리던 눈은 방금 왔던 길의 흔적마저 지워 버렸다. 산은 더욱 어두워지며 인간의 이성을 시험했고 하얀 눈은 시각과 방향감각을 무기력하게 만들어 갔다. 그가 도움을 요청해 볼까하고 핸드폰을 꺼내 봤지만 아무런 신호도 잡히지 않았다.

"아~ 미치겠네. 이러다가 산에서 실종 되는 거 아냐? 신문에 나려나. 하하하~"

그는 사실이 될지도 모를 자신의 실종에 실소하며 눈에 파묻힌 스틱을 잡아 들었다. 산 중턱 어디라는 것만 짐작할 뿐 지금은 산에 홀려 방향 감각을 잃어버렸다. 어이없이 두 번이나 같은 곳을 돌며 시간을 버리고 있는 그는 결단을 내려야만 했다.

"지금 시간이 오후 6시 10분. 지금 길을 찾아도 3시간을 내려가야 할 텐데. 도대체 어디가 길이야! 아 배고파."

그는 일단 떨어진 체력을 회복하기 위해 배낭에서 초코바와 소시지를 꺼냈다. 추운 날씨에 장갑을 벗기 싫었지만, 비상식량의 껍질을 벗기기 위해 장갑을 벗는다. 그리고 다시 장갑을 벗는 귀찮은 일을 피하려 초코바 껍질까지 벗겨 버렸다.

"이거라도 있으니 다행이다. 동사에 아사까지는 너무 서럽잖아."

눈이 소복하게 소시지에 내려앉는다. 한입 베어 물어 눈과 섞인 소시지가 부드럽게 목으로 넘어가는 여유를 즐기고 있을 때, 뒤쪽에서 인기척이 들렸다. 깜짝 놀라 소리 나는 곳에 랜턴을 비추어본다.

"누구야! 사람이야! 사람인 거야?"

떨리는 목소리로 물어봤지만, 저쪽에서는 아무 대답이 없다.

그는 틀림없이 자기처럼 길을 잃어버린 사람이어야만 한다고 생각했다. 왜냐하면 살아있지 않은 것이 소리를 낸다면 눈을 까뒤집고 기절할 것만 같았다.

"누구냐고? 말을 해!"

랜턴을 좌우로 비춰보지만 아무것도 보이지 않는다.

"내가 헛소리를 들은 거야."

스스로를 안심시키고 있을 때, '슉~ 슉!' 다시 뭔가 움직이는 소리가 들렸다.

"아냐~ 내가 잘못 들은 거야."

그가 두려움을 떨쳐내려 반야심경을 외운다.

"관자재보살 행심반야 바라밀다~~ 아니지 지금은 주기도문을 외워야 하나!"

"하늘에 계신 우리 아버지. 아버지 이름이 거룩하게…"

교회와 멀어진 그가 중간에 주기도문을 잊어버렸다. 옆에서 '더 해보시지~'라고 말하는 것 같아 머리가 쭈뼛 섰다.

떨리는 마음을 진정시켜 무엇이 뒤에서 소리를 내는지 추리를 해본다.

"혹시 눈물바위서부터 나를~."

모녀의 비참한 마지막 모습이 제멋대로 상상이되 소름이 돋았다.

다른 세계의 존재를 쫓아내기 위해 불경과 성경 구절을 번갈아 가며 외우고 있을 때, '후우~' 하며 다시 낯선 소리가 들렸다.

'정말 모녀가 따라서 온 거야~.'

떨리는 몸이 진정되지 않아 돌아보지 못하고 얼음처럼 굳어버렸다. 하지만 이대로 심장 떨리는 공포를 안고는 한 발짝도 앞으로 나아갈 수 없을 것 같았다. 이제는 눈을 뒤집고 기절한다고 해도 뒤를 확인해야만 했다.

침을 '꿀꺽' 삼키고 덜덜 요동치는 랜턴을 들어 서서히 뒤를 돌아본다. 불빛에 비친 그것은 하얀 얼굴에 번쩍거리는 눈으로 그를 노려보며 입김을 내뿜고 있었다.

"아아악~!"

그가 발랑 뒤로 넘어지며 떨어뜨린 랜턴이 그것의 얼굴을 비추고 말았다. 눈앞에 나타난 것은 큰 곰이었다.

놀란 그가 벌떡 일어나 뛰기 시작한다.

"으악~~ 곰이다!"

눈앞에서 먹잇감이 도망치자 곰도 재빨리 그를 추격한다. 고요하던 산중에 둘의 시끄러운 경주가 시작되었다.

미친 듯이 달리는 그의 몸이 여기저기 나무와 부딪히며 뭉텅이 눈을 곰의 머리에 떨어트린다. 곰은 귀찮은 듯 머리를 털어가며 그의 뒤를 바짝 쫓았다.

정신없이 도망치는 그의 얼굴에 '찰싹~ 찰싹~' 차가운 나뭇가지들이 싸다구를 퍼부었다.

"앗 따거~ 앗 따거."

나뭇가지로 맞은 얼굴이 너무 아파 잠시 멈춘 사이 곰이 그의 가방을 물었다.

"으악~ 놔~ 노라구~."

배낭을 벗어 탈출하려 했지만 배 쪽에 단단히 채워진 배낭의 벨트 때문에 좀처럼 벗겨지질 않았다. 먹이가 더 이상 도망가지 못하게 곰이 배낭을 물어 이리저리 흔들었다.

그가 바람에 나부끼는 나뭇잎처럼 허공에 휘날리며 위태로워 보였다.

"딸깍."

운 좋게 싸구려 배낭의 벨트가 풀리며 배낭과 그의 몸이 분리됐다.

"털썩."

눈 위에 내동댕이쳐진 그가 벌떡 몸을 일으켜 도망치기 시작한다.

"따라오지 마~~!"

한결 가벼워진 몸으로 속도를 낸다. 혹시나 하고 뒤를 돌아봤을 때 곰은 가방을 내던져버리고 여전히 그를 쫓아오고 있었다.

"엄마~."

그는 양손에 들린 초코바와 소시지를 터질 듯 움켜쥐고 앞뒤를 번갈아 보며 달린다. 어둠 속에서 몸은 사정없이 미끄러지며 균형을 잃었지만, 나무에 부딪치며 가까스로 중심을 잡고 있었다.

사실 곰은 그를 쫓는 것이 아니라 소시지와 달콤한 초코바를 먹기 위해 달려오고 있었다. 꿀을 먹기 위해 벌침에 쏘이는 고통을 참아낼 정도로 단맛을 좋아하는 곰에게, 초코바를 던졌다면 곰은 더 이상 쫓아오지 않았을 것이다.

생각보다 빨리 도망가는 그에게 화가 난 곰이 포효한다. 쩌렁쩌렁 울리는 짐승의 소리에 놀란 그가 뒤돌아보다 그만 발을 헛디뎌 중심을 잃고 넘어졌다. 쓰러진 몸은 경사진 내리막을 거칠 것 없이 빠른 속도로 미끄러져 내려갔다.

'촤악~' 가파른 언덕 바로 너머에서 절벽이 그를 기다리는 것이 보였다. 절벽으로 떨어지지 않으려 여기저기 손을 뻗어 잡아보지만, 손바닥을 채우는 것은 보드라운 눈 뿐이었다. 미끄러지는 속도가 더욱 빨라져 스키점프대를 타듯 곡선을 그리며 언덕을 올라탄다.

가속이 붙은 그의 몸이 공중으로 띄워지더니, 양손 가득한 눈덩이와 함께 '쑥' 하고 아래로 떨어졌다.

끝이 보이진 않는 계곡으로 떨어지고 있었지만 조금도 떨리지 않았다. 산행에 지친 몸, 곰과의 추격전이 그를 담담하게 만들었다.

'이대로 죽는 건가?'

점퍼에서 쏟아져 나오는 오리털이 가볍게 공중에 흩어지는 걸 보며, 자신의 몸도 저렇게 깃털처럼 떨어지면 아플 것 같지 않았다.

한참을 떨어지던 그가 잠시 후, '푹~' 소리와 함께 뭔가를 스치듯 통과하더니 속도가 줄어들었다.

그것도 잠시뿐 더 깊은 곳으로 떨어졌다. '풀썩~!'

"아~~."

바닥에 도착한 그가 짧은 신음 소리를 내며 기절했다.

얼마가 지났을까. 그의 얼굴에 차가운 밤이슬이 떨어지며 잠을 깨운다.

찡그리며 눈을 떴을 때 앞에는 초등학교 5학년 정도로 되어 보이는 여자아이가 쭈그려 앉아 그를 쳐다보고 있었다.

"어억~ 너 누구야?"

놀라 상체를 일으켜 세워 물러서며 여자아이를 쳐다본다. 주황색 코트와 벙어리 장갑을 끼고 있는 아이는 안쓰러운 표정으로 그를 바라봤다.

이 아이를 어디선가 본 듯하지만, 기억이 나질 않았다. 단발머리의 머리카락이 바람에 날리며 아이의 얼굴을 반쯤 감추었다.

주위를 둘러봤을 때 바싹 마른 가을 낙엽들이 솜이불처럼 가득 쌓여 있었다.

"어? 한겨울에 무슨 낙엽이 이렇게 많아. 꼬마야 여기 어디야? 아저씨 떨어지는 것 봤어?"

그가 질문을 해 보지만 아이는 대답이 없다.

쌍꺼풀 없는 눈과 약간 통통한 얼굴 조금은 어두운 피부. 쉬지 않고 부는 바람에 날리는 머리카락이 쓸쓸해 보였다.

갑자기 아이가 벌떡 일어서 앞으로 걸어가며 자기를 따라오라고 손짓한다. 여기가 어딘지 모르긴 마찬가지라 그도 일어나 아이를 쫓아간다. 알록달록한 낙엽 길을 따라 아이와 그가 걸어간다.

'사박! 사박!'

선명하게 들려오는 나뭇잎이 부서지는 소리가 귀를 통하지 않고 직접 심장에 전해졌다.

이제 심장을 넘어 머릿속에 공명하듯 울려 퍼지는 소리에 두 사람은 조심스럽게 낙엽 위를 걷고 있다.

그러다가 아이가 무언가를 발견하고 다시 쭈그려 앉았다.

"뭐해?"

아이에게 물어보지만 아이는 대답 없이 땅만 쳐다본다. 그도 아이 옆에 쭈그려 앉았다. 땅 위에서 개미들이 이사를 하고 있었다.

"뭐야! 개미잖아!"

아이는 집게손가락을 자신의 입술에 가져다 대며 조용히 하라고한다.

그리고 다시 개미들을 지켜본다. 그도 어쩔 수 없이 줄지어 먹이를 나르고 있는 개미들을 본다.

그때 한 마리가 무리를 이탈해 다른 곳으로 가고 있었다. 아이가 이탈한 개미를 가리키더니 그를 쳐다본다.

그 개미는 점점 무리에서 멀어져 가고 있었고 두 사람의 시선은 무리를 이탈한 개미를 쫓아 움직인다. 한참을 헤매던 개미는 길을 잃어버렸다.

"저 개미 왜 저래 저러다가 집에도 못 가겠다."

그가 아이에게 말했지만 아이는 여전히 대답이 없다. 가엽게 지켜보던 아이가 개미에게 손을 뻗자 개미는 아이의 손가락에 올라탔다.

아이는 재빨리 일어나 개미무리가 있는 곳으로 달려간다. 그리고 무리 속에 개미를 내려준다. 개미는 인사도 없이 무리 속으로 사라져 버렸다.

아이가 일어나 수북이 쌓인 낙엽 쪽으로 걸어간다. 그리고 예쁜 낙엽을 주워 하나둘씩 그의 몸에 붙인다.

"뭐 하는 거야! 지저분하게!"

하지만 아이는 계속해서 낙엽을 그에게 붙였다.

"그만해!"

그가 살짝 화를 내자 아이가 멈칫한다. 그리고 잠시 정적이 흘렀다.

낙엽을 싫어하는 그에게 아이는 자기가 입고 있던 주황색 코트를 벗어 그의 어깨를 덮어 주었다.

코트를 벗은 아이는 반소매 옷만 입고 있었다. 아이가 너무 추워 보여 그가 코트를 돌려주려고 했지만, 아이는 그러지 말라고 고개를 젓는다.

"이거 나 주는 거야? 그럼 니가 추울 텐데."

아이는 고개를 가로저으며 괜찮다고 한다.

그리고는 만족한 미소로 그를 바라보며 수줍게 웃는다. 그도 어색하게 아이를 따라 웃었다.

아이가 다시 쭈그려 앉아 개미를 보자 그도 따라 앉아 개미를 본다.

지금은 아이보다 더 고개를 낮추어 개미들을 관찰한다.

"꼬마야. 또 한 마리가 다른 곳으로 간다. 어떡하지? 내가 도와줄까? 그래야겠지."

그가 아이에게 물어보며 고개를 들었다. 그런데 아이는 어딜 갔는지 보이지 않았다. 갑자기 어지러움이 밀려와 그는 다시 정신을 잃었다.

그렇게 얼마가 지났을까, 코를 스치는 냉기로 그가 눈을 떴을 때, 자신이 낙엽 속에 쌓여 있다는 걸 발견했다.

낙엽 주변에는 온기가 남아있는 새의 깃털도 보였다. 낙엽이 썩고 있어서인지 아니면 다른 이유였는지 추위에도 온몸이 따뜻했다. 얼마나 산속에 오래 있었던지 하늘에 벌써 새벽별이 떠 있었다.

"어떡하지! 가방은 없고 랜턴도 잃어버렸고, 핸드폰도 가방에 있었는데~"

난감한 그가 긴 한숨을 쉰다. 이곳에 이렇게 있다가는 정말 자신이 이 산의 또 다른 전설이 될 것만 같았다.

걱정도 잠시 그는 좀 전까지 같이 있었던 아이는 어딜 갔는지, 분명 낭떠러지에서 떨어졌는데 어떻게 무사한 건지 머릿속이 복잡했다.

"내가 기절해서 꿈을 꾼 건가?"

하지만 꿈이라고 하기에는 너무나 현실 같았다. 그때 낙엽 속에서 전화가 울렸다.

"어~ 어~ 핸드폰이다~."

그는 뛸 듯이 기뻐 낙엽을 헤치며 핸드폰을 찾는다.

"찾았다!"

핸드폰을 열어 전화를 받았다. 엄마였다.

"여보세요. 엄마? 나 산속에서 길 잃어버렸어요. 119에 신고 좀 해줘요. 그 사람들이 핸드폰 위치 추적할 수 있어요. 엄마 배터리 아껴야 하니까 끊을게요. 빨리 신고 좀 해줘요."

엄마의 대답도 듣지 않고 전화를 끊어버렸다. 전화를 끊고 10분 후 119에서 전화가 왔다.

"임동주 씨 위치가 파악되었습니다. 핸드폰을 켜 두신 채 기다리세요. 대원들이 한 시간 안에 도착할 겁니다."

"네! 감사합니다! 감사합니다!"

전화를 끊고 그는 안도의 한숨을 쉬었다.

"그런데 그 꼬마 어디서 많이 본 것 같은데 누구지?"

고개를 들어 소녀의 얼굴을 떠올려보지만, 좀처럼 기억이 나질 않았다.

만약 긴 시간을 거슬러 살펴보면 그는 소녀를 알아볼지도 모를 일이었다.

그때 눈 덮인 소나무 가지 위에서 밤새 눈보라를 헤치고 찾아온 작은 새 한 마리가 동주를 보며 지저귀고 있었다. 마음속에 숨겨두었던 아픈 기억을 놓아 주라는 듯이.

가늘게 내리던 눈조차 멈추었을 때 구조대가 동주를 발견해 산에서 내려간다. 멀어져 가는 동주를 지켜보던 작은 새는 몸이 얼어붙어 나무에서 떨어진다.

날개의 주황색 털이 모두 빠져 흰 눈 속에 묻혀버린 작은 새는 이제 더 이상 동주에게 돌아갈 수 없었다.